中公文庫

吉本隆明 江藤淳 全対話

吉 本 隆 明
江 藤 　 淳

中央公論新社

吉本隆明　江藤淳　全対話　目次

＊

吉本隆明 江藤淳 全対話

文学と思想

外側から見た日本

江藤　この前にお会いしたのは、六年ぐらい前でしたか。
吉本　『自由』の座談会でしたか[*1]、平野さん、竹山さん、林健太郎さんなんかと……。
江藤　山の上ホテルでしたかね。戦争責任の問題でしたね。
吉本　そういう問題でしたね。江藤さんは、いまの『文學界』の連載[*2]〔「文学史に関するノート」〕はいつごろまでですか。結局、徳川時代は全部やってしまうわけですか。
江藤　そうしたいと思っています。
吉本　今回のはまだ見てないのですが、前のまでは見ているのです。近松をやっていますね。
江藤　はい。さしあたって一年間連載する約束ですが、それでは終らないので、ひと休みしてまた続けたいと思っています。硬文学のほうまで手をひろげてしまったので、なおさら長くなりました。
吉本　そうすると、あとは宣長とか徂徠とか、そういうものを取り上げるわけですか。
江藤　そのつもりです。仁斎にもできればふれたいと思っています。私が少し詳しくやってみたいのは天明以後、秩序の枠組が完成されたなかでおこった文学です。逍遥以来どちらかというと馬鹿にされているやつですね。洒落本、滑稽本、人情本、ことに読本はおもしろいと思うのです。近代小説の問題に通じるものがありますから。ただ、これを本当にやるにはどうしても中国のことをよく知らなければならない。特に洒落本などは、中国の遊里小説の反映でしょう。ところがこの原本は白話で書いてあるからとても私には読めません。漢文もよく読めなくて四苦八苦しているのですから。これから少し中国人の友人に教えを請おうかと思っているのです。吉本さんは『言語にとって美とはなにか』[*3]という大作を完成されたところだけれども、私は入口でうろうろしています。

吉本　たいへんなところですね。僕がおもしろいと思っているのは、なんというのかな、亀井勝一郎さんも同時に『文學界』に「日本人の精神史研究」をやっておられるでしょう。亀井さんの場合は、日本の知識人として、なんか外来の文化が、どうぶつかって、どうなっているのかということが、問題になっているわけだけれども、江藤さんの場合には、なんというか、見るべからざるものを見てしまったというか、ヨーロッパ、あるいはアメリカを見てしまったものの悲哀みたいなものがあるわけですね。

江藤　ああ、ああ……悲哀ね。（笑）

吉本　そこがおもしろいですね。そういう観点がね。外から日本というのを見たら、どういうふうに見えるかという観点は、僕らにはわからないわけですし、またある意味では、故意に無視するところがあります。故意にそういうところはないと言いきるところがあるでしょう。ところがいったん見てしまったらどういうふうになるのか。江藤さんの論には見てしまってから、ここにはなにかあるという、そういう悲哀のごときものが感じられて……（笑）。亀井さんなんかのパターンは、要するに近代主義的な日本のパターンだけれども、そういうのじゃなくて、外から見た場合どういうふうに見えるかというところで問題が出ているのが、ものすごくおもしろいですね。

江藤　そうですか。それは非常に正確な観察かも知れません。

吉本　あなたの『アメリカと私』[*4]にも、それを感じたのですがね。僕は江藤さんが安保闘争を契機として変わったという[*5]ようなことは、信じないのですよ。それよりも外を見てしまったという、外から日本を見てしまったという、それがアメリカに行ってからあとの問題なんじゃないかというような感じがしているのですが、どうですかね。

江藤　外国にいて自分がどう変わったかは自分ではよくわかりませんが、外から見てしまったものの悲哀があるとおっしゃるのは思いあたるような気がします。外国人の日本文学研究は玉石混淆ですが、虚心に読んでみると、なかには虚を突かれるものがある。外国人の日本研究のなかで、なんといってもいちばん重量感のあるものは、サンソム[*6]の『日本史』でしょう。これなどを見ていると、日本というものの形が、外から書いているために、見えすぎるほど見えていて、いやになるほどはっきり浮き上って来るのですね。そういうものを読んでいますと、感嘆するのだけれども同時に妙な表現を使えば凌辱されているような感じもするのだな。サンソムという人は、この間亡くなりましたが、非常に余裕のある人で、しかも日本文化に対する愛情も尊敬もある人です。しかもこの人は、本職の学者ではなくて外交官あがりの素人ですから、なおさら偉いと思うのですが、サンソムのように、われわれが読んでいて気持のいい歴史家の仕事でも、日本の形が外側からとらえられているのを見ていると、なんだか凌辱されているような気もするのだな。その反作用として、貞操を守りたいような気持が起きてくる。それを悲哀といっていいのかも知れません。

吉本　そういう問題ですね。

江藤　現実の問題としては、僕はやはり日本文化はもう外側からの視線を浴びせられてしまったと思う。自分が生娘を守り通していると考えるのは、幻想だと思う。もう女になってしまっているのです。それなら女になってしまった者がそれにもかかわらず、自己を主張しようとすればどういうことになるのか。日本文化の特質といってなにがあるのかといって、いちいち実証的に検討し直して行くと、えてしてザルで水をすくうようなことになってしまう。

日本人はとくにこの問題を深刻に考えるのだろうと思う。もしヨーロッパ人が、ヨーロッパ文化の特質という問題を深刻に考えるなら、たとえば科学はアラビアに行き、宗教は中近東に行くというような形で、いろいろなものが抜け落ちてしまうに違いない。その結果、ゲルマンの森のなかでウロウロしていた蕃族が残るということになるかも知れません。

しかし彼らの文化は今日普遍的な文化の代名詞になっているので、このことを深刻に考えなくても済むのですね。

日本人はかつて東西文化の融合というようなことを言ったが、けっしてうまくいってはいない。いろんな点で、吉本さんのよく言われることですが、土着的なものと近代的・西洋的なものの間にヒズミが生まれています。これを良心的に腑分けしようとすれば、どうしても剣ガ峰に押しつめられる。全くむずかしいのです。

吉本 そうですね。そういうことは、カナダの歴史学者ノーマンの『日本における近代国家の成立』を読んだときに、ちょっと内側からはこういうことは言えないな、こういうことはわからないというふうなことを感じましたね。しかし、不満はあるのですよ。ノーマンが日本の歴史家の観点というのを、ある程度、借りているのですね。そうしておいて、外側からの視点で日本を見るというような。そうすると、今度は、ノーマンを見た日本の学者が、逆にノーマンの模倣をする。あるいはそれを評価するというような、なんとも言えない、そういう関係があるでしょう。

江藤 あります。

吉本 そういう関係というのが、不満として最後に残ってくるわけですね。そうすると僕らの発想では、そんなのはいらない、外側の視点からではなしに見ようじゃないかというふうな、意識的に拒絶するふうになっちゃいますね。そこのところが拒絶できるような無知の強さというか、世界を知らない強さか弱さか知りませんが、そういう特権をもって押していこうというふうになりますね、どうしても。

史料の選択

吉本　ところが江藤さんの場合には見ちゃったものということが、たえず問題になってくるところが、やはりいちばんおもしろいと思いますね。江藤さんの論文について堀田善衛や松本清張が『文學界』の文芸時評[*7]でなにか言っていますね。堀田善衛の場合には、林羅山のつかまえ方が恣意的であるというし、それから松本清張の場合には、史料的に言ってそうならない、あなたの描いていたような上野の山、つまり、忍ヶ岡の山があって、湯島の高台がこうあってというようなことは、実際はそうならないということなんですね。江藤さんはそういうことはどうでもいいのじゃないですか。つまり恣意的なイメージでいいわけなんじゃないですか。そうでもないですか。

江藤　恣意的ではいけないでしょう。

吉本　芸術になっていればいいというわけでもないわけですか。つまり自分のイマジネーションで、そういうふうになっていれば、それでいいのだ、たとえ林羅山が客観的、あるいは実証的に言ってこうなる、こういう解釈ではこうなるということはどうでもいいのでしょう。つまり羅山の思想があり、そうしてそれに感応する江藤さんの思想があり、そうすればいいというのでしょう。どうせそういう史料は三等史料だと思いますが、忍ヶ岡がこうなっているというようなことは、実際どうであったかはわかりはしない。しかしそれが江藤さんにイマジネーションとして、論の一つの色彩をあたえるというふうになれば、それでいいというように考えているのじゃないのですか。

江藤　それはイエス・アンド・ノーでしょう。私のものの感じ方のくせかも知れませんが、だいたい処女性は嫌いなんです。必ず相手に挿入されていないとだめなんで……ちょっと譬えが下品になってしまったな（笑）。比喩を変えれば、つまり柔道でいえば、一回ころばされて……どっちみち同じことだな、これは……（笑）相手を投げる、そういう、回転運動の感覚がないと、自分のイマジネーションがもう一つ地につかないような気がする。つまり僕は他人を認めるのですよ。そのために、実証性が欲しくなります。ものの手ざわりを手がかりにして他人にふれるのですから。ただ史料の価値というものはあくまでも相対的なものですね。AからZまでの史料をことごとく渉猟しても、史料のなかにすでに矛盾があるから、結局自分のイマジネーションがものをいうことになります。それによって史料の選択が行なわれているわけですからね。だから絶対に客観的な過去の復元は、実はあり得ないわけです。だが一方自分の主観的なヴィジョン、イマジネーションが、他人と共有できるものになるためには、そういう史料に触れた手応えがなければならないでしょうね。それが他人との通路になるわけだから。ただ松本さんの場合は、私の論旨を問題にせず、自分の史料は絶対に真実で、私のはそうではないと言うのですから、次元の違う議論になります。

ご承知のとおり、私はあそこで江戸の都市化と儒学のプレスティージの高まりの間に関連があったはずだということを論じているのですが、松本さんの議論はこのことに少しも触れていない。たとえば寛永九年に「筋違橋」があったかどうかという。この橋が「筋違橋」と呼ばれたかどうかについては定説がないが、橋はたしかに存在していたのです。松本さんが寛永十三年といっているのは「筋違橋門」の間違いでしょう。この御門が出来たときすでに「筋違橋」という橋があったことは、『徳川実紀』の寛永十三年正月八日の項に明記されていますから、松本さんが「筋違橋」は享保以降の称だと言うのも間違いです。が、ここで問題なのは、すでに中仙道と江戸の接点になる交通の要衝が何と呼ばれたかについてすら諸説があって、その一つを絶対化することはできないということです。しかも松本さんは現在の東京のイメージを過去に投影してものを言っている。しかし本郷・駒込に寺がいくつあっても、大名の下屋敷があっても、江戸の外縁はあくまでも外縁です。当時の江戸の概念から言っても、私の論旨から言っても、都市の内部ではなかったことになる。事実を作者のイメージから切りはなして論じられるわけがないのです。事実――ファクトという言葉はもともと「つくられたもの」という意味ですからね。つくるのは誰かと言えばそれにふれた人間でしょう。松本さんの議論は史料の相対性の感触を知らない人の、単純な見当ちがいにすぎません。

　一方、羅山について言えば、私は、秀吉の朝鮮の役の結果、むこうから流入してきた文化的な影響のことをもう少し考えてみたい気がしているのです。朱子学といっても、朝鮮を経由してきている面が、非常に多いのですね。朱舜水のように、直接明からきたものもいるが、朝鮮経由の思想として入っているという傾きが強い。これは大事な因子だと思います。だから、このへんを補いたいという気持があります。つまり日本の文化には横からも前からも、外からの力が加わっていて、いろんなあとがついている。しかしそれは空気の抜けかかったゴムまりのように、しばらくたつともとのかたちに直る。直るからこそ、われわれの文化の持続が生まれて、結果として、全体として見るときに、やはり独特の形を描いていることになるのだと思う。

　それだけのことをやってみないと気がすまない。僕にはどうも外のことは知らんというふうな、思い切り方はできなくなっていますね。吉本さんなどは、『言語にとって美とはなにか』での立論を見ても、余計なものはどんどん切ってしまわれる。たとえば新感覚派でも、そこに及ぼされた西欧文学の影響は全部切り捨ててしまって、作家の意識と当時の日本の現実だけからその二つの函数としての文学現象をとらえようとされる。あなたの表出論、あれはおもしろい考え方だと思うけれども、僕はああいうものを拝見していると、どうしてもあなたが切ってしまわれたものが気になってしかたがない。

吉本　ああいう堀田さんの時評とか、松本さんの時評を見て感ずるのですが、たとえば堀田善衛の『海鳴りの底から』などは、天草の乱とか、キリシタン史とか、よく文献を読んでもいますが、読んでいても構想力にはならないところがありますね。だからいくら描いても、最後には、天草の乱自体が、非常に単純なイメージになってしまって、講談にあるような、ヤアヤアと片っ方で名のりをあげると、片っ方もまた名のりをあげて合戦するというような、そういうイメージになってしまう。戦争というものはそういうものかという気持がすぐにわいてきます。松本清張さんの推理小説でも、一連のドキュメントでも同じで、資料はよくあさってるし、よく知ってるわけですけれども、料理の手際がよくないから事実に敗けてしまうということが出てくる。

そういう地点から見ると、江藤さんが恣意的に見えるというふうになるのですけれども、僕はそういうことはどうでもいいという発想になります。だから、江藤さんが、実証的な史料を媒介にしないと論が立たないというような場合には、ほんとうは、そうとう折衷されてきちゃうというようなことがあるのではないかと思うのです。つまり、実証性ということはトコトンまでやっていくと、どうしようもなくなっちゃう。どれを選択していいかわからなくなっちゃうし、それから、ああいう史料、文献などというものは、あまり信用できないと僕は思うのです。これは数年前のことでも信用できない。だから、ましてや、ということになって、それは信用できない。最後は自分の選択力と構想力に頼ることになる。江藤さんと、小林秀雄を比べた場合の違いを考えると、小林秀雄の場合にはどうでもいいというのが、ものすごく徹底していると思う。要するにおれのものでさえあればいいということに、ある意味ではなっていますね。江藤さんのは、そこに媒介項が入っている。なんか才能の質を考えると、かなり似ているだろうと思うけれども、しかしそれが時代の違いなんだろうかなと感想をもつんですが。

江藤　なるほど。どうでもいいと言ってしまえば、上がりは非常にきれいに行きますね。ただ僕はやはり一種の相対主義者なんだろうと思う。その点で、どちらかと言えば漱石なんかに近いのかも知れません。どこか一つ風穴があいてないとだめなんです。もちろん事実というものはあなたがおっしゃるとおり絶対的に信用できるものではない。ほんの数年前の、たとえば安保闘争についての資料を見ただけでも明らかです。いかに改竄されているかがよくわかる。つまり、過去を再現することはそれを感覚的に体験した人間にとっても容易なことではない。だから、いわゆる事実というものがほんとうに動かされない真理であるかのように言うのは、間違いですね。認識の問題として、それは間違いです。

ところが、われわれが史料に対するときに、なにを選択していいかわからないということは実はないのだと思う。われわれが史料を選択するやり方は、実はわれわれが日常生きていることと同じなんです。はじめから自分のイマジネーションに合わせて切り取るというのではないけれども、そこに必ず自分が史料と出会うところがあるでしょう。自分の姿勢いかんで出会い方が違うでしょう。そうすれば、無数の史料があっても、吉本さんが切り取るであろう史料は、吉本さんの歩き方で決ってしまう。同様に私の歩き方で史料の選択は決る。ところが、ここにものがあるにもかかわらず、ないかのように通りすぎてしまうというなら、それは恣意的ということになる。恣意的な飛び方とこの歩き方との微妙な違いが僕には意味があるのですよ。

幻想の共同性

吉本　そういうところが、小林秀雄と違うところだと思うのですね。江藤さんは小林秀雄に比べれば、ずっと市民性というものがあると思うのです。小林秀雄の場合には、突きつめていけば、一種の達人的な職人芸になります。

江藤　そうですね。

吉本　江藤さんが時評でほめておられた岡潔との対談（『人間の建設』[*9]）があるでしょう。ああいうものを見ていると、ちょっと僕なんかついていくのに気苦労なわけですね。読んでいて非常に疲れるわけです。疲れるのはどういうところかなと考えてみると、二人とも、なんか自分の生理的な感覚、ないし生理的な倫理というものにひっかかってくるところでは、ものすごくそこをほじくりますし、深いわけですね。そういう収斂の仕方は、あり得ると思いますけれども、なにかが媒介項になるというようなことはないわけで、いつでも生理的感覚、生理的倫理というようなものに引き寄せられちゃう。僕なんか見るとそれは自然ではないか、一つの自然の論理ではないか、つまり、人間の自然に対して抱いている論理ではないかと思ってしまいます。人間がやはり自然であるというように言える。つまり、人間の生理は自然であるというように言える意味では、全部が自然でいいので、自然だけは、真理だというふうに言っていいと思いますけれどもね。なんかあすこへスッと収斂されちゃうと、困るわけですね。

江藤　なるほど。

吉本　江藤さんの場合には、現実性、あるいは現実生活性といいますか、そういうものが媒介項になっていると思います。生きている、生活しているものが、なにかを感じているのだという媒介項があるわけですが、あの対談ではその媒介項が全部とっぱらわれて、サッと一直線になっちゃうというようなところだと思うのですけれどもね。僕なんかの得意なというか、好きな言葉でいえば、共同的な幻想というのでしょうか、そういうものの媒介が、あすこにはないのではないか。僕ならば、現代の共同的な幻想、もちろん幻想だから幻想でしか想定されないわけですが、そういうものに対して、自分の生活なら自分の生活、現実なら現実がどういうふうに切り結び、どういうふうに浸透するかというような問題が、媒介項になります。それがぜんぜんあすこにはなくて、全部自然に収斂しちゃうという感じをもつわけですね。そういう媒介項がないというのが、小林秀雄と岡潔との対談に対する、不満と言えば不満、ついていくのがシンドイなという感じの根本になりますね。そこのところは、やはりいちばん僕なんか問題になるわけです。

時代の幻想的な共同性というものを、それは幻想なんだからといって、僕が自分の意識のなかで、とっぱらっちゃうとなにが残るかというと、僕自身が生きているということに自分が衝突するという問題が残ります。生きていること自体がやりきれないといいますか、そういう絶対性に収斂しちゃいますね。詩でも書くとき以外は、そういう問題は出さないわけですから、幻想の共同性というようなものを設けて、それを媒介にして、濾過するというう、そういうやり方をするわけですけれどもね。たとえば江藤さんの実証性を媒介にする、あるいは社会の現実、事実が現在あるではないか、徳川時代には徳川時代の事実があり、史料があり、そういうものがあるではないか、そういうものを媒介にするという論理との差異のようなものを考えると、なんかそういうところに行き当たるという、印象を受けるのです。

江藤　僕が事実を無視できないのは、事実そのものが大切だからではなくて、事実のかなたにいる他人が大切だからですよ。僕はいつでもどんなに独りになろうとしても、人間は独りにはなれないように存在していると感じます。だからこそ小林さんと岡さんの対談がおもしろかったのですよ。たしかにあなたのおっしゃるように、こう達人ぞろいではかなわないなという感じもあるけれども、おもしろいのは、達人同士が対話をしているところです。あれは、小林さんにとっても岡さんにとっても、稀有な体験だったに違いない。孤独な達人同士が一生懸命話しあっている。つまりお互いが他人になりあっている。そういうわけで二人の言葉のあいだがおもしろいのですよ。われわれがいつも経験しているようなことが、達人の次元で行なわれている。そこが大変おもしろい。まあ音楽のようなものなんです。日常的対話はまあ雑音のようなものかも知れないけれども、あれは楽器が二つ鳴っているような感じがする。ああいうふうに小林さんが他人と話しているのを見ると、僕は安心するのです。

ただ、吉本さんがそういうものに対して批判をもっておられるのはわかるが、吉本さんの資質のなかにも、非常に詩人的・達人的なものがあると思います。それが小林秀雄に似ているか、中原中也に似ているかわからないが、とにかく吉本さんのなかで詩的絶対性のようなものを求める気持は、とても強いと思うのです。吉本さんの詩には、これがとても美しい形で出てくる。ところが吉本さんは、さっきおっしゃったようにぶっつかるものが多いでしょう。そうすると、あなたはぶっつかった相手を見る前に、自分がぶっつかった感触から出てくる情緒というか、情念を見る。そういう形で、個性的な反応をされる。僕はたいてい愛読していますし、共感できる場合が多いのだけれども、ただその発想が、散文的な論争文などの場合でも、すぐれて詩的だという感じがするのですね。

吉本　僕の場合には、結局そういうようにぶっつかるような場合には、つまり他者にぶっつかるとか、もっとそれを社会的に言いますと、いま言った幻想的な共同性にぶっつかるという場合にね、やはり自己自身にぶっつかるということになると思うのです。自己自身にいつでもぶっつかっている。自己自身にぶっつかっているということをもっと突きつめると、自己の生自体にぶっつかっている。これを否定するかどうか、どっちかだ。つまりなにがためにおれは生きているのかという、最後のそれはつぶやきになって、外には出てこないが、そういうことに結局はなると思うのですね。

だからたとえば徳川時代を取り上げるでしょう。そうすると、江藤さんの場合には、やはり朱子学、あるいは儒学というのがそうとう大きな、重要な流れとして出ているわけですね。僕はその幻想の共同性ということを媒介項とすると、やはり劇しか出てこない。浄瑠璃ですね、浄瑠璃というのが徳川時代の文学だというふうになります。

江藤　それはおもしろいですね。

吉本　そういうふうにしか出てこないのです。そうすると、そこでなら、徳川時代というのは、わりあいによくわかるというふうになるわけです。儒学というようなところ、朱子学というようなところにいくと、ほんとうを言えば、僕はどうでもいいわけです。丸山真男氏の『日本政治思想史研究』ですか、あれは非常な労作だと思うのですけれども、僕なんかなんとなく没入できないというような感じをもつのは、そういう点なんですけれども。だから僕だったら徳川時代になって、劇つまり浄瑠璃ですが、その世界がなぜ完結した表現になったかというようなところに、もうすべてこめていきますね。徳川時代の文学の基本的な問題は、そこで生きているのではないかというようになって、あとは例によってだんだん捨象していくというような、そういう形にだいたい発想がなっていきますね。

江藤　なるほどね。もし小林さんや岡さんが、あなたの言われるような人間と自然とを直結させ、時代的共同性ですか、そういうものを捨象して自然に収斂するというならば、吉本さん自身は自然的秩序とでもいうものに収斂しようとなさるのではないでしょうか。僕は浄瑠璃の世界というものは、あれは社会秩序ではないと思うのです。

これは社会の概念にもよりますが、僕の考えている社会というものが日本にできたのは、徳川時代以後と思うのです。徳川時代以前の日本には、社会は実は出来上っていなかったのではないかと思う。つまりコミュニティーはあったかも知れないが、ソサエティーはなかった。もちろん平安時代の宮廷のなかに生活していた一万人足らずの人間をとって見れば、そこには社会の模型のようなものはあったに違いないけれど、日本人がはじめて社会というものを引き受けたのは徳川時代が最初だったような気がする。じゃあ浄瑠璃はなにかというと、社会と自然的秩序のあいだの乖離から、しかも自然的秩序のほうから出てくるものですね。近松の時代物を読んでると、必ず最後の段で自然的秩序のほうからくる輪と、羅山はじめ、儒者たちが甲論乙駁しながらつくりあげた社会秩序の輪とが全円を描いて一致する。逆に世話浄瑠璃の場合には、社会秩序と自然的秩序との輪が閉じられた世界からの離脱が主題になる。離脱はもちろん道行という様式をとる。そうすると、そこで鐘が鳴って、恋人たちがお互いに刺しちがえたり、くびをくくったりして死んでいく。この死は、実は現実では不可能になってしまった自然的秩序への復帰でもあるわけですね。無限に離脱していくのです。

徳川時代に形成された「社会」は、明治時代にうまくうけつがれたと思うのです。徳川時代の朱子学的社会秩序の枠組のなかに、スペンサー流の社会進化論をはじめとする外来思想が浸透して来て明治の社会ができた。しかしそこにもやはり同じような自然的秩序との乖離というか、違和感が残ってつねにわれわれを不安にしていたわけですね。社会秩序と自然的秩序と両方あるのだと思う。僕は、あなたが詩作の上で自然的秩序に直面したときに生まれる曰く言いがたいやさしい抒情、それがとても好きなのです。たとえば佃の渡しで、女の子と一緒に川を見ている詩があるでしょう。このメロディーは、実際われわれの魂の故郷に触れている。僕はああいうものから、やはり中原中也のような資質を感じてしまう。同時に、中原中也が非常にやりにくかったことをも思い出すのです。中原は非常に孤独になって、その孤独を意志的に正当化しようと苦労して、病気で若死にしてしまうのですけれども、それに似たような苦労を感じるのです。

吉本　なるほどね。それでわかるわけだけれども、つまり社会がはじめてできたというような、そういう観点というのは「文学史に関するノート」にあるわけですね。それはすごくわかりますね。僕が浄瑠璃、あるいは劇ということを言う場合には、普通言う意味の反社会とか、反現実とか、あるいは社会から疎外された世界とか、そういうものを必ずしも意味しないのです。つまり精神と現身が二重にあなたの言われる社会から離脱したような、遊里の世界みたいなのがあったり、あるいは武家の義理人情とか、武家的倫理、あるいは儒教的倫理なのでしょうが、そういうものと、それから、そういう社会から現身が抜け出てしまった世界での倫理がぶっつかるというような、そういう契機が一つの浄瑠璃の世界だという問題になります。

そういうことともう一つかぶさってきて、人間の精神、あるいは人間の幻想というものが、現身が社会から逃げちゃって、あなたの言われる、そういう秩序からどこかに行っちゃったために、かえって精神がきわめて自由で倫理的である世界というものが、あなたの言われる社会というものとぶっつかるときに、やはり心中があったり、それから女敵討ちみたいなものがあったりする。それが要するに劇じゃないか、つまり浄瑠璃じゃないのかというように、僕の場合にはどうしてもそこへ行ってしまいますね。だからそこが根本になってきてしまって、あなたの言われる社会秩序というものに対して、たとえば町人というのがいて、町人というのは武士よりも財力があって、わりあいに経済的に自由だから、自由なところで社会に対して自由な考えが生まれるというような、あなたのいわゆる社会的な秩序に対して、町人の反秩序というようなところでとらえようとはしないわけです。そうではなくて、反秩序からも出て行っちゃったというようなところで、なんというか、精神的にも疎外されている。それから現実的にも疎外されている。その二重に疎外されているために、なにか知らないけれども、二重に自由だというような世界があって、そういうものが社会というものと、あるいは反社会的な、町人でもいいが、そういう財力ある町人とか、経済的にわりあい自由な町人ですか、そういうものとぶっつかるというね。その二重に出ちゃったものが、一重に出ちゃったものと、それから社会そのものの総体、つまり秩序を押えているという思想と、ぶっつかるという契機を浄瑠璃には感ずるわけです。

だから近松などを見ていると、僕がいいなと思うのは、なんというのかな、これは『出世景清』でもなんでもいいが、劇の思想がきわめて卑小なわけですよ。つまり卑小なのこそ人間だというのでしょうかね。だいたい『出世景清』でも、阿古屋が死ぬのは嫌だと言う子どもを殺して、自分も景清の面前で死んじゃうというような、そういうのは卑小なんですよ。卑しくかつ小さい倫理なんですよ。それがいいじゃないかというふうに近松が描いているというような、そういうところがいいんですけれどもね。景清がもう武士道的な倫理で絶対動かないという場合に、それに対して非常に卑小な、ある意味で恨みがましい、また女々しいというような形で、そういうのとぶっつかって、自分が死んでしまうというようなね。そういう、なんか卑小さが人間のほんとうではないのかということを象徴しているような、そういう点がおもしろいのですがね。たとえば徳川時代の文学という場合に、僕ならそこを中心にしてあとはみな、とっぱらっちゃえというようになっちゃうのですがね。

反秩序の思想

吉本　現在の問題でも同じなんです。僕なんか、江藤さんが安保闘争なら安保闘争を論ずる場合に不満なところは江藤さんが、反秩序というか、あるいはいまはやりの言葉では反体制ですが、そういうものをよくよくもっと微細に分けてもらいたいというところです。そうすると、そのなかにいろいろあるわけですね。

江藤　もちろんあると思います。

吉本　いろいろあって、共産党とか社会党とかは自民党があるがゆえにあり、自民党がなければならないという相互に助けあう関係を秩序に対してもっているわけです。一方はその秩序を一つ形作ってるし、そういう政治なら政治、思想あるいは政治権力がある。一方ではそれに対立する思想がある。僕はそういうふうに見ないわけですよ。一面では、たしかに対立しているところもあるという側面がありますが、しかしこれは逆から見ると、共産党とか社会党は秩序にとって不可欠な存在であり、自民党があるがゆえに共産党、社会党が存在の根拠を持っている。そういうものだというふうに僕は見ている面があるのですよ。

僕なんかの発想ではほんとうの反秩序というのは、秩序があるがゆえに存在しうるというようなものではなくて、秩序と、絶対的に、つまり精神的にも存在的にも衝突してしまうものです。言いかえれば、自分が自分自身の生に対して衝突してしまうということですね。僕らが考えている反秩序的な思想というものは、そういうふうになるわけです。

江藤　なるほど、非常におもしろい。

吉本　だからそのところを、江藤さんのように見ていくと、共産党とか社会党というのは、秩序に反するというか、まあ、反しているところもあるのでしょうけれどもね（笑）、そういう側面でだけ揃っているような印象を受けるのです。そうじゃないのだ、これは秩序にとって不可欠である、秩序にとって要るものである、存在が必要なんだという意味で存在しているというふうに、これをとらえる。あなたが安保闘争について書かれている『日附のある文章』〔一九六〇年〕を読んで、そういうところまでかいくぐって欲しいというのが、僕なんか不満ですね。

江藤　共産党や社会党が自民党と相抱いている抱擁家族みたいなものだという認識は、『日附のある文章』にはなかったかも知れないけれども、その後アメリカに行ったり、江戸のことをやったりしているうちに……、まあ、いまおっしゃったことはよくわかるような気がするのです。じつは「日本文学と『私』」〔『新潮』一九六五年三月号〕という論文にも書きましたし、あとでちょっと小田切（秀雄）さんと議論したりもしましたけれども、たとえば江戸期の社会における遊廓とか芝居町の意味ですね。こういうものは秩序に対して、反対の関係、ちょうど夜と昼のような関係にある。片方は非常に儒教倫理でしばられている階層秩序の世界、この昼の秩序が逆転して、夜の階層秩序が、松の位のおいらんを頂点として整然と廓の中につくられる。ところがここで支配する価値は、昼の世界の価値ではないわけですね。エロチックな価値、性的恍惚の価値が支配するそこでは、町人が上昇し武家が下降する。この二つの世界はまさに相関関係におかれている。

同じことが現在の政治にも類推できると言われるのは、私にもよくわかるのです。ただ、そう考えたときに、私はさらにこう思うのです。秩序というのは意外に包括的なものではないだろうか。たとえば共産党や社会党と吉本さんの間にも相関関係が生じていないだろうか。結局、自分は秩序との抱擁を拒否している。自分にこそ、永久の反秩序があるのだと言われる吉本さんは、果たして共産党と抱きあってはいないのだろうかと思うのです。共産党と吉本さんのあいだに、相抱きあう関係ができないだろうか。もう一つ押し進めて言えば、かつて共産党が無謬であるという神話があったわけですね。ところが吉本さんなどが、共産党を微細に分析したり、批判されたりしたおかげで共産党の無謬性などというものは嘘だということがよくわかった。だが、今度は、吉本さん自身が無謬に馴らされつつあるという危険が生じているのではないか。吉本さん自身のなかにそんな発想があるとは思わないが、あなたの影響力が大きいものだから、吉本神話のごときものができつつあると思う。吉本さんが無謬であってほしい人々の願望から吉本無謬説が生まれている。その拘束は、ちょうどきつい上着のように、吉本さんという自由な存在を締めつけはじめている。吉本さんの知ったことではない範囲まで締めつけはじめていると思うのですよ。この雰囲気を吉本さんは敏感に感じられているに違いないと思う。敏感に感ずると、人間というものは厄介なもので、意志的に生きなければならなくなってくる。

たとえば『言語にとって美とはなにか』、あれを見ていても、吉本さんがそういうものに耐えて、あるいはそういうもののなかで苦労して、自分が自由な自分であることを、意志的に通そうとしておられることがとても強く感じられる。この意志的なところが、あの労作の少しはいりにくい原因になってはいないのだろうかと思うのです。つまりああいうことは、整然とした体系的な理論の形でも言えるけれども、しかし、もっとなんというか、別のかたちでも言えると思う。僕は書評〔『週刊読書人』一九六五年六月二八日号〕にも書いたと思いますが、吉本さんが寺山修司さんとか岡井隆さん、山下陸奥さんとかの短歌を論じておられるところ。ああいうところでは、体系の一環を論じながら、しかもあなたの自由な抒情が、議論にも流露感をあたえていて、僕を快く運んでくれる。しかしそうでない場合、たとえばいちばんはじめの本質論をやっておられる箇所、マルクスの『ドイツ・イデオロギー』の独自な解釈を論拠にしていろいろな説を駁しておられるところなどでは、僕は吉本さんの努力というか、そのあまりにも意志的にとぎすまされた姿を感じて不幸だと思う。それはいまの吉本さんの、心の象徴のような感じがするのです。

吉本　それはわかりますね。そういう場合、自分が自分で無謬だ、誤りなしというふうに、あるいは絶対の反秩序だというふうに考える意志とか、思想とかをまた相対化する根拠というのは、結局のところ、自分自身の存在といつでも衝突しているという問題なのだというように、たえず問題にすることだと思います。問題にするというのは、別に公的表現にするということではありませんが、自分が内在的に問題にするということしか保証の方法が僕にはないわけですね。そういうことが保証するだろう、たえず自分をまた相対化するだろうというような保証というのは、僕はそこしか求めえないけれども、それがなくなって、公的表現のみならず、私的表現でも、自己肯定に至れば、これはつねにそれ自体が、また秩序であるというふうに、転化するだろうと思います。そうすると自分が自分の生に衝突するならどうして生きているのかということになります。どうして生きているのかというような自問は、たえずあるわけですね。しかしこれは公的表現にはならないが、やはりそれが保証するというふうに、どんどん収斂していきますね。だからそういうところへいくと、僕がわりあいに自由に、どんな文学でも、入れるとか、自分なりにわかるというようになり得るのは、そういうことではないかと思います。

そこまでくると不自由ではないので、たとえば江藤さんと座談会で対立していた小田切秀雄氏とか山田宗睦氏でも、その存在自体がだめじゃないかというふうに、僕が言うのは、あの人たちは、ただ秩序に対して反秩序といいますか、社会のヒエラルキーに対して、反ヒエラルキーという存在なんですね。実際にそうであるかどうか別として、そういうふうに自分で自分を肯定していると思うのですね。それは僕に言わせれば、さっきも言いましたように、一面では秩序が存在するがゆえに存在しているのではないか。けっしてそこから出ようとしないじゃないか、自分自身がもう自分自身に衝突するというようなところまでは、どうしてもいかないではないか。そこまで見解がいかないではないかというようなところで、僕には問題になるわけです。僕があの人たちにつまらんなというふうな感じをもつのは、そういうところなんです。

文学自体の見方というものでも、やはり僕から見ると、小田切秀雄氏などの見方というものは、非常に自由じゃないのですね。そうしてまあ僕らも自由じゃないところもあるけれども、はるかに自由じゃないわけですね。自由じゃないのはなぜかというと、そういう社会のヒエラルキーに対して反対するという存在と自分を考えると、そういって自己肯定したとたんに、すでに社会のヒエラルキーが存在するがゆえに存在しているというにすぎないというように、今度は逆になってきますね。あの人たちは自由じゃないなという感じを僕がもつのは、そういうところなんですね。そうすると文学に対する考え方自体も自由じゃないなということになるし、そういうところが問題になりますね。だからそういう点では存在の意義を、あまり評価することはできないなというのが、僕の考えなんです。偶然か必然か知りませんけれども、江藤さんの小田切秀雄観あるいは山田宗睦観というものが、僕と結論的によく一致するところがあるのですね。それは文学的感性というようなものじゃなくて、なんかもっと違うものだと思うのですよ。

江藤　そうですね。いったいなんですかね。

吉本　そのところが、非常に僕にはおもしろいし、だからあなたの言うことは、わりあいによくわかるのだけれども、あなたの年代でも、大江健三郎氏の言うことはよくわからないのです。大江氏は秩序に対する反秩序というふうに自分を規定づけるのではないかと思います。大江氏は創作の場合には自由だけれども、創作以外の場合、たとえば『厳粛な綱渡り』とか『ヒロシマ・ノート』[*10]になると、どうしてああなるのだろうという疑問を感ずるし、大江氏がだめじゃないかと思うのは、そういうところですね。そうすると、あなたの大江健三郎のある面に対する評価と一致するところがあると思うのです。一致するというのは、なにか文学的感性ではない、もっと違うところだろうと思います。

江藤　なんだろうな、人間に対する要求みたいなものかな。

吉本　そういうところがあるのですよ。だから僕はしばしばそういうことを言われるのですけれども、あなたは公的には保守的であって、大江健三郎氏は進歩的だということになっているけれども……(笑)、僕はそう……。

江藤　いや、僕も保守的・進歩的という区分けは実はどうでもいいのですよ。

吉本　そこのところが一つおもしろいところというか、問題のところであるかも知れません。

『ヒロシマ・ノート』批判

江藤　そうですね。僕は勝海舟という人が、わりあい好きなんです。福沢が『瘠我慢の説』を書いたとき、勝は「行蔵《こうぞう》は我に存す、毀誉《きよ》は他人の主張」ということを言った。自分のやったことはやったことで、それに対する評判は人の主張だという。したがって、「我に与《あず》からず、我に関せずと存候」と言っている。知ったことではないというのでしょう。これは明快なことだと思う。保守とか進歩とかは他人の主張であって、私にはどうでもいいことのような気がする。そういうことは分類にすぎないのですから、それにとらわれるのは、実にバカバカしいことでね。

私はね、人間の好みがあるとすれば、その人がどれくらい柔らかい心を持っているかということ。たとえば吉本さんは、非常にこわい論争家ということになっている。世間でも僕も論争家のはしくれのように考えているらしい。しかし僕は自分を論争家だと思ったこともないし、あなたを論争家だという理由で尊敬したこともない。あなたのお書きになったものには、しばしば共感するけれども、それはつまり、いがを一つむくとクリがあって、クリをもう一つむいてみると、ホクホクした実がある。そういう柔らかさがあなたの核心にあることを感じるからです。そういうものがほの見えるから信頼できる。小田切秀雄さんも僕は好きです。小田切さんは正直な方のような気がする。小田切さんは、いわゆる進歩派のなかでは、まだずいぶん柔らかいものを大切にしている人のような気がする。ところが議論をするとそのよさが出ないので残念なのです。大江君も僕はとても好きなところがある。たまに会う機会があって、話しているときの大江君は、いろいろなことをとても柔らかくとらえている人です。だから大江君の作家としての資質、あるいはあの人の文学の源泉を依然として信じることができるような気がする。ところがあなたのおっしゃるように、『厳粛な綱渡り』になったり『ヒロシマ・ノート』になったりすると、どうしてああ他人のための言いかたをするのかよくわからない。他人のために生きていけないことはないけれども、どうしてそれだけのような言い方をしなければならないのか。何故こんなつき合い方をしなければならないのか。見ていて、気の毒のような気がする。

論語にはいろいろむずかしい教えがあって、よくわからないけれども、あのなかに孔子様がお弟子と話しているいい文章がある。曽晳《そうせき》という弟子の話です。孔子様が弟子たちにお前なにがやりたいかというようなことをだんだん聞いてみると、みんな自分はこういう国の政治がやりたいとか、自分は宮殿の式部官のようなことをやりたいとか固いことを言っている。曽晳はもう六十ぐらいになっている人だけれども、最後に琴を弾く手をやめて「莫春《ぼしゅん》には、春服《しゅんぷく》既《すで》に成り、冠者《かんじゃ》五六人、童子《どうじ》六七人、沂《き》に浴し、舞雩《ぶう》に風《ふう》し、詠《えい》じて帰《かえ》らん」と言った。そうすると孔子様が「同感だ」と言ったというのですね。つまり儒学などというのは、非常に現実的な学問で、修身の道であると同時に政治理論ですから、いつもみんなどういう政治がよいかというようなことばかり言っている。ところがそういうことを言っている当の孔子が、「莫春には、春服既に成り……」というような、まるで関係のないようなことを言う弟子にむかって、お前に賛成だということを言ったというのはとてもおもしろい。古典には必ずそういうおもしろいところがあって、ああこれだなと思わせてくれますね。そういうものを信じたい気がする。いろんな人の論争文を読んでいても、論争文が残るとすれば、よほど例外的なものだけで、だいたいは消えるのですね。論争文は論争文の価値で残りはしない。そのなかに柔らかい心がどれくらいしみ通っているかということでわかる。

ところが現代は、あたかもそういうものの意味がないようなことを言う時代でしょう。たとえば平和と民主主義のために、広島に行ってなにかしなければならないとか、戦後民主主義のためになにかしなければいけないということになると、それに対して賛成だとか反対だとかわめいていなければならないような時代です。これが僕はずいぶん毒していると思うな、有為の作家を。これは大江さんに会う機会があるたびに、しょっちゅう言うが、毒していると思う。

吉本　その有為の作家を毒しているというところは、まったく同感ですね。ただ江藤さんと僕とは、なにか知らないが、グルリと一まわりばかり違って一致しているような感じがする（笑）。小田切さんという人は、いわゆる反体制的な人のなかでは、前から柔軟な思考をする特徴をもっていた人ですよ。それから大江氏の場合でもそうなんですよ。柔軟な思想を、考え方をすることができるのです。だからそういうものの核というものを出してくるとすれば、出てくる。それを、たとえば信頼できるという、あるいは本来はそうなんだろうというふうに、江藤さんは考えるわけだけれども、僕はその場合には小田切さんという人は、徹底性を欠いているというように見るわけです。反体制的な思想において、徹底性を欠いていると思うのです。大江さんなら大江さんの『ヒロシマ・ノート』あるいは『厳粛な綱渡り』でも徹底性を欠いていると思います。つまり、あの人たちは精神と現身と二重に、体制からはみ出した、そういうふうなところでものを言うべきなのに、一重にはみ出したところで、あるいは一重に反体制的なところで言ってる。だから、これは徹底性を欠いているものであるというふうに、僕ならばなりますね。そうしておいて、あとで、小田切さんなら小田切さんでもいいですよ、大江さんなら大江さんでもいいけれど、あなたは本音をはけば、ものすごく柔らかい心を持っている、よくものの分かる人でしょうが、というようなことはありますね。

そういうことは、僕はわからないではないですけれども、そういう場合には、その位相で言うのではなくて、徹底性を欠いているからだめなんだというふうに、なってくるわけですね。そうすると、なぜ徹底性を欠くかというようなことになってくると、だいたい体制が存在するがゆえに反体制であるというようなところを、どうして踏みはずさないのであろうかというような、そういう領域の問題になりますね。だからそういう立場を固執するから、固執すれば、やはり柔軟な心を持っていても、それを出すことができない。自由に出すことができない。いいものはよかろうではないかというふうなことは言えない。だめなものはだれが書いてもだめであると言えない。

たとえば大江さんなんか、ちょっと『ヒロシマ・ノート』などを見ると、僕は文学者失格であるというようなことを考えます。思想家失格などとは、別に専門でないから、言わないわけですが、たとえば赤松俊子の『原爆の図』などという絵がありますね。悲惨な、死んで幽霊のような人間をたくさん描いた絵ですけれども。それから峠三吉という被爆者の詩人の詩がありますね。『ヒロシマ・ノート』のなかで、大江さんはこれはいいというふうに評価するでしょう。しかしほんとうはよくないわけですよね。それは芸術としてよくないし、芸術としてよくないがゆえに、どんな意味でもよくないですね。いいものじゃないのですよ。それをどうしていいと言わなければならないかというふうに、逆になるわけです。それは要するに、大江さんが秩序を補塡する反秩序という位相を逸脱し、そこから踏み出そうとしないから、逆によくないものをいいと言わなければならなくなるという、矛盾撞着にたちいたるのであろうと思います。それは必然なので、けっして柔軟な心を、その場合には隠していて、ウソを言っているのではないと思います。そうなっちゃうのだな。あの人自身の文学観、あるいは自分が書いている小説作品というものを考えてみたら、まるでチグハグになってくるわけでして、どうしてこれだけの作品を書きうる人が、これをよしとするのであろうというようなことになると思います。だから、そこのところになると、あなたとまた一致してしまうように思うのですが。

江藤 それは一致するまでの道程が違うのでしょうね。

吉本 なにかそのところが違うような気がするのですが。

江藤 ただ僕は、大江さんなどを見ていると、ほとんどこれは、意識にはのぼらないくらい根強い自己欺瞞だという気がする。小田切さんでもそうじゃないかと思う。それはやはり、時代とのかかわり方がどこかで間違っているからだという気がしますけれどもね。僕は時代と個人とのあいだは、直線的な糸でつながってはいないような気がするのです。時代と個人とのあいだの糸のつながり方というのは大変屈折したものだと思う。みんなはつながっていると思いたいのでしょう。が、それはみながそれぐらい孤独だからというにすぎない。みんなさみしいような気持があるものだから、自分は時代とつながっているとか、つながらなければならないとか思って、そこに糸が一本はってあると錯覚しているだけです。実は時代と個人との関係は、そんな単純なものではないでしょう。

つまり、これは非常に個人的な体験になってしまうけれども、僕はちょっとした外科手術を受けて都心の病院で寝ていたのですが、術後ウツラウツラしていた。そうすると国会議事堂が近いので、外を日韓反対とか言って通って行くのです。こっちは意識が減弱しているせいか知らないけれども、それが自動車の排気ガスの音のようなものに聞こえた。時代と個人の関係はそういうものであり得るわけですね。個人と時代とのあいだには、いろいろなクッションがある。個人は、そういうふうにしか存在できないのだということを、人々がもう少し肝に銘じたら、かえって時代とのかかわり方は深くなると思う。僕は個人と時代が直結していなければならないという要請が、現に直結しているという錯覚を生んでいるような気がする。

もう一つは、僕はただ単に常識から考えるのです。つまり、他人の苦痛が、どれだけわかるかということ。他人の苦痛がわからないから、医者や看護婦は的確な処理ができる。他人の苦痛は絶対にわからないから、家庭生活も可能なのでしょう。大江さんの『ヒロシマ・ノート』を見ると、作者が同情し得ると考えているのが、たいへん傲慢なような感じがする。被爆者の苦労に対してです。あるいはこれは拡大して、ヴェトナム人民は戦争で苦労しているから助けてやろうと言いますね。それは結構だが、いったいわれわれにヴェトナム人民の苦労がどれだけわかりますか。わかるわけがないのですね。早い話が、僕は女房が腹が痛くてうなっているときに、なにが痛いかわからないですよ。腹が痛いというのだから、苦しいのだろうと、自分の過去の経験から類推して考える。そうしてなんとか処置してやろうというだけで、時には面倒臭くなることもある。そういうことは悲しいかな事実です。そういうふうに人間は生きているはずだと思う。ところが公的な問題になると、にわかに他人の苦労がわかるようなことを言うのはおかしいと思う。そんな馬鹿なことがあるわけがない。

もう一つ言いますと、僕は異常なものを見ているのが好きではないのですよ。人生は正常なものを見ているだけでもしばしば耐えがたいものだと思う。非常に耐えがたいところがある。もちろんそれだけではない。非常におもしろいというか、至福感を与える瞬間もあるけれども、だいたい耐えがたいものです。なにを好んでもう一つの異常なものを見て、ほら、これだこれだと騒ぎたてなければならないのか。異常なものを現に自分がもっている人間なら、それはなるべく騒がれたくないでしょう。戦争の傷あとを持った人間は、戦争のことは忘れたいだろうと思う。戦争の渦中にいる人間は、平和になりたいと思っているだろう。しかし他人が悲惨だ悲惨だといって騒ぎたてるのを好まないだろうと思う。そういうふうにして、われわれは日常生きていると思う。向こう三軒両隣のつきあいでも、そういうふうにして生活しあっているし、人とつきあうにも、そういうふうにして生きている。こういうのが人間が長年つちかってきた知恵だし、日本人なら日本人なりに、こまやかさをあたえて来た感受性の進め方だろうと思う。ところが自分の異常趣味とか、戦争に対する嗜好を、大義名分を立てて言うやつは、僕はほんとうに嫌いなんだな。その貧寒さというか、心の貧しさが好きになれない。

個人的倫理と政治の論理

吉本　その話はそれなりにわかるのですけれどもね。たとえばいまやっている日韓条約批准反対というような運動、あるいはデモというものがあるでしょう。僕らがそれに関与しないのは、また江藤さんと少し観点が違うかも知れません。あなたのおっしゃる言い方ですれば、自己欺瞞の非常に拡大されたものということになるでしょうけれども、僕らは全世界的に見て、資本主義体制と社会主義体制との対立、反撥という図式を補塡しない方法、つまりそういう世界秩序じゃない秩序で、行なう方策というか、方法というのが見つからないのですよ。見つからないというか、よく考えられないところがあるのです。それだからしないのです。だから日韓基本条約反対というようなことの現実運動をやれば、必ずそのどちらかの秩序に入ってしまうわけです。これは好むと好まざるとにかかわらずなのです。

しかし僕はそういう世界認識を認めないわけです。だからこれは非常に社会的な次元で認めないわけです。認めない秩序で反対運動というものができるかどうかというように考えると、なかなかいい方法が見つからないということが一つあるので、まあ理由はたくさんありますけれども、そういうことが、いまのお話に関連づければ一つあるのですね。

だから、やれば必ずどちらかが補塡するわけですよ。いまの社会主義体制と資本主義体制が対立するのが世界の一つの図式だという、その図式のどちらかに完全にはまり込むわけですね。それ以外のほうはとりえないというようなところがあるわけですね。だからあれは、共産党、社会党、先ほど言いましたように、秩序の補塡物として存在する共産党、社会党がやればよいと思うのです。秩序の補塡物ですから、必ず途中でやめるわけです。いいところで手を引くわけです。必ずもう決ってるわけです。やらぬ前からわかっている。だからそういう人たちがやればいいと思うのです。そういう人たちにやってみなさいというのが、僕の考えなんです。あなたたちやってみなさい。自分たちは、大衆を象徴する政党である、だから私たちがやるから、どうかついてくるものはついてきてください、私たちはどこまでもがんばりますよというようなことは、一度も言ったことがないし、やったこともない、共産党、社会党は。ちゃんと決っているわけです。だから、秩序を補塡するところからはみだすということは、一度もしたことがないわけです。だから、やってごらんなさい、もし秩序をはみだすというようなところまできたら、つまり反秩序の秩序をはみだすところまできたら、おなぐさみである、そういうことができるわけがないから、存在自体ができないのだから、できないだろう、しかしやるならやってごらんなさい、僕はそう思いますね。

僕は、そうじゃないという方法ですね。それがよくとけないところがあるのです。それは単にそういう政治的な行動というようなことだけでなくて、思想的にも言えるのですけれども、なかなかとけないという、暗中模索みたいなところがあります。だからあなたが病院で見ている、聞いているというそういう位相と、ある程度同じようなところが似てしまうようなところが出てくるのは、そういうところですね。

それから江藤さんの、それは自己欺瞞であるというような問題の出し方があるでしょう。僕はそういうふうには出さないのですよ。だいたい僕には、個人の共同性、あるいは個人を拡大して、せいぜい家庭ということになりますが、家庭の共同性というものと、政治的な共同性、あるいは思想的な共同性というものが、本質的に対立するものであるというような考えといいますか、原理があるのです。だから家庭の共同性というものがずっと拡大していくと社会の共同性になるみたいな、現今はやりの社会学の概念をちがうと思っています。家族の共同性というもの、あるいはそのなかでも個人の日常的な共同性というものと、ああいう政治的な共同性ですね、そういうものとはもともと矛盾するものだと思います。だから矛盾とみずにこれをずっと調整しながら伸ばしていくと、一方から見れば、江藤さんの言うように、それは自己欺瞞ではないかというような観点が出てくるかも知れません。他の一方ではそれを延長していけば、一つの進歩思想というものが出てくるかも知れません。しかし僕の考え方では、それはそうではありません。はじめから原理的にさかさまになっているものだから、その間には、それこそさかさまになるということを、一種のクッションとして見なければ間違うのではないかと思います。自己もまた他者になってしまう政治とか思想の共同性の世界というものは、自己に対して他者という、個人または家族の共同性の世界とは、もともと逆立するものであるという認識が僕の基本にありますね。だから結論だけをとってくると、江藤さんと一致してしまうけれども、またそれも一まわりぐらい、違うような気がするのですね。

江藤　あなたのご意見が個人的な倫理と政治の論理が違うという意味なら同感なんです。政治にコミットした人間は、おのずから家庭内での、あるいは友人同士の、人間関係とは違ったものを強いられる。それを引き受けない限り政治はできない。他人を操作することはできないということもよくわかる。その点はまったく同感です。ただ、大江君でも小田切さんでも誰でもいいけど、こういう人々は政治家ではないのですよ。政治家として不適格なのです。他人を操作したりなどできない。自分の問題も解決できないで七転八倒している。それなのにあたかも自分の問題が政治的問題と直結しているかのような、前提に立ってものを言っているのは、いたいたしいのです。それを僕は自己欺瞞というのです。

だから、個人的な欲求不満は、われわれが皮膚で仕切られた個人である限りは、その範囲で処理すべきことであって、一般的社会主義に解消すべきものではない。もし政治をやろうというのなら、その政治をやろうという決意のもとに立って、踏み切らなければならない。つまり正義のためにではなく、進んで悪を行なう決意がなければならない。それは人間が社会生活を通じてでなければ存在できないのだから仕方がない。人間の共同生活を支えているのは、いわば生の根源的な力に根ざしている暗い衝動でしょう。政治はこの力に触れなければ、動いていかない。そのためには、常識的に考えたら、嫌なことでもあえてしなければならないだろうと思う。だからスターリンなども、あながち排斥しようとは思わない。それは一つの様態だろうと思う。これは実は家庭を治める上にも通じるのです。家庭関係は一面では倫理だが他面では政治ですから。そういうことを知っていて政治運動をやるなら別だろうと思うけれども、人をだます前に自分もだまして、あたかも個人と時代が直結しているかのようにいう。個人的理想と政治的論理の断絶が、あたかもあり得ないかのように言うのは、害悪が大きいと思う。

私は、結果としていちばん問題になるのは、広い意味での文化の荒廃だろうと思いますね。日本人の創造力の荒廃が、そういう自己欺瞞から生まれてくるのが、いちばんこわい。文化人の政治運動の建設的効用性というようなものを私はぜんぜん信じませんよ。『ヒロシマ・ノート』であろうが、『ベトナム戦記』であろうが、あるいはティーチ・インであろうが……。

吉本　それはわかります。これも信じないというのは、僕も信じないわけですね。僕などの場合には、つまり結論的には、また同じような感じになってしまうわけですが、僕のが違うのは、これは大江さんにも小田切さんにもあてはまると思うが、たとえば戦前で言いますと、小林多喜二なら小林多喜二という人をとってきますと、この人は、つまり政治家といいますか、政治運動家ではほんとうはないのですね。あなたのおっしゃるように、資質としてはそういうものはないわけですから。でも政治運動をやっている小林多喜二というのがあるでしょう。そこで振舞わなければならない、つまり自分も他者であるというような、そういう関係のなかでの共同性のうえで振舞わなければならない自分というものがあるでしょう。そういうものと、家なり、あるいは女性との共同生活なり、あるいは日常生活といいますか、そういうかかわりない生活もしているわけですから、そういうものとは、先に言いましたように、二重性だと思うのです。もともと矛盾するもの、もともと逆立するものだと思いますけれども、そういう認識というのは、たとえば小林多喜二なら小林多喜二には存在しないわけですよ。つまりそこでは、たとえば小林多喜二は、ダンスホールに行って遊んだというようなことがあれば、そういうエピソードがあるけれども、それはちょっと内緒にしておいてくれな、というようなことがあるわけですよね。そうすると、あなたのおっしゃる通り、それは自己欺瞞なんですね。だけれども僕は、それを自己欺瞞というふうに、自己欺瞞には違いないけれども、それよりも、根本的な思想において、人間というのはそういう二重性としてしか存在しないのだ、政治運動なら政治運動の世界と、自分の私的な世界とは、そういうふうに二重性としてしか存在しないのだというような認識を欠いていたということ、あるいはそういうことを知らない、あるいは考えないのだということが、僕の場合には問題になり得ると思うのです。だから自己欺瞞には違いないが、その自己欺瞞のよってきたる理由はなんだろうかというように、僕はいまのところ論理づいているから、そうなるんです。そういう二重性として存在しているのだということを、人間はそうなんだということを、ほんとうは認識しないから、だからおれはダンスホールに行ったのを、人に言わないでくれというような、そういうことになるのですね。そうするとあなたのおっしゃるような自己欺瞞ということになる。

しかしほんとうは、そういうことよりも、この人が僕はだめだなと思うのは、認識としてそういうものがもともと存在しないということ。だから存在すればいいわけなんですよ、ダンスホールに行こうが、奥さんを愛しようが、子どもと遊園地に遊びに行こうが。それと、戦前で言えば、非合法みたいな政治運動というようなことをやっている自分というものは、僕の考えでは矛盾しないと思いますね。つまり本質的に矛盾するがゆえに矛盾しないと言いますか、いいわけだけれども、そういう認識がないから、要するに、おれが子どもと遊園地に行ったなんてことは言わないでくれなというふうに、あるいは自分はダンスホールに行って遊んだなんていうことは言わないでくれなというようになってしまう。なにか政治的英雄像みたいなものがここにできあがる。しかしこの政治的英雄像は、江藤さん流に言えば、そうではないだろう、この私生活を見てみろということになります。この問題はある程度荒正人さんとか、平野謙さんも提起したと思います。この小林多喜二の私生活を見てみろ、なってないではないか、政治運動のために、一人の女性を手足のごとく使い、それを犠牲にし、自分は働かないで女性に働かせて、金を巻き上げて暮らしていたではないか。これを見ろ、これは欺瞞ではないかというような論点です。その場合、僕は政治的な共同性というものと、そういう男女とか家とか、そういうものの共同性というのはもともと違う二重性なんだという認識それ自体が存在しなかったということを問題にするのです。

僕は、たとえばあなたのおっしゃるように、資質として文学者であるというような人が、だいたい政治運動家なんかになれるはずはない。そういう政治的共同性に耐えられるはずがないというようなものの持っている矛盾撞着、あるいはそういう欺瞞、あるいは手をよごさなければならないというような、そういう世界に耐えられるはずがないと思うけれども、その場合の基本的な認識みたいなのはね、僕の場合には、そうなるわけです。たとえば文学者なら文学者として、政治運動をすることはできないというふうに思うわけです。

だから、政治運動なら政治運動、大衆運動なら大衆運動というようなものに加わるとすれば、僕は文学者として加わることはできないのであって、やはり大衆として加わるというふうになるわけです。これはどの場合でもそうですけれども、安保闘争の場合でも僕は原理的にそうしてきました。一人の肉体をもった大衆であるとして振舞ってきました。イデオロギー、あるいは思想として、政治的な指導を行なっているものよりも、自分のほうがよりよき認識をもっているであろうというふうな場面に至っても、大衆として振舞うことを逸脱しまいというのが僕の原則でした。だから僕が、竹内好さん、清水幾太郎さんと安保闘争の場合に違ったとすれば、そういう点だけしかないと思いますよ。僕は原則としてそれを守ったのであって、あの人たちは、鶴見俊輔さんでもそうだけれども、知識人、あるいは文学者、思想家が、そのまま歩いているというような感じになる。だから大江さんがいくら書いても、開高さんがどう書いても、あるいはテレビでなんかやっても、あれはやはり無効なわけですね。政治的に無効なわけです。自分の経済学者、あるいは文学者、あるいは社会学者という、そういう上衣を脱がないで、そのまま、少なくとも政治的な渦中に、完全に入るであろうというところに入っていくから、それ自体が無効だと思うのです。だけれどもあの人たちは、入るならば一人の大衆として入るとか、あるいは指導者として政治運動に入るならば、入る場面ではやはりぜんぜんその上衣は抜きにして入って行けば、イデオロギー批判は別として、それはそれなりに僕は納得するわけですよ。

安保闘争の場合、江藤さんなんかがやっておられた「若い日本の会」[*11]などは、やはり無効であると思っていた観点は、イデオロギーがどうだというようなことを別にして言えば、やはりそういうところだと思うのですね。文学者なら文学者として政治的に機能する、社会的に機能するということは、僕の考えでは、できないということがあるでしょう。そういう意味で僕は、あれには不満でしたね。だから、結論的なところでは一致してしまうようなところでも、なにかこう、江藤さんと一まわり、どこかちがう感じです。

江藤　たしかにそうですね。

吉本　違ってしまうというのは、そういうところだと思うのです。だから、そういうところが僕は問題なんです。江藤さんが『朝日新聞』に「安保闘争における知識人の役割」[*12]みたいなことを書いておられたが、ああいう人たちとおれと一緒にしてもらうのは、まことに不満であるということがあります。おれはそうじゃないということが……。(笑)

江藤　なるほど。

吉本　そういうところがありますよね。

江藤　ただどうですか、吉本さん。おっしゃることはよくわかるのですけれども、文学者である吉本さんと、大衆の一人である吉本さんはあなたの内部では分けられても外側から見たら分けられないのではありませんか。政治運動であるからには、自分が他者になる面がある。他者の目で自分を見れば、大衆である吉本さんは、同時に文学者である吉本さんということになってしまうでしょう、現実には。

吉本　なってしまうということよりも、客観的にそう見えてしまう。それは認めますよ。それはそのとおりです。いま江藤さんのおっしゃるように、実際、具体的にきいてみると、大衆として振舞うという原理でもって、そういうふうにしたと言われるけれども、しかし世間はそう見ない、つまり客観的にはそう見えない、文学者である吉本が、のこのこそういう場面に出かけていったというように見えるよという場合には、やはりそれを肯定せねばならないということがあるわけですよ。複数の思想というものは、他者からそう見えた場合には、たとえ内在的に違っていても、あるいは実際にはそうでなくても、そうであるというふうに肯定しなければ保証されないと思います。いや、そうおっしゃるけれども、じつは違ったんだ、というふうに言うのは、内在的には言い得るし、また言わなければならないというものもあるわけですけれども、おっしゃるとおりであるというところで、他者を受けとめるということなしには、やはり複数の思想というのは生じないだろうと思います。これは嗜虐的ですか。

江藤　いや、そうじゃない。それは非常にわが意を得たのです。いまうかがっていてじつは感心したのですけれどもね。私も同じように考えるのです。さっきから言ったように、一回ころがされて、その反動で相手を投げる。世間を拒絶しない。そうでなければ、人と共有できるものの考え方はできないというのは本当に同感です。ただ、僕は原稿用紙の上に、あるいは心を書けばいい詩を、政治問題や社会問題の上に書いてしまうのが嫌なんですね。

そこで伺っておきたいのはこういうことです。絶対の反体制というものがあるという。それと、たとえばいまの日韓問題との触れ合い方がどうもよくわからない。したがって結論的には、おまえの言ったことと同じ立場になるのだと、さっきおっしゃいましたね。僕にはこの絶対の反体制という夢は、やはり政治に託された、あなたご自身の詩なのではないかという気がする。それはどうなんだろうかという疑問がわくのです。

政治に詩を託すということは、いろいろな時代にいろいろな人間がやってきたことだろうと思います。フランスのロマンチシズムと革命の関係を見てもわかるし、ロシアには、これはいくらでもある。日本でも自由民権そのはかいろいろあるけれど、政治が詩的情熱の対象になるということが誰の眼にもはっきりしたのは、マルクス主義が入ってきてからでしょう。政治や革命に人間の詩的情熱を注がせるものがあるという事実を私は否定しない。しかし共産党とは違う絶対の反体制というあなたの夢は、これは僕が『作家は行動する』でつかった言い方をすれば、「実現を無限に延期された行為」のような気がする。つまり詩的行為です。これはなぜ詩の範疇と考えてはいけないのだろうかという気がするのですよ。

思想の根源にあるもの

吉本　それはこうだと思うのです。たとえば国文学者で言えば、折口信夫なんかの仕事を、非常にすばらしい仕事だと思うけれども、原理的には不満であるということと関連するわけです。思想というものは、あるいは共同性になり得る思想というものは、ほんとうは他者を要しないといいますか、必要としないと思います。だから、マルクスならマルクスをとってくるでしょう。パリ・コンミューンの敗北以後は、マルクスというのはもっぱら経済学に没頭するわけですね。『資本論』を書くわけです。経済学に没頭するが、この人が死んだときには、だいたい子どもと、子どもの婿さんと、あと友だちと言えばエンゲルスか、ほんの四、五人しかいないわけですね。看取る人もいないし、私淑する人もいない。そういう状態で死んでいって、しかも当時、いわゆる政治運動家、あるいは革命運動家はいるし、そういう組織もあるが、そういうものから絶対に排撃されて死んだわけですね。だからその当時の政治運動家、あるいは社会運動家は、みな違うところで動くわけですね。マルクスというのは、そこからなんというか、押し出されるというか、疎外されていく。そうして死ぬわけだけれども、しかし、そのこととマルクスの思想が共同性と変質の過程と両方受けながらですが、共同性として存在し得た、存在し得る、そういうこととはあまり関係ないと思うのです。つまり当時の社会運動家、あるいは革命運動家というものは、すべてマルクスを否定し、彼が死ぬときには、たった家族と親類、少数の友人ぐらいしかないというような、そういうような状態で死んでも、やはり思想は思想なんですね。また共同性となり得る思想となり得ると思います。思想の共同性は、極端なことを言えば、他者を要しないのです。他者を要しないということと、思想が共同性になり得るということとは、おのずから違うことであるというものがありますね。

だから、文学で言えば、文学を大衆化しなければならないとか、大衆文学に、あるいは大衆芸術に着目しなければならない、あるいは、折口さんなどの場合は、もっと常民文学、あるいは常民風俗、常民文化というものに着目しなければならないという発想は、僕の考えでは、ほんとうは共同性になり得るように見えて、なり得ないというふうに思うわけです。それはあくまでも常民文化なら常民文化の次元で粋が集められる。あるいは大衆文化なら大衆文化、大衆芸術なら大衆芸術の次元で粋が集められる。しかしけっしてそれが次の時代に文化が移るという契機にはならない。ではどういうものがなり得るかというと、時代が移るという場合もそうですけれども、きわめて個人的にといいますか、きわめて孤立的に存在していた知識人の生みだした、文化なら文化というもの、文学なら文学というものが、時代をほんとうは転換させていくと思います。そういうものが、共同性になり得る、共有し得るというような根拠はあり得るけれども、もともと共有されている文化なり、もっと底にある恒常的に流れている文化なり、その粋を集められると、それが次の時代をもたらすというようなことは、僕の考えではあり得ないわけですよ。だから現在、たとえば共同性を組み得るようにみえている思想、あるいは共同性を組んでいる思想というものがほんとうに共同性であり得るか、あるいは次の時代をもたらすなにかであり得るかというように考えると、僕はそれはそうでないと思います。なんか知らんけれども、死ぬときには家族、兄弟だけでたくさんであるという、そういうところでの思想というものですね。文学で言えば、おれは世界がどうなっても知らない。時代がどうなっても知らない。ただ時代があり世界があるとすれば、おれのなかにだけあるというような、そういうような文学者というものが、時代の文学というものを変えていくと思います。

たとえば折口さんなら折口さんの仕事は、僕が薄っぺらな批判をしても、そんなものでどうなるというようなものではない業績だけれども、しかし原理としては、どうしても納得し得ないというようなところがあるとすればその点です。それから小田切さん、あるいは同類の「新日本文学」「思想の科学」というものが、芸術を大衆化するとか、大衆芸術に着目しなければならないとか、そういうふうに言うのに僕が賛成できないのは、それはだめなのだ、時代はそういうことで動かないであろう、あるいはそういうふうには変わらないだろう、変わるとすれば、自分のなかに世界を取り込んだというような、そういうものだけが動かすだろうという観点があるからです。

だから、絶対に反体制などというのは、そもそもそれがどこに有効性があるかとか、そこに存立性の基盤があるかとかいうことは、江藤さんがいま言われただけではなく、いろんな左翼政治家や、左翼文学者から全部そう言われるわけですよね。なにを言うかというように僕が言い得るとすれば、思想はそういうものではない、現にきみたちは、マルクスの思想を非常に低級に受け取って、それで結構やっているわけではないか、しかしマルクスを見てごらんなさい。あれはぜんぜん総スカンを食って、ほんとうに四、五人の人に囲まれて、それで死ぬというようにしか存在しなかったのですよ、というような反撥が原理としてありますね。

江藤　なるほどね。よくわかります。マルクスのことはよく知りませんけれども、マルクスの思想が有効性をもったのは、それが詩の域にとどまらず、かなり正確な世界認識になっていたからだろうと思うのです。じゃあマルクスはなぜそれだけ正確な、世界認識が行なえたのか。僕はそれがキリスト教を逆転したかたちで西欧文化全体の根底、民俗学の底にあるようなものにまで触れていたと思います。だからこそ後世あれだけの階級的憎悪を組織できたのだろうと思うが、とにかくそういうふうに世界が動いていると彼は見たわけですね。そうして彼の目に見えた世界の動きを、経済学という観点から記述してみたわけですね。彼はなにもパンフレットを売って歩いたわけではないし、デモの先頭に立ったわけでもない。別にそういうことを本業とはしなかったが、ただ彼は、自分の認識がそういう深い場所に立っていて、人間性の根源に至ると同時に、世界を動かすものになっていることは知っていただろうと思う。この知恵は現実の政治過程とマルクスとのあいだに、これは皮肉なことだけれども、つねに一枚の紙がはさまっていたために生まれたのでしょう。髪の毛一筋、あるいは紙一枚だけのあいだをへだてて、彼は自分の見たものを忠実に記録する。これはなにも外界にあるものだけではない。マルクス自身の内面も含められるのだけれども、記録者として自分の見たものを記述するということに耐え得たから、それを将来、レーニンならレーニンが政治過程のなかに有効に生かすことができた。毛沢東もまた別な形でそれを有効化しつつあるということになるのじゃないかと思うのです。

吉本　それはそうでしょう。そうなってくると、思想のレベルの相違になりましょう。

江藤　いやいや、そうではありません。レベルのことではない。僕が言うのはむしろ発想のことです。つまり記述するという立場にマルクスが自分を置いたという。マルクスは文学者ではないけれども、ここには通じあうものがありましょう。つまり文学者というものは、どんな時代でも文学者でなければ生きていけないような人間でしょう。時代と彼とのあいだにはつねに、はたから見たらほとんどわからないくらいだが、しかし鋭敏なものが見たらわかるような、髪の毛一筋ぐらいの、紙一枚だけの隙間がある。それは彼の生そのものが非常に耐えがたいものであるためかどうかよくわからないが、髪の毛一筋のあいだを置いて記述していかなければならないものがある。その文学者の書き残したものを、五十年後、百年後にだれかが見て、それを自分のなかの衝動を解放する手段にするのは勝手ですけれども、しかし文学者と政治とのかかわり合いには、なにかそういうものがあるのではなかろうか。マルクスのやったことは、けっして単なる抒情ではないように思うのです。政治を詩にしてしまうのは、あるいはわれわれの文化的伝統のようなものかも知れませんね。

吉本さんの理論が必ずしもそうだというのではありませんが、われわれの周囲にある政治理論はたいてい抒情だと思う。つまり世界認識ではなくて、自分のなかにある個人的な抒情の欲求のプロジェクションにすぎないものが多いように思う。しかし自分が世界に投影されると同時に、世界の投影が自分を規定するというのが実際の姿でしょう。抒情からはこの相関関係がぬけおちている。詩は世界を消すものですからね。抒情詩は世界を消してしまう。ところが実際には世界を消してしまうことだけをやっているのに世界になにか寄与していると思いこんでいる人々が多いのです。そのへんのところは、直感的にしか申し上げられないけれどもそう感じます。僕は左翼的論客があなたについてどういうつまらないことを言っているか知りませんが、僕自身の直感的な率直な感想として、そう思うのです。

吉本　なるほど。それは僕に引き寄せて言えば、これはただいたらざるがゆえにそうであるにすぎないので、原理として抒情的なわけではないというふうに言えますね。ただいたらざるがゆえにそう客観的に見えるかも知れないということでね、けっして原理的に混同はしないと思います。つまり人間の存在をどこまでもとらえると同時に、相対的に言えば、人間の現実の動き、それから人間の生みだした幻想のすべての、共同性というようなものを取り出し得るというような、そういう徹底したことができなければ、どうしようもないことだろうと思うのですね。マルクスの場合にはそれを取り出し得ただろうということですね。しかし、毛沢東の場合はそうではないだろう。つまり使っただけで、もっと次元の低いものであろうし、低いものしか受け入れられないのかも知れないけれども、そのこととまた、思想が本来的に共同性を持ち得る条件いかんというようなこととは、またちょっと違うと、僕ならばそういうふうにそこのところを理解するわけですけれどもね。自分に引き寄せたところは非常に簡単なわけで、世紀の巨匠みたいなものと僕らみたいなものとのただ差異にすぎないというような、それだけのものだというような気がするのですよ。原理的にそういうことです。だから抒情性が見えるというのは、それはちょっといけないというか、どうしようもない一つの限界というふうに思うけれども、しかし原理としてそうだということとはまた違うということがありますね。

僕が江藤さんの批評に感じるのは、社会的な問題があり、あるいは政治的な問題があり、そういうのを収斂してきますと、どうしても人間ということになって、個的な人間というもののどこに虚偽があり、どこに真があるかというような、そういう問題になってくるような気がするのですよ。僕はそういうように発想しないで、人間に収斂するという問題と共同性という問題とのあいだに逆立があって、つまり矛盾があり、また発展になるところがあって、人間が虚偽だから思想も虚偽であるとか、あるいは共同性として振舞う思想が虚偽であるというふうにはいかないと思うのです。だいたい思想の共同性というものと、個的な人間というもののあいだにはワンクッションあって、そこで屈折というようなものではなくて、逆さまになってしまうというようなことがあるのだという気がするのですよ。江藤さんの場合にも、小林秀雄の初期の評論のなかにもそれを感ずるのですけれども、真実を言うわけですね。真実を言っていると思うのです。たとえば小林秀雄が、プロレタリア文学者の概念の欺瞞をあばくという場合に、真実を言っていると思うのですね。真実を言っているけれども、ワンクッションがないような気がするのですね。ワンクッションを設けて、思想の共同性というようなものと、それから個的な思想というものと、どうしてもそこで反対になっちゃうのだ、逆立しちゃうのだというような問題の取り方というのが、ないような気がするのです。そこのところが問題なんですけれどもね。

共生感への渇望

江藤　なるほどね。僕は必ずしも究極の終点が、個人の真情あるいは虚偽だとも思わないのですよ。それは、われわれの日常生活は個人が単位だから、当然倫理が問題になるわけですね。しかし僕もやはり、個人のもう一つ奥にある生の根源というものに触れたい気がする。僕は世界が変わるか変わらないかということは、じつはあまり興味がないのです。だけれども、たまたま、個体を背負って生まれてきた人間が、ある瞬間においてでもいいのだけれども、果たして幸せになれるだろうかと考えるのです。四民平等で、倉にいろいろなものが満ちたら幸せだという考え方がある。これは唯物的な幸福観でマルクス主義でも平たく言えばそういうことになるのかも知れない。だけれども、僕は必ずしもそれが理想だとも思わない。個体というのは厄介なものです。個体としてしか存在できないのはつらいことだと思う。もし個体がある全体に融合できるなら、それが幸福というものではないかと思うのです。つまり個人の向こう側にある生の根源に、じゅうぶん自分を浸すことができればよい。ほんとうを言えば、理想はそういうところにある。そこに行けるか行けないかというと、現在はますます行きにくくなっている。

そこで僕は漱石という人のことを考えるのです。『道草』に子どもが池を見ている挿話がある。深い池に釣糸を垂れてみた。そうするとものすごい力で引っぱりこもうとするものがあるので、怖くなって、糸を放してしまう。翌日見ると一尺ぐらいの緋鯉がゆうゆうと泳いでいて、子どもはそれに怯えた、と書いてある。この池と子どもの関係は、生と漱石の個体との関係の、象徴のように考えられる。『道草』は漱石が四十九のときに書いた小説だから、三、四歳のときの体験のことを振り返っているわけで、多少話が深刻になっているかも知れないけれどウソは書いてないだろうと思うのですね。つまり生と自分とのあいだには牽引がある。けれどもそこに飛び込むのは怖いという個体の自覚をもって、漱石はだんだん成長していくのですね。成長していくにつれて、彼は時代の問題に会い、文明批評的なことに関心を持ちますが、結局は、個体として日常的現実社会の倫理関係の間に存在している状態から、また『道草』でのように個体を越える生と自分との関係というところに円環を描きながら戻っていく。ここまで戻っていくことができたのが、漱石の偉いところだと思うのです。

つまり時代の思想、あるいはその思想によって組織された組織体と自分との関係というようなものを越えたなにか、人間が生存の根底にもっている全体感というか共生感というか、そういうものにめぐりあおうとして漱石は進んで行った。非常に意志的・知的な抑制を伴いつつも、しかしその意志的・理知的なもので自分の個体を抱きとってくれる生に対する感受性を押しつぶすことがなかったと思う。『明暗』なども、僕は「則天去私」を信じはしないけれども、上に引き上げられるのではなく、むしろ地の底に帰っていくような衝動に支えられた小説のような感じがする。『猫』とか、あるいは『坊っちゃん』とか、あるいは『虞美人草』とか『野分』というような、社会批判的言辞の多いものでも、漱石の小説には、いつでも自分の生の根源に向かって行こうとする底流が流れている。こういうものが彼を支えていて、これが作家として彼を大きくしたと思います。漱石という人は非常に孤独な人だったと思うけれども、漱石の作品は不思議に読者を孤独にしない。最初にあなたがおっしゃったが、達人のものを読むと及びがたいという感じがして、こっちが突き放されますけれど、漱石は突き放さないですね。それは彼が個体を越えるなにかの感覚をもっていたからではないか。こういう感覚がほしい。われわれは漱石の時代よりも忙しい、とげとげしい時代に住んでいるが、しかしわれわれもまた幸福になる必要があるのではないかという気がするのですよ。

吉本　あなたのおっしゃる幸福というような概念は、わかるように思いますよ。つまりそうすると、たとえば、江藤さんが伝統というような言葉を使うでしょう、その場合にはそれを指すわけですか。

江藤　ええ。それに通じるでしょうね。たとえば浄瑠璃。浄瑠璃は、個体を全体のなかに運んで行くものかも知れない。世話物で言えば、『天の網島』でもいいし、『曽根崎心中』でもいいのだけれども、個体の拘束のなかで生きている男女が個体を越えるところに行くのですね。個体を破滅させる行為の中で、共生感を得ようとする。破滅が共生感というか、生の根源への復帰でもあるというような逆説が、道行という、世話物のなかで完成された様式の中にひそんでいるような感じがします。時代物でもいいのです。たとえば『出世景清』で処刑されたはずの景清が、観音が身代りになってくれたおかげで生きかえって、結局、日向の国に領地をもらう。……あれはもちろん史実からいえば嘘っぱちですけれども、源氏の御代という形で提出された共生感の讃歌だと思う。そういう共生感は現実の歴史のうえにはけっして存在し得なかったものでしょう。そのなかで、個人個人はちゃんとした位置を与えられ、それが自分の本然を少しも偽ることにならないで、お互いに共生することができる。僕は文学、とくに劇というものは、もともとそういうものを与えてくれるものだろうと思うし、また伝統的に与えてきただろうと思う。

つまり劇は、人間にそういう共生感をかいま見させるものだった。古今東西を通じて、ほんとうの劇文学は、必ずそういう祭儀的性格をもっていただろうと思います。それくらいこれは大事なものだったのではないかと思う。大がいの近代文学のなかにこの幸福感が欠けているのはどういうことだろうかと思うのです。

これは僕一個の趣味ですが、僕は音楽が好きです。音楽もまたある瞬間に、われわれにそういう幸福があり得るということを啓示してくれることがある。これは非常に美しいものだけれども、ただ美と言ったのでは、ちょっと軽くなりすぎるようなものです。いい音楽は生の根源にわれわれを引きずり込んで行って、そのなかにいこわせてくれる。こういうものがやはり大事なものではないだろうかと思うのです。

吉本 なるほど、そうか。それで江藤さんの収斂の場所というのがわかるような気がしますがね。

江藤　ただ、これは単純にめでたしめでたし、千秋万歳で幕が下りるというようなものでもないのですね。漱石が見たように、生の根源自体が二律背反的にできているのではないかとも思うのです。それは政治を生むような暗い大きな力の根源でもあるし、同時に、限りない安息をあたえるような場所でもある。そういうものの認識を、いったい現代人であるわれわれは、どうして得たらいいかと思うのです。

人間存在のしかた

吉本　なるほどね。いや、だいぶわかってきましたよ、あなたの考えと循環してしまうということがね。僕は人間の存在というのはなにかというと、よけいなことをだんだん考えだしていくということだと思うのです。はじめは、どこかそこらへんの、木の実があれば木の実、あるいは獣がおれば獣を獲って食っている。草があれば、食えそうな草を食っている。そういうような形でいるのが、だんだんよけいなことを考えるようになって、先ほどから言う、自己もまた他者になってしまうという世界を作ってしまう。そこでは、人間というのは、平たく言えば、ルールのようなものを作ってしまう。ルールのようなものを作ってしまうと、ルールというのは少なくとも当初は、存在している複数の人間のだれにでも共通性のある、そうしてだれにでもまあまあ許せるというようなものがルールだと思うが、それがだんだん高度になっていきましてね、高度になっていくとルール自体が、はじめは共同的なルールとしてあったものが、逆に人間の存在を脅かしてしまう。そのことはけっして倫理の問題ではない。人間の存在のしかた自体がそうなってしまう方法というのを、もともと持っているのだという考え方があるのですね。人間の基本的な存在のしかたというものはそういうもので、もともとよけいなことは考えないで、あなたのおっしゃるように、じゅうぶんの余裕のある財力を持ち、そうしてまた時間を持ち、生活を持つという、そういうことが、いずれにせよ理想というものだろう、人間の社会が描きうる理想というものはそういうものだろう。しかしそれにもかかわらず人間の存在のしかたというのが、なにか知らないけれども、基本的に自然に対して違和性を持っていまして、その違和性というやつがどんどん複数になるにつれて抽象されてきて、はじめはAにとって最上である。Bにとっても最上であるということはあり得ないけれども、複数のA、B、C、D、にとっては、まあだれでも守れるというようなルールをこしらえて、そのルールがだんだん、抽象化され、高度になってくると、今度はルールのために人が要る、ルールを司るために人が要る、そういうことになってしまって、はじめはルールであった、つまり共同に生みだした幻想であったものが、今度は逆に個々の人間の存在自体を脅かしてしまうということになる。そのことは倫理の問題ではない、人間の精神的な経路というものはそういうものだ。人間というものはそれ以外の方法は取れないのだという形でくる。しかしそれを許しておけば、はじめにそれを生みだした個々の人間自体を今度は逆に規制してしまう。あるいは強大な圧迫感のようなものを与えてしまう。そういうことがきわめて自然なのだというか、自然に人間が持っている存在のしかただという考えかたがありますね。

だから、あなたのおっしゃるような共生感というのは、なにか知らないが、もっと上昇して行ってしまうのが人間ではないかということです。そうして上昇していったものが、個々の人間の存在している基盤自体を脅かしてしまう。存在感を脅かしてしまう。それは矛盾なわけですけれども、そういう矛盾を生みだすというのは人間に自然な過程であって、そうするとどういうことがほんとうに思想というものの課題になるかというと、今度は逆にそれをたどるということだと思いますね。これは幻想としてしかたどれないのですけれども、そういうところからまた逆に、幻想としてもう一回、人間の存在の基本的なしかたというもの、これは自然との関係になりますが、存在のしかたというものに、入っていって見ようじゃないかということが課題になると思うのです。江藤さんの場合には、そういう人間が存在しているということのもっと底のほうに、なにか知らないけれども、そういう共生感のようなものがあるわけですね。それは伝統と呼び得るかも知れないが。

江藤　夜の世界のようなもの。

吉本　そういうふうに想定されるでしょう。僕はだんだん上がっていってしまう。そうしていって、どんどん抽象的なこともあみだしますし、抽象的な文化もあみだしてきます。

それがもう一度幻想として、基本的な存在のしかたというところに帰って行ってみると、そういうところがうんと関心のある課題というふうになります。僕には、折口信夫などの仕事は、そこでとらえられるわけです。驚嘆するというのは、なんかそういうところでとらえた場合に、この人のやっていることはすごいというようなことになってくるわけですね。

けれども、原理的に不満があります。いまいった僕の考え方の循環からいきますと、折口氏の仕事は、圧縮して、一つの凝縮物として取り出すと、だいたい、どんどん共同的なルールが高度になってしまったところと直通してしまうのではないかというようなことです。だからその直通してしまうのではないかというところを、折口さんがあまり考察に入れてないのではないかというようなところが、僕のこういう循環からいくと原理的に不満なところですがね。上昇して行ってしまって、それはもとはなにか知らないが、人間の存在の桎梏になってしまうというような、そういう経路についての考察というのは、ここでは落丁しているのではないかというところが、原理的に不満なところであるし、またたいへんな仕事だなと評価できるところも、そういうところですがね。

江藤　なるほどね。上昇して行く結果、抽象度が高まり、人間の認識をゆがませたり、存在に桎梏を与えるということは、アルフレッド・コーズフスキーという人も言っていますね。言葉というものがだんだん人間を瞞着していって、からめとって行く。その結果直截な認識ができなくなってしまうという。そのとおりだと思うけれども。ただ私は、そういう世界のなかに生きているからこそ、むしろ直感的にどこかに置いてきたものを回復したいという気がするのです。

ヴィジョネール〔幻視者〕みたいなことを言うようだけれども、音楽を聴いてると、そういうものがどこかにあるような気がしてしようがない。モーツァルトでもなんでもいいが、直感的にわれわれを連れていってくれることがある。これは太古の記憶なのか、あるいはそうではないのか。折口先生に、もしそういう抽象度の次元が上がっていくことについての認識が足りないとすれば、それは折口先生がわれわれのうかがい知れないような詩的直感力に恵まれていた人だったからではないでしょうか。折口先生にはそういう深い淵のようなものが見えて、その淵の奥底に自分の顔を映すことができた。これは修業した達人だからというのではなくて、天性のようなものだと思います。自分にもちろんそういう資質があるとは思えません。しかしある芸術的な体験のなかにそういうものの影を見ることはわれわれでもできる。それがわれわれが求めるべきなにかであるような気がしてならないのです。そうしてそれは、どんなに現代文明が抽象度の次元を高めようと、客観的にどういうふうにわれわれが言葉にからめとられていようと、関係のないことのように思います。だからこそもとに戻りたいという気がする。

社会の現実を反映しない文学はだめだとか、生活の汗のにおいのないのはだめだとか、いろいろなことを言う。あるいは大衆に受け入れられるためには、大衆文化のパターンに適合しなければならないなどという。こういう思想は全部ナンセンスだと思う。そんなことはちっとも人間を幸福にしやしない。マルクスは偉い人だと思いますが、マルクスの理論には、ひがみを正当化するところがあるように感じられてなりません。つまり僕は、ひがみというのは幸福な感情ではないだろうと思う。だれにでもひがみはあります。憎悪の衝動もあるでしょう。ただそういう感情を忘れていられる時間がもしあったら、それはとてもいいと思うのです。欺瞞でなしに、自分の存在の奥底から湧き出て来るあるものに助けられて、おれはこういう男だ、こういう女だということを忘れていられるある瞬間が与えられたら、ほんとうに幸福だろうと思う。僕はマルクスをよく読んだわけではないから、そういうことについてどう言っているのかよく知りませんが、マルクスのような人が出たあとでも、そういう素朴な幸福さへの希求は、あらゆる残酷さ、われわれが体験しなければならない、あるいは人に体験させなければならないあらゆる苛酷さにもかかわらず、人間のなにかを支えているような気がしてならない。だから吉本さんのいくつかの抒情詩を読んで、あるいはそれは中原中也でも、伊東静雄でもいいが、そういううねりのある、つまり遮断されてない、遮断という言葉は中原中也がよく用いた言葉だったそうですが、かりに共生感そのものでなくても、共生感にわれわれを運んで行くせせらぎのようなものの流れを見ると、勇気を与えられる。まだすっかり水源は涸れてないという感じがしてくる。

政治運動のなかにも一種の共生感の幻想があるのかも知れません。しかしそれはにせのもの、仮りのものであって、そういう幸福感、共生感、生命の充足感を現在なお与えられるものがあるとすれば、それこそ本物の文学者、芸術家の仕事でなければならないだろうと思うのです。

　これは幼稚な考えかも知れない。しかし僕は、そういう幼稚な、素朴な理想をどうしても捨て切ることができない。文学芸術が、それ以下の次元でも存在し得るということに不満なんです。

吉本　なるほど、そのマルクスなんかにひがみというか、そういうものがあるだろうというのは、バクーニンというロシアの無政府主義者が言っていますね。あいつはたえず苛だって、たえず不満で、労働者にくだらんことを教えて、ロクでなしにしてしまうというような批判をしているわけですね。人間の個性というか、存在というか知らないけれども、社会的個性としてみれば、やはりマルクスにもそういうひがみとかゆがみとか、まあ憎悪とか、そういうものがあったんだろうと思うのです。ただあったということが問題なんじゃなくて、それがどういう論理のなかに、どういう普遍性を予想し得るそういう論理のなかに、どういうふうに封じられていったか、そうしてそれがどこまで届いたかという、そういうことがマルクスの思想を理解する、基本的な視点になってきます。つまり人性的というか、人間の性質として、あるいは生活としてそういうものがあったであろうということは、僕ならばどうでもいいわけですけれどもね。それはいいじゃないか、そういうことはあまり問題にならないではないかと思うのです。それが共同性というものを予想し得る表現として、どういうふうに展開されたかというようなことが、非常に重要になってくると思います。

マルクスに不満とかゆがみとかがあったとすると、それを自分が自分で取り出すというような操作をまずやる。そしてその不満、ひがみというようなものが、いったいいかなる源泉に由来するかということを考えて、つぎに源泉というものが、自分じゃない他人というものにどこまで通用する論理になり得るだろうか、あるいは思想になり得るだろうか、というふうに、また抽象されていくと思うのですね。そういう過程をどんどん経ていくと、はじめのゆがみ、ひがみということが、今度は問題にならなくなって、その抽象されたものが問題になってくる。抽象されたものが、人間の存在自体を、あるいは世界自体をどこまでとらえているかというようなことが問題になって、抽象が抽象を重ねるというように練られていった場合に出てくるものがどこまでいったかということが、マルクスの思想を決定するだろうと思います。

江藤 それには異論がないのです。マルクスが、共産主義の理想を未来に投射したとき、当初の怨恨は消えてしまっていたでしょう。彼はそこに楽園を見たかったのだろうし、この楽園のなかではほんとうに人間は個人であると同時に、全体と諧和を保っていると想像したかったのだろう。彼はそれを地上に降りて来た楽園と見たのでしょう。そのとき、彼が人間が負わされているゆがみ、ひがみを遠く越えた、ほんとうに詩的といってもいいぐらいな、昂揚を感じたであろうことは想像がつくのです。

ただ彼はそれを未来に実現されるべきヴィジョンとしていったわけですね。しかし僕はこれからさき何年生きるかわかりませんが、できることならこの一回きりの生のなかで共生感を得たいものだと思います。つまり言語という、われわれをからめとってしまうもの、生存の手段であり、しかもわれわれの存在そのものであるようなもの、これがわれわれの問題でしょう。これによってわれわれは実在の根底にあるものに到達することもできるわけです。言語はわれわれをいますぐにでもそこへ連れていってくれるかも知れない。マルクスのように遠い未来に共生感と幸福のヴィジョンを投射して、そこにむかって努力するということもよくわかりますが、できうべくんば、それをもっと直截な形で、いますぐここで求めたいという気がしてならない。この気持が僕を、政治運動から遠ざけてしまう。僕は紙一重の、髪の毛一筋のあいだをおいて、時代を見て行きたいという気がするのです。

日本文学の指標

吉本　そこで批評の問題みたいになるのだけれども、たとえば文芸批評というようなことからはじまっても、詩からはじまってもいいが、批評というものを考えるでしょう。そういう場合には、そんなことが可能であるかどうか別ですよ、そういう能力があるかどうか別として、要するにだいたいトータル、つまりどの領域にもある一つの原理的な把握が、あらゆる領域にもたらし得る結果といいますか、限界というか、そういうものを僕は批評として考えているわけですね。だからその意味では一つの限定条項はないし、僕自身はなにが専門であるというように自己を規定しようとも思わないが、そういう一つの衝動がありますね。実現するかどうか別ですが、その領域にはわたらないというね。つまり、人間の個人の存在の領域から、そこで考えられる領域から、なにか知らないけれども、現実的な、物的な領域があり、それからまた共同的な幻想の領域がある、どこまで続くのか……。

江藤　一つの原理が……。

吉本　それから考えてみようというような、いけるところまでいくというような考え方が、批評の原理としてありますね。そうすると僕は多少、江藤さんにも、それがあるのではないかというような気がしているわけですよ。たとえば「文学史に関するノート」を見ても、あれは現在から、現代文学から、無限の距離とはいわないが、距離があるところへ、どんどん突っ込んでいくわけですね。また思想の領域、朱子学、儒学のような領域まで突っ込んでいく。ということは、僕の考えでは文学批評自体がもっている現在の必然性のような感じがするわけです。僕は手を出し屋ですから、四方八方それを考えるわけですけれども、そういうことがちょっと、現在の批評というようなことの、必然的なあり方ではないかというような考えがあるのですね。

僕は、そういうような調子ですから、ますます文学離れしているわけです。いまのところ、いつか一まわりしたら文学の世界へ帰ってみようと思っていますが、文学離れしているでしょう。江藤さんもそういう文学離れというか、現在離れしているところがありましょうね。しかし、一方で時評のようなものをやっておられるでしょう。そうすると現在の文学作品にもよく目を通しているし、考えているわけですね。これは僕などと比べられないわけで、僕はますます離れていくような感じがしているわけです。

ところで、だいたい現在の日本の文学はどこにいくだろうか、それが変わるのは、どういう担い手をもってしてだろうか、どういうような形としてだろうかということは、原理的にはわかるような気がするが、具体的にはわかりません。その点、江藤さんに僕のほうで聞きたいわけですけれども、現在の文学というもの自体が、どういうふうに江藤さんのなかで存在して、それからどういうふうな感想をもっているわけですか、現在。

江藤　現在、時評をやっていますけれど……。

吉本　そういうことは僕は不案内で、時代的に離れたところに関心をもつということではないが、領域として離れつつありますから、そこのところをおききしたいんですが。

江藤　そうですね、現在の文学がどこにいくかということより、時評を書いていると、むしろ現在どこに文学があるかということになってしまう。そういう気持がします。

吉本　それで結構ですけれども。

江藤　大ざっぱな印象をいえば僕はやはり、どこかに帰って行きつつあるのではないかと思うのです。近代日本の文学は、大体天皇制国家の枠とか家族制度の家というものから出てきた人々によって、つくられて来たと思う。つまり個人になろうとする人々の文学だったと思うのです。「個人」をつくることが一つの達成であるかのように思ってやってきた。それが主流だろうと思う。一方漱石などは、むしろ個人になることの苦痛を問題にしてきた。だから彼の場合は発想が逆ですね。ところが戦後になって社会体制として、個人になることが公認されたわけですね。公認されたどころか、それがむしろ戦後社会の一つのプリンシプルになったわけですね。つまり、今まで個人になることを目的にしてやってきた人々が「個人」になってみたところが、実はなんにもなかったという状態。それがいまの社会ではないか。こういうことに鋭敏な作家は気がつきはじめたような気がする。

小島信夫氏の『抱擁家族』をお読みになったかどうか。これには感心しました。「個人」になることがハイカラなことだと思っていた人間が、バラバラの個人個人になって、一つの家庭を形成してみたら、完全に裏返された巾着のようになって、なかみはなんにもない。巾着の中身は一銭も入ってなかった。一銭も入ってない巾着が、お互いにたくさん入っているような顔をして動いているわけですね。そのなかにほんとうの個人が、アメリカ兵の形で、外側から入り込んでくると、どうしていいかわからない。だれもどう収拾していいかわからない。アメリカ式の家を建てて、冷暖房付にすると、アメリカ式の家庭ができて、そこには充実した個人同士の関係があるだろうというような見当をつけるほかない。しかし本当に回復しなければならぬものは何だろうか、というような問いがこの小説のなかから自然に浮んでくるのです。

同じようなことは、もっとスケールの小さな、ある意味ではもっと純粋な形で、亡くなった梅崎春生さんの『幻化』にも感じられるのじゃないかと思う。これを戦後日本の批判というふうにみたのは、近視眼的だったかも知れません。むしろもっと広く近代日本人の内面を描いた小説と考えてもいいので、記憶をなくした人間がどうしたらいいかということを問題にしている。ある記憶がよみがえる瞬間に、生の充実がよみがえる。『幻化』は終ったような終らないようなところで終っているので、いろいろ解釈のしようがあると思いますが、どこかに帰らなければならないことは暗示されていると思います。庄野潤三さんの『夕べの雲』もそうです。大江健三郎君の『性的人間』の主人公の眼には現実世界が遠のいてしまっているように見える。これを引き寄せる手段は痴漢になって処罰される以外にはない。彼には社会全体というものを、そばに引き寄せる手段が痴漢になる以外にない。いちばん破廉恥な、下劣な、卑猥なことをして処罰されることによって全体と個の結びつきを回復しようとする。彼がまさに破滅する瞬間に、彼はなにかの場所に帰るのですね。ある場所に帰り、同時になにかを回復するのですね。

　こういうことに気がつきはじめた作家が何人か現われているように見える。みな優れた人たちです。僕にはこの動きはおもしろい。それは戦後文学がなにをもたらしたかというような議論よりはるかにおもしろいのです。そんなことよりも現に敏感な作家たちが、帰らなければならない気持になっていることのほうが大切だと思う。

吉本　その帰りつつあるというのは、つまり行きつつある、ではいけないわけですか。

江藤　行きつつあるでもいいのです。しかしもし行くとすれば、いわば後向きに行くのですね。未来に背中を向けて行く。

吉本　文学というのは僕もそう思いますよ。先に行く場合でも、現実に対しては後向きにしか先に行けない。そういうふうに思いますね。

江藤　まあ、あなたがおっしゃったように、僕にも原理癖のようなものがあるのかも知れないが、ただ僕は、自分の仕事が、あたかも一つの原理で貫かれているかのように見えることを、結果として発見するにすぎないのです。つねに普遍にして妥当なような原理を握っていて、触手を伸ばしていくという発想をとれないのですね。

　しかし吉本さんにもそろそろ文学の世界に戻って来ていただきたいと思います。今日は久しぶりにお話できて大変おもしろかった。

（対談日　一九六五年十一月十日／『文芸』一九六六年一月号）

注

（1）『自由』の座談会　同誌一九六〇年二月号掲載の座談会「〝知識人の責任〟とは何か」。出席者は吉本、江藤のほかに平野謙、竹山道雄、林健太郎。

（2）『文學界』の連載　同誌一九六五年六月号から翌年七月号まで「文学史に関するノート」を全一二回連載。近松門左衛門の後、井原西鶴、上田秋成を論じている。この連載は、『近代以前』として八五年十一月に文藝春秋より刊行。

（3）『言語にとって美とはなにか』　雑誌『試行』創刊号（一九六一年九月二十日発行）から第一四号（六五年六月十日発行）まで全一四回連載。一九六五年五月に第Ⅰ巻を、同年十月に第Ⅱ巻を勁草書房より刊行。同書の序で吉本はつぎのように述べている。「少壮の才能ある批評家江藤淳が『作家は行動する』というすぐれた文体論を公刊した。この著書は、すくなくともわが国の文芸批評史のうえでは劃期的なものであることを、批評家たちはみぬいてはいなかった。おそらく、いちばんこの著書に関心をもって読んだのは、おなじ問題を別様に展開しようとおもっていたわたしではないかとおもう」。

（4）『アメリカと私』　江藤は一九六二年八月にロックフェラー財団研究員としてアメリカに留学、翌年六月にはプリンストン大学の教員として採用され、日本文学史を講じる。六四年八月に帰国。同エッセイは『朝日ジャーナル』六四年九月六日号から十一月八日号まで連載し、六五年一月に朝日新聞社より刊行。

（5）**安保闘争を契機として……**　一九六一年の「新日本文学会」第十回大会の「創造活動報告草案」（起草責任者・野間宏）につぎのような箇所がある。「安保闘争後、孤立のなかに追いこまれて、あらわに自分のそれまでの文学思想を否定し、別個の道を歩もうとしている批評家が出てきたが、江藤淳、吉本隆明その他がそれである。江藤淳の『小林秀雄論』は戦後における文学創造を否定し、戦争中の日本文学の跡をそのまま肯定しようとする危険な試みである」。これに対して、江藤は「文壇の私闘を排す」（『新潮』六二年一月号）で、吉本は『日本読書新聞』（六二年一月八日号）の「文芸時評」でそれぞれ反論している。

（6）**サンソム**　サー・ジョージ・ベイリー・サンソム。一八八三〜一九六五年。イギリスの外交官で、日本史研究者。著書に"*A History of Japan*"。江藤は『近代以前』の「はじめにⅡ」でもサンソムに言及している。

（7）**『文學界』の文芸時評**　同誌六五年九月号の堀田善衛「余裕なき批評への不満」、十一月号の松本清張「文壇小説の陥没」。

（8）**あそこで**　「文学史に関するノート」連載第五回「三つの都市」（『文學界』一九六五年十月号）。『近代以前』では、文末に「附記」があり、松本清張の疑問に対して根拠を示している。

（9）小林秀雄と岡潔の対談『人間の建設』『新潮』一九六五年九月号。江藤は「文芸時評」（『朝日新聞』六五年九月二十八日付）で「小林氏と岡氏の対談が面白いのは、そこに相互に対する人間的信頼感と語り合うことの喜びがあふれているからである」と評している。

（10）『厳粛な綱渡り』とか『ヒロシマ・ノート』『厳粛な綱渡り』（文藝春秋新社）は全エッセイ集、『ヒロシマ・ノート』（岩波新書）はルポルタージュで、六五年三月と六月にそれぞれ刊行された。吉本はこの対談以前に「戦後思想の荒廃」（『展望』一九六五年十月号）で、『ヒロシマ・ノート』を山田宗睦『危険な思想家』、開高健『ベトナム戦記』などとともに取り上げて批判している。

（11）「若い日本の会」一九五八年十一月に結成された当時の若手文化人の会。メンバーには江藤のほか、石原慎太郎、大江健三郎、谷川俊太郎、浅利慶太らがいた。

（12）「安保闘争における知識人の役割」正しくは連載「戦後史の人びと」第六回「安保闘争と知識人」（『朝日新聞』一九六五年八月十七日付夕刊）。江藤はここで清水幾太郎、竹内好、鶴見俊輔らとともに吉本に言及している。なお、このエッセイに対して、山田宗睦が「安保闘争について」（同紙八月三十日付夕刊）で批判。江藤は「再び安保闘争について」（九月七日付夕刊）で反批判した。

文学と思想の原点

漱石と登世をめぐって

吉本　「漱石伝」を書きあげられたそうですね。

江藤　ええ。『漱石とその時代』[*1]というのを千二百枚ほど書いて一段落させて、いま印刷にまわっているところです。

吉本　漱石が死ぬところまでですか。

江藤　いや、まだやっと『吾輩は猫である』の第一章を書いたところまでです。

吉本　江藤さんの「登世という名の嫂」（『新潮』一九七〇年三月号）は読ませていただきました。だんだん、荷風とか、露伴とかがやりました連環体というのに似てきたぞ、というのが僕の印象でした。それから鷗外の晩年の史伝も入れていいですけれど、これは江藤さんの成熟なのかな、それとも……ということを考えました。

江藤　そうですか、連環体というのははじめて伺うご意見です。『漱石とその時代』それ自体をお読みになるとどういう感想をもたれるかちょっとわかりませんが、「登世という名の嫂」をご覧になって、荷風の『下谷叢話』や、鷗外の史伝の雰囲気を感じられたというのは、わかるような気もしますけれどね。

吉本　僕はそう思って、この調子で全体が通してあるのかなと思いました。やっぱり、実証的なこと以外はあんまり関心なくなったというようなことはありますか。あるいは少なくなったということは。つまり、恣意的な解釈みたいなものはどうでもいいんだみたいな感じというのは、多くなったということはないですか。

江藤　そう言ってもいいのかもしれないですね。実証の意味が大事でしょうけれどもね。学者の実証というのは僕は、大体あまり面白くないのです。それはファクトというもののつかみ方によるので、斬れば血が出るようなファクトというか、そこから新しい視野がひらけて来るような事実の発見というものがあります。たとえば、夏目家の通婚圏というものを決定するとか。漱石自身は、これは大学出のエリートで、明治の文学士ですから、高級官僚の娘と結婚するわけですね。しかし漱石のすぐ上の兄、和三郎は伝統的な通婚圏から二度妻をむかえています。最初の妻はふじといって、これは朝倉という御家人の娘です。二番目が、水田という愛宕権現の神官の娘で、登世ですね。三番目の妻みよとは恋愛結婚だから話が別ですが、ふじと登世の生家を調べてみると、夏目家と同じように、いわば血が旧くなって崩れていった江戸文化の担い手だったことが、なんだか怖いように見えて来ます。

吉本　なるほど。明治の二十年代、あるいは三十年代でしょうか、そのころの大学教師というのは、社会的にいってどういう位置づけで評価されていたのでしょうか。

江藤　それはいまに比べれば、非常に高いでしょうね。しかし漱石は一度も大学教授になってはいません。彼は学界の人間としては、終始かなり損をしています。

吉本　そうすると、講師ですか。

江藤　東大と一高では講師です。留学から帰ったとき、五高教授からそのまま一高教授に転任すればまだよかったんですが、金がないので、五高を一旦やめて退職金をもらわないと、当座をしのげなかったのですね。それでやめてしまうわけです。その結果五高教授時代には、年俸一千円もらっていたのが一高では講師だから七百円しかもらえない。それと同時に大学にも出講しますから、これも講師で、年俸八百円です。友人の大塚保治はこのときすでに教授で、文学博士でもあったから当然もっと高給をとっていたでしょう。そういうところを見ても漱石は具体的に損をしていますね。

吉本　江藤さんが発表された「登世という名の嫂」で、江藤さんのあらたな、ファクトとしての発見は、漱石が、嫂を抱いて二階から降ろしてやったりするような親密な看病をやったというような箇所でしょうか。あれはいままで出ていない事実ですか。

江藤　出ていないように思います。

吉本　それは江藤さんが現場へ行かれて、見つけ出してきたということですか。

江藤　そういうわけです。

吉本　そこのところは面白かったんですけれどもね。これはわりあい最近出た本で、聖路加病院の土居健郎さんの著書は、どう思いますか。

江藤　『漱石の心的世界』〔一九六九年〕という本でしょう。

吉本　漱石にはホモ的な傾向があって、兄に対するホモ的な親愛が兄の結婚で絶たれた。そうしますと、土居さんの解釈では、嫂というものは、ある意味では母代わりといいましょうか、母に対する感情みたいなもので代置されていく。そういう傾向というものが漱石にあったんじゃないかという、たいへんフロイト的な解釈なんですけれども、それはどうでしょう。ホモ的な傾向があったということは。そうしますと、嫂というのは、ホモ的な心の世界をもっていると、いちばん都合がいいと言いますか、つまり距離として、女性に対してうんと近くてもいやだけれども、遠くてもものさびしい、そこでちょうどいいという位相になるわけでしょうね。

江藤　おそらくそうでしょうね。

吉本　つまり、そういうところの親愛感というのが漱石にあるということになるんだろうと思うんですけれどもね。あんまり心理的過ぎますか。

江藤　土居健郎さんは面識はないけれども、ひょんなことから、一度電話でお話したことがあります。共通のアメリカ人の友人があるものですから。日本人の〝甘え〟の心理を分析した国際的にも有名な論文[*2]がありますね。もっとも僕は文学をやっている人間ですから、土居さんや千谷七郎さんの研究〔『漱石の病跡』一九六三年〕は、大変参考になるけれども結局医者の解釈だな、という気がしないでもありませんけれどもね。漱石にホモ・セクシュアルな要素が相当あったのは事実でしょうが、同時にむしろ両性具備的な要素がかなりあったろうと思います。孤独ですからね。結婚した直後の、正月に、奥さんの晴着を衣桁から取って身にまとい、ツマを取って歩くのが好きだった、ということを鏡子夫人が書いてますね。別に女装趣味というほど病理的にはならないけど、そういうインクリネーションもあるようです。ホモと同時にトランスベスティズムの傾向ですね。これはいずれもあれだけの弟子をひきつける漱石のカリスマになって機能しただろうと思いますよ。

吉本　江藤さんの『新潮』の論文を読んでいて、そのほかに解釈可能性というのを考えてみますと、土居さんが書いているような解釈可能性はたしかにあるというふうに思うんですよ。それからもう一つは、文明開化に対する、あるいは西欧に対すると言ってもいいんですけれども、そういうものに対する漱石の文明批評的傾向性から、三角関係みたいに固執する傾向というのは、解釈可能だというふうに思うんですよ。芥川でも「開化の殺人」とか「開化の良人」ですか、そういう作品でやっぱり三角関係というようなのを扱ったものがあるでしょう。よくわからないけれども、漱石の中にある文明開化にたいする考えかたに相当ひっかけることができるんだ、と思えます。

江藤　それは成り立つはずですね。僕の『漱石とその時代』という本は、いわば、バウムクーヘンという西洋の菓子みたいに、いく重ものレアから成り立っています。「登世という名の嫂」は、その一つのレアだけを切って皿に乗せて出したというような、エッセイなんです。ですから、漱石の内部にある三角関係的な構図を、必ずしも全部、登世と、兄と、自分という関係の反映と見ることはできないだろうと思いますね。そこにはたとえば、義父母と、実の父母の間に置かれている自分の反映もあり、それからおっしゃる通り、西洋と日本、ということもある。要するにこれは、どこに自分が属しているのかわからない、という心情の反映ですね。それが漱石の一番根本的な心情にちがいないと思う。そうすると、このどこに属しているかわからないという心情を解決しようとする屈折のパターンは、心身の発達段階につれて一つのメロディーがいろいろな形に変奏されていくようにいろいろな構図に変わって行くのですね。小さい時には、それは小さい時なりの感じ方になり、青春時代になって、しかも男しかいない家に嫂がくる、というような状況では、当然それは性のめざめに結びついて、典型的な三角関係になり得る。それからもっと成長していくと、結婚したのちになって妙に内攻して、トランスベスティズムに傾斜するとか、いうようなことですね。

それから漱石で面白いのは、イギリスおよびイギリス人を非常に呪詛して帰ってきたはずなのに、外見上は、一見絵に描いたような洋行帰りだったということですね。カイゼルひげを生やして、コスメチックで固めて、カフスの袖にハンカチを入れて、それを電光石火のいきおいでさっと取り出して、授業中にひげの手入れをする。それが非常にキザで、帝大および一高の学生たちは、なんていうハイカラ野郎だ、と思ったそうです。そのくせ元来あまり背の高い人ではないんですね。僕は一時は、五尺一寸五分ぐらいかと思っていたんですが、それよりもうちょっと高くて、せいぜい五尺二寸五分ぐらいの人だったんじゃないかと思われる。林原耕三先生にうかがってみたら、三寸ちょっと欠けるぐらいじゃなかったかといっておられました。そうするとまあ五尺二寸五分ぐらいということですね。それが、カカトの少し高いキッドの靴をはいて足音を立てずに、スッスッスッと気取って一高の廊下を歩いていた、というんですね。そういう記録も残っている。これがとても面白いんですね。彼は心情的にはそういうのはいやでしようがなかったはずです。早く帰ってフカのヒレでも食いたいという、そういう気持でいたはずなのに、どうしてなかなかそういうキザなハイカラになっていたというのは、大変面白い。

退路のない状態

吉本　なるほどね。僕はそういうことに関心があるんです。僕がわりあいに知っている例では、高村光太郎なんかがそうなんですが、荷風でもそうだと思うのですけれども、なんらかの意味で、留学に出かけて、それが非常にコンプレックスになる。ところが、ほかの文学者は退路があるんですね。高村光太郎でいえば、たいへん家が和やかであるし、庶民的でもあるし、というようなことで、親はたいへん総領息子ということでかわいがるというようなね。大きくなって、洋行帰りでもかわいがる、というようなことですね、まだ子どものつもりでね。高村光太郎が洋行から帰ったあと、寝ていたら母親がフスマを開けて、ちょっと見て、子どもみたいに、「あんな顔して寝ているよ」と言うのを聞くところがあるんですね。高村光太郎にはそういう退路があるんですが、漱石にはそういう退路がないんじゃないですか。

江藤　まったくないんです。漱石の一連の英詩が書かれるのは、ちょうどこの退路のない時期ですね。大学内の事情も複雑だし、家は家でまったく荒れ果てている。彼自身も、ちょっとなおりかけたノイローゼが、また船旅で悪くなっているというような状態ですから、まったく退路を求めようがないわけですね。

しかし、人間はなおかつ気違いにならずに生きつづけようとすれば、そういう時何かを呼び求めようとする。漱石は何を呼び求めるか。するとそれが非常に肉感的な一連の英詩になって出てくるんですね。彼の置かれていた、切迫した状況と、何かを呼び求めなければならない切実な心情というものを、思いやらなければならないのですが、思いやってみれば、そこに歴然と一つの焦点が結ばれる。それをもちろん母親の代償だといってもよいでしょう。しかし何の代償であるかなどというのは、精神分析学者の言うことで、人間は本当はもっと有機的・総合的にものを見ていますからね。そうなると彼の呼び声につれて直接あらわれるのは、どう考えても、登世以外にないのです。だから、登世がなんであるかということとは別に、登世を通じてより根源的なものを求めようとする衝動はあったにちがいない。その点でたしかに、吉本さんの言われたように、退路のない状態に置かれた日本人というのは珍しいですね。西洋人はわりあいそういうところに自分を置くんですが、しかしこれはまた別に、神様とか、地獄とか、そういうものがありますから、いわば垂直の退路がある。日本人の場合は、水平の退路がたいてい用意されているわけですが、漱石のようにそれすらも成立しなかった例は非常に珍しいですね。僕はそういうところに非常に興味をおぼえるし、また共感もおぼえるのです。

吉本　なるほどね。さっき、通婚圏という話がありましたけれどもね。これは徹頭徹尾仮定の問題なんだけれども、嫂のほうが早く死なないで、兄貴のほうが早く死んだとするでしょう。そうすると、日本でもいくつかの地方ではそういう風習が多いけれども、つまり逆縁婚ですね。嫂と弟が結婚するというようなことが風習としてもありますね。そういうことは漱石のばあい、心情的可能性としてどうでしょうかね。

江藤　もしかりにそういうことになったとすれば、心情的にはそういうこともあり得たかも知れませんね。実際上はむずかしいでしょうけれども。

吉本　それから、嫂としての親愛感というようなもの以上の事実はあるというふうに考えられるわけですか、漱石の場合。

江藤　漱石が、自分の側からの親愛感を明らかに告白しているのは、明治二十四年八月三日付の、正岡子規に宛て嫂の死を報じた手紙ですね。彼はその時、はじめて俳句をまとめて作っています。これはだいたい下手な句ばかりですけれどもね。その手紙や句を見ていると、どう考えてもただごとじゃない。というような面が二、三出てくるわけですね。ですから漱石のほうに、嫂と義弟というラチを越えた感情が存在したことはそれからもほぼ実証できます。しかし登世がどうであったかということを決定的に実証する手段はありません。

ですけれどもこういうこともあります。たとえば、和三郎は登世の一周忌を待たないで、三番目の妻みよを入籍しています。明治二十五年四月十五日です。ところがその十日前に漱石は分家して、北海道岩内郡吹上町十七番地浅岡仁三郎方というところに送籍している。丸谷才一氏に言わせれば、これは徴兵忌避のためだと言うのだけれども、僕はそうは思わないんですね。結果としてはたしかに一戸を建てて北海道の平民になるわけですから、兵隊にはとられなくなります。だけれども、この処置がなぜ四月五日に行われたか、三番目の嫂が入籍される十日前に行われたかということが非常に重要だと思います。この点は角川源義さんがすでに指摘していますが、僕も角川さんと同様にこの事実を重要視したい。つまり、〽君と寝ようか五千石取ろか、ままよ五千石君と寝よ、ということがありますね。僕はこの場合五千石ということは、それほど重要じゃないのじゃないかと思うのです。人間には、どっちかというと、君と寝よ、のほうで動く時期がある。明治二十五年四月の漱石はまさにそうだったと思います。このような場合、五千石を機軸にして論を立てるとんだ見当ちがいになる。徴兵忌避などというと、進歩的文化人は喜ぶでしょうけれどね。文学はやはり、君と寝よの論理がどれほど貫かれているかを見ていくべきものだと思います。三番目の嫂がくる十日前に彼が分家するというこの心情の激しさは、どうしても相当重視しなければいけないと思う。

そこで、登世の気持についてですが、これはほぼ確信がもてるなと思ったのは、水田家の子孫を訪ねて、漱石が登世の病中抱いて二階の上り下りを助けたという話を聞いたときです。ご亭主の和三郎はけっしてやさしくはしなかったかも知れないけれども、弟の金ちゃんはほんとうによくしてくれたといって感謝している。けれども、これは考えてみれば非常に面白いことで、なにも義弟が嫂にそこまでする必要はないし、嫂も義弟にそこまでさせる必要はないんですね。しなくたってもちろん少しも不徳義ではない。二階に病室があって、行き悩んでいる登世の身体を抱いて階段をのぼらせてやったという話が、美談として残っているのはなんとしても面白いのです。

だから、これはもちろんあからさまにそうだとはいえないことでしょうね。しかし、水田家の人々にとって、漱石と登世がそれくらい親しかったということはやはり嬉しいことなんですね。家の伝説に残っている登世という美しい女が、義弟にそれだけ親しくしてもらったということは、ほのぼのとした思い出になっている。やはりそれは本来なら不幸であったはずの登世が、義弟によって幾分救われたと思うからこそ、そういう好意が生まれるんでしょうけれどね。その気持の中に、無意識の領域としては、相当、深い関係があったとしても容認する心理が含まれているはずです。だけれども、それをあからさまに外部の人間が言えば、そんな不道徳なことをするわけがない、金之助さんはどう思っていたか知らないけれども、うちの登世に限ってはそんなことはなかったはずだ、と言うに決っている。それがつまり健全な社会人の反応ですからね。

僕はだいたい小説家というものはそんなにケタはずれの想像力のあるものだとは思わないんですよ。事実そのままを書くとも思いませんけれどもね。だけれども、どれほど仮構にしても、その仮構を支える動かしがたい真実性の一線というものはある。それは確信をもっていなければそれが書けないことから生じる。そういうふうに『夢十夜』や『それから』のような作品を見ていきますと、僕はやはり登世だって、以心伝心の愛情の表現はしていたにちがいないと思う。じゃ実際どの程度の交渉があったか、ということになれば、これはわからないですけれどね。僕はなにもそれを立証することが大事だとも思わないんです。いずれ吉本さんの沖縄文化論をうかがいたいのですが、僕もこのあいだはじめて沖縄に行ってきて、なるほどと思ったことがありました。沖縄には明らかに、してはいけないこと、というのがあるんですね。人に見せない祭とか、そういうものがある。そういう昏い場所というのはやはり非常に大事なものなんですね。だから、これをそこで立証しなければならないと考えるのは、不毛の論理だと思います。僕の推論はもうそこまでで充分なんです。漱石と登世がただ手を握り合うだけでも、なんとなく抱き合う形になっただけでも、あるいはもっと深い交渉があったとしても、それは文学的には全部等価だと思う。漱石がまったく退路を絶たれた状態に追いつめられた時に、救済にあらわれるイメージがそこへ帰って行くということを確認できればもうそれで充分なのです。だからね、吉本さん、僕は、事実のみ……というのでもないんですよ。「登世という名の嫂」は、連環体的な印象を与えたのかもしれないけれども、僕はむしろ連環というよりも、もう少しバタ臭く一つのテーマを追っていくことをやろうとしてきたつもりなんです。それはやはり『漱石とその時代』を通読してもらわないと、ここでは説明しにくいけれども。

「もの」の手触り

吉本　なるほどね。江藤さんは気軽かどうか知りませんけれども、よく、現地に飛ぶといいましょうか、よく飛ぶでしょう。それは飛んで、実際にその場所にゆくとヒョッとわかることがあるということを大切にするということですか。

江藤　それは必ずしもそうじゃないですね。最初はロンドン以外あまり飛んではいなかったんですよ。登世のことにしても千枚近くまで書くまではフィールド・ワークはなにもしていなかった。そこへ行ってそういう話を聞くというのは、生々しすぎて僕はだいたいいやなんですよ。しかし、聞かなければもうひとつ確証が得られない、というところに追いつめられて、それではしようがないから聞きに行こうと思い立ったんです。そして伝手を求めたら、いい按配に水田さんと連絡がとれた。そこで、こういうことをやっている人間だけれども、自分の質問に応じていただけるだろうか、とおそるおそる訊いたところが、快くいろいろ教えて下さった。僕は非常に感謝していますけれどもね。ですから、水田さんのところへ出かけて行ったのも、朝倉さんのところに訪ねていく気持になったのも、非常な逡巡の末なんです。だから、ずーっと仕事を積み重ねて来ると、素材がある程度醱酵してきて、アルコール分を出しはじめる。そこに何かスパイスを入れないと酒ができないという時になって腰を上げたというわけです。

吉本　そこへ飛べばひょっとわかるというような要素はあると思うんですよ。江藤さんは事実の問題として、新しい発見をされているわけだから、充分そういうことはご存知のうえだと思うのですけれども、ファクトというものの追究は、たいへん屈辱感を伴うわけでしょう。屈辱感というのはおかしいけれども、つまり、デモをやっている時のカメラマンみたいなもので、なんかいやでしょう。僕はそういう感じは体験的にもっているんですけれどもね。もちろん聞くのもいやだし、民俗学の学者なんかは、そこにしばらく住みついて古老に聞くというようなことで調査するということがあるでしょう。そういうことには、屈辱的な感じが伴うでしょう。

江藤　ありますね。それはわかりますね。屈辱というか、むしろひどく恥ずかしい感じね。それはたしかにありますね。だから、ファクトがかくかくかようだから、これだけのファクトを集めると真実になる、という楽観主義は、それは僕はとらない。だけれどやはり、恥ずかしい思いをしないとわからないことというのもあるんじゃないでしょうか。

吉本　そうでしょうね。そこは僕なんか一番痛《いて》えところなんだな。（笑）

江藤　昔、河出書房から出た本に『ものの見方について』〔笠信太郎著、一九五〇年〕という本がありましたね。だけど、どういうものか僕はこのごろ「ものの見方」というのは、あんまり面白くなくなってきたんですよ。それより「もの」というのはなんだろうと思いはじめた。いったい「もの」というのは何なんだろう。漱石という人も、一つの実在というか、僕にとってはとらえるべき「もの」でしょう。僕は漱石についてのある有機的なヴィジョンとしてしか彼の実在を感じられないわけですね。だけれど、そのヴィジョンがいったい彼という真の実在に合っているのか合っていないのか、ということですね。そこから恥ずかしさを耐え忍んで、実証してみたいという気持が生まれる。昔、剣道なんかやらされると、まず道場の拭き掃除からやらされましたね。拭いているうちに木目が出てくる。そういう作業をやって、「もの」の手触りをたしかめたいと思った。

　これは現代一般の現象として、僕は新聞の時評を書いていますから、毎月いろいろな小説を読みます。みんな小説はうまいですよ。なかなか面白いんですけれども、そういう「もの」の感触があまりないんだな。「もの」の動かしがたい豊かさというものが一向に感じられない。そういうことがいまはわからなくなっているのですね。つまり、人間と「もの」との自然的関係が失われてしまったといってもいい。それはやはり、人間を生かしている大切な何かで、この関係は人間と人間との自然的関係にも反映するんですね。これがちゃんと成立している時には、わりあいにわれわれはいろんなことがよくわかる。わからないものも多々あるけれども、わかるものもはっきりしている。しかし、いまはそれがまったくめちゃくちゃになっている。わからなくなっていることに痛痒すらあまり感じなくなっている。だから現代の小説家は大体小説をデザインしているんですね。そのデザインにも、もちろんオリジナリティがあるのと、ないのとがある。そういう状態でわが身を顧みればどうしたらいいか。やはり屈辱を耐え忍んで書かなければならないということになります。

僕はほんとうは、そう長々書くのは、あんまりいいことじゃないと思うのですよ。非常な名人上手なら、まあ漱石が死ぬところまでで七、八百枚というのがいいところではないでしょうかね。それを、小説を書き出すところですでに千二百枚というのは、実は大変恥ずかしいことだと思っています。けれども、それだけ拭き掃除に時間をかけないと、木目が出てこないような状況だというのも事実ですね。その拭き掃除の仕方はもちろん僕そのものの「ものの見方」です。しかし、ものがここにあって、こっちは掃除もしないで、ただ眺めている。そして、いやこれはこうも見える、またこうも見える、なんて言っているのはたしかに体裁はいいんだけれども、あまり面白くなくなってしまった。

吉本　僕はかつて、スマートボールの景品で食ってた時があるんですよ。失業時代にね。その時、これは方法は簡単なんだけれども、ただ、どうしてもプロになりきれない最後の一線というのはあるんですね。そして、それはやはり屈辱感ということに関連するわけです。

結局最後は、自分の方法で一番よく入る台というのは、ある店によってもうすでに決定的に決るわけなんです。だから、客がだれもいない、開店直後の時期に、すーっと坐れば、それはもうプラスなんですよ。利潤なわけですよ。ところがそこにパッと坐るということがどうしてもできないわけです。そのできないということの中には、あん畜生また来やがったという様子をされはしないかということ。それでもそしらぬ顔をしていればいいわけで、自分自身でつくりあげた屈辱感であって、案外店のものはどうでもいいと思っているのかもしれないですけれども。素早く所定の場所、ここなら完全におれの方法でやればプラスなんだという台へすーっと、だれもまだ客がこない時に行けばいいわけですがね。それができるかできないかということが、プロであるか、アマであるかということの分岐点だと思うのです。そして僕は、どうしてもそれができなかったんですけれどもね。できなかったというのは、善悪、二つの意味があるので、あんまりよくないことだと言えばよくないことだと思うのです。つまり、そこまでできないくせにそれで食おうとはおこがましいじゃないか、という意味合いもあると思いますけれどもね。その場合に、あえてそこを耐えれば、平気な顔をしていれば、スマートボール屋が、お客さん、いくらか落し前をだしますからご遠慮下さい、と言ってくるか、黙ってやらせるか、どちらにしても利潤なわけですね。そこまでいければプロなわけです。ところが、どうしてもそこは限界だというふうになりまして、プロになれなかったな、ということがたいへん後悔でもあるんですけれどもね。またそういう体験的なことから類推して、そういうことをお尋ねしたわけです。

なんかそこの屈辱感というのは、己を低くしなくてどうして王道に達することができようか、というようなふうにも思えますしね。しかしこれはそこまでやるのが重要であるのかという、一面ではそういう感じもありますしね。そこが僕なんかの、たいへん関心をもっているところですけれどもね。

江藤　それと直接関係があるかどうかはわかりませんけれどもね。僕は、漱石三十七歳の年の暮れまで書いてきて、人が生きていくということは、なんと数多くの死に立会うことだろうか、と切実に思いました。それに尽きると思った。死ぬ人間を一人ずつ見送って行く。実際に見送ることもあるし、比喩的に見送ることもある。だがいずれにしても、大事な人がポコッポコッと死んで行く。むろんそのうちに自分も死ぬわけですね。これが人生だという気持が非常にしたですね。それじゃあ歴史は何だろう、と思った。

歴史というのは崩れることですね。何かが崩れていく、その時。漱石は幕府がちょうど崩れた時生まれた。しかしいろんなものがつねに少しずつ崩れていくのですね。歴史家というのはそれを、崩れるというふうには決して書きはしない。必ず何かができていくというふうに書くんですね。それは、できていくというふうにも言えば言えるでしょう。だけれど、それは歴史家が歴史の本の中で言っていることで、「もの」の本当の動き方ではない。歴史家は左翼でも、そうじゃないのでも、みんなできていくというふうに書いている。しかし僕は文士だからできようとできまいとかまったことではない。人間を主体にして見ることにしか興味がない。そう思って見ていくと、崩れていくわけですよ、いろんなものが。崩れて得する人間もあるし、ごく世俗的に損をする人間もある。しかし崩れることはたしかなんですね。歴史は崩れ人は死ぬ、それがすべてだ、ということです。そうなれば、スマートボールの例が適切かどうかは別として、恥ずかしいことをやっちゃうということは、自分が崩れていくのを認識することですね。それがつまり一番切実な生きていく感覚というものじゃありませんか。このことにプロだか、アマだかの別はないでしょう。アマもやはり崩れていくのだけれども、崩れていく論理のほうを立てないで、崩れない論理を立てているだけのことでね。だから、歴史家というのは、実は歴史のアマチュアだともいえる。

僕はこの感想は、インテリ不信にも通じるんです。インテリというのは、要するに思想のアマチュアで、ほんとうの思想というのは、ふつうの生活人が生きている思想ですね。それによって生きていない思想なんて意味がないでしょう。だけど、アマチュアが思想をふりかざして、現実のつじつま合せをしようとすると、デモをやったり、署名運動をやったり、何かしなければならなくなるわけですね。アマチュアの思想というものは外にとび出しているから、外に出ている言葉の部分と、現実を合せようとすると、現実を操作しなければならなくなる。そしていつもおれの思想はちゃんと現実と対応しているぞと言っていないと、思想の実効性はなくなると思って不安にかられている。それがアマチュアのだめなところなんだと思うのですね。そうじゃなくて、ほんとうは思想というのはみんな黙ってもっているものでしょう。それがなければどうやって生きられるか。われわれは動物じゃないから、自分の中にある沈黙の言語を頼りに生きていくのですね。人はいろんなことを言います。あいつは平凡なサラリーマンとして一生を送ったとか、あるいは、奔放な人生を送ったとか、なんとか言うわけですね。僕らはそういうことをしょっちゅう言うわけです。だけどだれもわかっちゃいないんですね。沈黙の言語がどんな音楽を奏しているか、それは容易なことではわからないですね。それを僕は書きたいのです、漱石についてなんとかしてね。

プロとアマについて——価値観の原点

吉本　そこのところは僕も、わりあいに賛成なんですよ。賛成なんですよというのは、人が生き、大人になり、結婚して、老人になって死ぬというような、そういう場合に、どこに価値観の原点というか、根源みたいなものを置くかというと、やっぱり僕は、自分の日々を生活してて、そこでぶち当る問題について、あるいはその周辺についてならば考えることもするけれども、あんまり遠くのこと、見たこともないこと、そういうことは、直接影響がなければ考えない。つまり、そういう生き方の人がかりにいるとしまして、それが、人間はどう生きるのがいいのか、ということの価値観の原点になる、というふうに思っているんです。だから、そういう意味では、江藤さんの考えに賛成なんです。だから、大学を出たらどこかに就職して、そしてサラリーマンになって、いくらもらってという、定年退職までの給料の計算はできるし、定年退職で、退職金もらって、うまくいけば隠居して、そのうちに死ぬ、もうおれの人生は決っているんだ、なんていう言い方は僕はぜんぜん信じないんです。そんなことはあり得ないのであってね。

江藤　まったくそのとおりです。

吉本　微細に見ていけば外からそうみえる生活でも波瀾万丈だと思います。どんな人でもそうだと思うのです。ただ、大なり小なり人間は、そういう価値の根源だというようなところから、外れてしか生きられない。そうすると、外れ方がもっとも著しいのを、かりに政治家といえば、政治家というやつは、もっとも価値の根源からは遠いところでなにかをやっている。だから政治家というのはよくよく考えなくちゃいけない。つまり自分は、人間はどう生きたらいいかという価値の根源から一番外れたところで何かやっているんだよ、ということをたえず問題にしなければ、政治家とか政治運動というのは堕落するというふうに僕は思っています。そういう意味では、江藤さんの言うことは、僕は格別異論がないように思います。つまり、僕もそう思っています。これは究極的に言うと、どうしてもそうなっちゃうんですね。

江藤　そうです。

吉本　そこまでいくんなら、おれはレーニンにも反対だ、もちろん政治家とか、政治運動とか、文学者、あるいは文筆業者としての自分自身もそうですけれども、そういうものにはどうしても反対である。これは仕方がないからそう外れちゃったんだ、というふうな弁解をどこかでしなければ、あるいは、どこかで必然の契機を見つけなければまったく意味ないことで、あまり価値ある生き方じゃないんだ、というふうに僕には思えます。ただ、ぎりぎり結着そこまでいけば、おれはレーニンでもだれでも否定する。もちろん政治も否定する。というところまでいかない次元で、物事はすまされていますから、そこまではいかないわけですけれどもね。ただ、それじゃほんとうに何が生き方なんだ、何が歴史なんだというようなことを徹底的に追究していけば、もうそこまでいっちゃう。そこまでいっちゃえば、かりに僕に思想があり、それからイデオロギーがあるというふうに考えても、そこのところではもう、どうしようもないというふうになってしまいますね。

スマートボール屋の例というのはあまり高級でなくてよくないですが、たとえば、荷風が『下谷叢話』なんかで書いている大沼枕山みたいな詩人がいるでしょう。枕山はかたくなに自分の生き方に固執するんですね。維新以後になっても固執するわけですね。それで時には皮肉を言うわけですね。昨日の旗本は、今日は車夫馬丁の徒になって、それでも生きているじゃないか、なんとみすぼらしいことじゃないか、というようなことを詩でちゃんとやるわけですね。いまのところそんなに追究が進んでないからわからないんだけれども、大沼枕山はどうやって食っていたんだということに関心があるんだけれども、僕の考えでは、処々方々に詩の愛好者みたいなものがいて、そこへ行って、詩の作り方を教えたり講義したりというようなことで謝礼をもらって、細々と食べていたと思えます。だけれども自分の生き方に固執しましてね、あまり維新というものを認めないわけです。僕はある一面でそういう生き方の人物に関心があるんです。

それからまた、一面で言いますと、これは江藤さんの分野になるわけだけれども、勝海舟みたいな生き方にも関心があるんです。海舟は功利的な意味ではなくて、維新前にも、後も、かなり重要な役割を演ずる。また、社会的地位としてはかなり高いところにいるわけです。そこのところは、スムーズではないかもしれないけれども、維新ということで、自分をくさらせることもしないし、隠遁することもしない。それで維新後もかなり重要な位置を占める。そういう生き方にも、たいへん関心があります。

海舟のような生き方は、そういう言葉がいいかどうか知らないけれども、プロだという感じがするんですよ。つまり枕山みたいな生き方というのは、ある意味でアマチュアじゃないかということ。アマチュアじゃないかというのは、アマチュアのよさというものもあると思いますけれども、そういう感じがするんですす。そういう面でいきますと、転形期といいましょうか、過渡期といいましょうか、そういうような時期の人間の生き方というものに関心が深いんです。僕の江藤さんに対する関心の仕方というものの中には、やっぱりそういう問題も含まれていると思うんです。

江藤　当然そうでしょうね。僕は、いまの吉本さんのお話に出た、枕山と海舟との二人を比べてみると、これはやはり、個人という次元での人間の比較だと思うのですよ。しかし、やはり集団というものが人間生活にはつきまとう。人間というものの非常にむずかしいところは、集団をなさないと個人も生きていけないというところですね。個人を立てるというのもこれは仮りの言い方で、それはやっぱり集団の中の、沈黙の言語を胸に抱いた個人として生きているわけですね。沈黙じゃなくて、集団がギャーギャー言うのにあわせて、昔は「米英撃滅」、今は「安保粉砕」というように、時代の合言葉ばかり怒鳴っているやつもいる。それは常にたくさんいるわけですけれども、面白い個人というのは、別の言葉をどこか胸にかかえているやつですね。その意味では、枕山が別の言葉をもっていたように、おそらく海舟だって、何かそういう曰く言いがたい言葉をもっていただろうと思うのです。

ただ、これはプロ、アマというのともちょっとちがうんだけれども、政治家というものは非常に遠いところにいる。僕は政治家の中に、いろいろなクラシフィケーション〔分類〕があると思うんです。政治運動をやる人と、実際の権力構造の中にいて政治を動かす人とは、やはりちがうと思うのです。レーニンもはじめとあとではちがったと思います。そのへんのことがうまくいかなくてというか、非常に悲劇的になったトロツキーみたいな例もある。スターリンみたいな、逆のほうがエキスパートだったプロもいる、というようなことはあると思うのです。ただ、さっきちょっと言いかけたことですが、人に見せない部分というものは、人が集団をなして暮らしていく場合には必ず存在するんですね。政治家というものも、ある一面から言えば、非常に何段階も遠くにそれちゃった人間というふうにも言える。しかし、それがどんな人間であろうが、政治の権力過程の頂点に近いところにくると、人に見せない何かを黙って見ていなければならないということがあるんじゃないか。つまりこれは、神主とか、ノロとかいうようなものに似ている。

マツリというのも、古代的なことを考えれば、マツリゴトというものも、これはまったく表裏一体のもので、たとえば宮中の、新嘗祭、あれはだれにも見せないわけですね。そして賢所の中で何かがおこなわれている。そしてそのあいだお付の者はみんな鴨鍋なんか食っている。何をやっているのかだれも知らないわけですね。皇儲《こうちょ》にだけ伝えられる秘儀がある。そういうものがあってはじめて集団が成立し、存続する。だからこれは、日本全体を考えてもそうかもしれないし、もっと小さな、沖縄の離島とか、宮古島とか、西南諸島のある島とかいうのでも、ぜんぜん部外者は立ち入らせない祭儀がある。民俗学者がどんなにガッガッしても絶対に見せない。女がやる場合には男にも見せない、というような祭儀があるわけですね。これはやはり、集団の存続と繁栄にかかわる非常に重要な何ものかなんですね。しかも非常に昏いものなんですね。中国でも、古代中国の天子というものは、なぜ天子かというと天壇の上に上って、だれにも見えないところで何かやるからでしょう。何をやっているかこれもよくわからない。だいたい天と交わる儀式をやっているんだ、ということになっているようですがね。そうすると、海舟その人じゃなくてもいい。だれでもいいんです。

レーニンでもド・ゴールでも、吉田茂でもいいんですが、政治の階段を上っていって、社稷《しゃしょく》をあずかるわけですね。そうすると、こういう人々が見ていて、われわれにはよくわからないことは何かというと、この昏いところにあるものですね。彼らは続けていかなければならない。集団を存続させなければならない。その責任を負わされるわけですね。その人間の器量に合っている、いないにかかわらず。もちろん非常に器量の低いやつなら、どこかで切断されてしまう。切断されて全体が蘇るということはあります。それが革命ですけれどもね。しかし、それにしても存続させるという命題を負わされている点では同じです。

そうするとこういう連中は、ほんとうに、なんだかわからないけれども、深淵を覗くというようなことがあるんじゃないかと思うんです。それはたいへん大事なことで、つまり、個人としての人間が、いまや、さっき僕が言って、吉本さんがそれに賛成だと言われたような原理で生きるとすれば、集団を請負った人間はいったいどうするか。請負ったやつはやっぱり、請負ったように生きなければならなくなるんじゃないか。それで転形期というのがむずかしいのは、集団と個人との境目が、非常にわかりにくくなるということですね。まだ明治の頃は簡単だともいえる。簡単だということは、つまり、国家という形態が、インタクトにいちおう保たれていたから。外国の政府は、幕府と結んだ条約を、そのまま維新政府が励行することを求める。維新政府には力がなくて外国は圧倒的に強いから、そのようにやるわけですね。だけれど、これじゃいくらなんでもひどすぎるというので、明治五、六年頃から一所懸命、条約改正をはじめようとして、滑稽なことを何度も繰り返すわけですね。やっと、日清戦争の直前になって、なんとかなるというような事情はあるけれども、昏いところに光がさしてフィルムが感光したということはなかった。しかし戦後になると、やはり、昏いところに光が射したようなところがあると思う。でも、だからといって昏いものがなくなってしまったわけではないんでね。だから、三島由紀夫さんは、『英霊の声』という面白い作品を書いた。けれども、「人間宣言」を僕はそれほど重視もしていないのです。実体としての昏いものは、それはちゃんとあるわけですよ。地下水のようにある。あるからこそこうやっているわけですね。ですけれども、それを反映していた明治国家の機構はなくなってしまったから、こころならずも人はそのかわりになるものの建設を迫られている。これは明治のインテリも幾分同じだったかも知れないけれども、戦後のわれわれははるかに深刻にそうであって、思想的立場や政治的立場のいかんにかかわらず建設を迫られている。これは文士的気質のあるやつなら、究極的には建設なんかに興味はないはずです。そんなことはどうでもいいというところがあるはずです。にもかかわらず、集団の一員として、ふたたび、前よりはおそらく条件の悪いところで、建設を迫られていると思う。その建設の仕方にはいろいろあって、そこにイデオロギーというものが出てくるのだと思うのです。

ただ、このイデオロギー、イデオローグというものは、どうもあまりにも不毛なんですね。つまり「もの」から遠いのです。僕は吉本さんの「異族の論理」(『文芸』一九六九年十二月号) という論文を大変面白く拝見しましたけれどもね。沖縄にすべてわれわれの問題のアーケタイプがあるかどうかはわからないけれども、ああいうところでチョロチョロ存続している、伺い知ることのできないものは、なにも沖縄だけにあるわけではなくて、こうやってわれわれが話をしている東京の赤坂にだってあるはずだと思う。それはたとえば、豊川さんのキツネみたいなのがいて、なにかやっているはずだと思う。そうするとこれは、イデオロギー以前のことですね。つまり、そういうものに棹差したいという気持がある。人は個体として生きなければならないけれども、同時に集団としても存続しなければならない。この難問を僕らは課せられていて、この二重性があるために、非常に複雑な生き方を迫られているんじゃないかと思う。

吉本　そこのところになると、秘儀みたいなのは全部あばけ、というほうなんですけれどもね。たとえば天皇の大嘗祭のような世継ぎの例で言っても、わからないところがある。わからないところは推測するよりない。しかし、それはわかったほうがいいと思っています。つまり、わかれば天皇制の命運はそれまでのことだ、というふうに思うんです。ちょうど「風流夢譚」事件[*3]が起こった時に、中野重治だったかな、たとえフィクションであろうとも、天皇の首がころりと転んだとか、皇太子の首がころりと転んだとか、そういうことを書くのは間違いだと書いたことがあります。あの作品を書いた深沢七郎は正直だというかバカだというのか、天皇というのは革命の暁には、民主的裁判にかけなければいけない、ということを中野重治はそのとき言ったんですよ。そのとき僕は、この人はだめだなと思った。天皇を民主的裁判にかけて裁くかどうかはどうでもいいんだと思うんです。もっとも枢要なことは天皇制に関するタブーをはっきりさせればいいんだと思います。出自や儀式や遺跡を公開調査させれば、それで終るんだと思うんです。江藤さんは逆な立場から同じことを言ってるんだと思うんです。

琉球沖縄についても、江藤さんの発言はたいへん的確だと思います。僕は実証的に申し上げますけれども、琉球沖縄で秘儀とされている祭、たとえば赤マタ黒マタのような来迎神の祭儀がありますね。これはもっとも典型的に秘儀とされているものだと思います。民俗学者がいくら行ったって、肝心のところは見せない。カメラの盗み撮りしたってたかがしれてる。肝心なところはわからないわけです。来迎神に関する祭儀というものは、琉球沖縄でも、こちらと同じように、共同祭儀ですね。つまりあなたのおっしゃる集団的な祭儀ですね。それは血族ごとの祖先崇拝というようなこととは、ちょっとちがうので、制度としての宗教みたいなところがあるんですね。そういう共同宗教みたいなものは秘儀ですね。絶対肝心なところはよそから行った者には見せない。あるいは部落の中の人にでも、直接たずさわる以外の人はわからないところで、わからないお面をかぶったり衣裳をつけたりして出てくるというような感じで、そこは秘儀になっています。江藤さんの「登世という名の嫂」の「漱石における禁忌と告白」という副題で言えば「禁忌」ですね。禁忌とされている祭というやつは、ごく下層に流布されている祭であろうと、天皇のような政治的な頂点に位するものの祭であろうと、どこかにわからない、かくしてあってここは教えないという、そういう要素がありますね。これはやっぱり、集団的な宗教祭儀に特有なものだと思うのです。だから、来迎神信仰というものは、僕なんかの理解の仕方では、共同祭儀といいましょうか、制度としての宗教というものであって、祖先崇拝と混合してわからなくなっているけれども別だと思います。祖先崇拝というのは、直接家族を辿っていっておやじの霊を祀ってあるところ、おやじのおやじの霊が祀ってあるところ、そういう意味合いから言えばたいへんわかりやすいあれですけれども、来迎神信仰というのはよくわからないところがある。また、わからせないようにしてありますね。それは制度的な意味での宗教というものの核のところには、どうしてもどこでもそういうものがあると思うんです。

僕に言わせれば、その秘儀の実体ははっきりさせろということです。とにかくはっきりさせればすべて終りであると思います。僕は江藤さんとは逆に終らせていいものは終らせろ、というような意味合いで、それをはっきりさせれば、ほかのことは一切要らないから、はっきりさせろという理解の仕方です。三島由紀夫さんが、なぜ天皇は人間宣言なんかをしたのか、人間宣言をしないから価値があるのにどうしてあんなことをしたんだというモチーフはよくわかるように思うんです。ただ、ぼくの方向は逆です。とにかく人間宣言もよろしい、しかし人間宣言をしたって、しなくたって、それはあんまり重要な意味はないだろう。だけれども、どうしてもわからない天皇がやっている秘儀は、はっきりさせるべきだ。また墓はみんなあばかせなければいけない。そうすればみんないっぺんにはっきりするんだ。はっきりさせて「禁忌」が解けてしまえば、もうそれでなにもなくても終りなんだと思っています。江藤さんは、そういうのはあったほうがいいし、またそれは別の形では、どんな社会がきてもあるんだというふうにおっしゃるかもしれないけれども、僕は、どんな社会がきても、全部秘儀はあばいたほうがいいと思います。

だからさっきのアマ、プロで言うと、僕はアマチュア的考え方で、どうしてもあばいたほうがいいという考え方になるわけです。僕はレーニンという人はとてもアマチュアだと思うのです。つまり、アマチュアとしてのよさがある。政治運動に伴う暗さとか、陰謀とか、同じ集団に属する者とか、同じイデオロギーをもつ者同士の間の争いということに大半の精力を使わなければならないというようなのが政治運動家みたいな者の宿命だと思います。政治運動家というのはそれに馴れていきますと、たいてい、煮ても焼いても食えないというようなふうになってしまいますね。ところがそういうものをしこたま体験しているにもかかわらず、なぜレーニンが優秀なのかというと、アマチュア的素朴さといいますか、それを残していることだと思います。人柄の中にも残していますし、政治的なやり方の中にも残している。そういうことは、相当強固な意志をもった優秀な人でないとできないんじゃないかと思うんです。たいてい、海千山千の権謀術策家で、どうしようもないというふうになるのが、政治運動家とか、政治家というものの運命だと思うのです。どこかに、人間的にか、あるいは政治的にか、素朴さ、あるいは率直さというものを残しているとすれば、たいへん優秀な人か、そうでなければ政治から遠ざかるか、どちらかと思います。レーニンというのは前者だと思うのですね。

だから、あの人は、江藤さんの言われるように、権力をとる前とあとではちがうということで、それはたしかにそうなんですけれども、権力をとったあとでもレーニンはオンボロ車に乗って出勤するわけですよ。少なくとも一国の元首なんだから、もっといい車にしたらどうですか、とはたから言われても、いや、おれはオンボロ車でいいんだ、ということで退けるわけです。それから政治的にも、官僚連中に対して、お前たちは労働者の給料以上の給料は絶対取っちゃいかん、というようなことを言うわけです。それは僕の考えでは、たいへんアマチュア的なんです。そんなことはどうだっていいじゃないかとか、あるいはまた別の考え方で言えば、能力があるならそいつは給料をたくさん取ったっていいじゃないか、そんなことはたいした問題じゃないんじゃないか、というふうにもなるんだろうけれども、レーニンは固執するわけなんですね。それはまったくアマチュア精神だと思うんですけれどもね。ただ、たとえばクレムリン宮殿というものがある。わりあいに広いところで、これはすぐに使える、それでここを政府機関に使おうじゃないか、というふうになるわけだけれども、アマチュア的欲を言いますと、それもやめた、そんなところ使うな、というそこまで徹底しますと、たとえばスターリンみたいな人は、出てこなかったと思うし、出られなかったと思うのです。けれども、考えてみますと、一国の首長がおれはオンボロ車でいいんだということに固執することも、個人的にいうとむずかしいですよね。オンボロ車はのろいし、忙しいんだからもっとさっさかさっさか走れるいい車のほうがいいんで、少なくとも一国の最高指導者が、おれはオンボロ車でいいんだということは、ある意味ではたいへん気違いじみていることなんですね。だけれども、そういうところにレーニンは固執しますね。たいへんトリビアルなことになぜそんなに固執するんだ、政治にとってそんなことはどうだっていいじゃないか、というようなトリビアルなことですね。だけどもそういうことに固執する、絶対に固執するのです。僕はそういうところはものすごくアマチュアだなというふうに思います。

それで、アマチュアを徹底的に通せば、たいへんあとあと、ちがった展開の仕方をしただろうと思いますけれどもね。クレムリン宮殿という、たいへん広くて便利なものが帝政時代から残っていれば、それを使おうじゃないかというようなふうになって、それはやめようじゃないかというようなことは、ちょっと集団的な機構を考えますとやれない。そこまで言うと、お前気違いじゃないか、というような感じになって、そこまでは言えないというようなことはあると思うのです。しかしそのことは、のちのちのソビエト・ロシアというものの在り方に、たいへん大きな影響を与えていると思います。レーニン個人は、クレムリン宮殿にいるというのは、恥ずかしくて恥ずかしくてしようがなかったと思うんですけれどもね。でも、そこまで固執するのは、ちょっと小児病的ではないかとか、はたから見ると滑稽じゃないか、というふうになると思うのです。そこまでは固執ができないというような、そういうことがあったと思うのですけれどもね。現実の問題としていいますと、僕は、レーニンが固執した、そういう気違いじみたところからみると、はるかに堕落しているわけです。けれど、そういう意味のアマチュア性というものは、理念のうえでは固執したい意志をもっているんですね。それは、善であるか悪であるか、有益であるか、そうでないかというのは、いっこうにわかりませんけれども、そういうことがあると思うんです。だけども、たいへん自覚的にいいますと、こんなことに固執するのはアマチュアだな、という気持はあります。そういう問題が僕はあると思うんですね。

禁忌の是非——レーニンと西郷隆盛

江藤　いまのレーニンの話をうかがっていて、ああ、それはいわば儒教的老荘主義とでもいうべきものだな、と思いましたね。レーニンのストイシズムは非常に儒教的なものだけれど、それが結局、小国寡民の政治をめざしている。つまり、ボロ車でいい。できればクレムリンじゃなくて、プレハブのバラックみたいなのがいいという。小国寡民の政治というのは、もちろん鶏の声が聞える間にすむのが一番いいという、老荘にあるあの考え方ですね。レーニンがそういう人だとすると、それによく似た人を日本人から選べば、これは勝海舟じゃなくて、もちろん西郷隆盛ですね。どこか似ているような気がしはじめて来た。

西郷という人はとても面白い、魅力的な人ですね。僕はこのあいだ鹿児島に行って、別になんということもなく、フラフラ歩いてきたんですけれども。江戸城の総攻撃を、勝が必死になってやめてもらいに行く。西郷は「ようごわす、やめましょう」といって歩武堂々の陣を張って江戸に無血入城する。それでもう革命はできちゃった。すると、こんどは戊辰の戦争があって、秋田へ行く。庄内、鶴岡を攻めるために。だけどもうこの時は面倒臭くってしようがないんですね。陸軍大将参議正三位という大変な出世をするのだけれども、三位は殿様より上になっちゃうといって返上して故郷に帰って犬を連れて、壮士を二、三人従えて、日当山という温泉に行って鉄砲うちをやっている。日本人が、西郷さんはいいなという気持はまずそこから出ていると思いますね。明治十年の役のときには八月頃といえば、官軍はもうとうに熊本城を抜いて、西郷は宮崎県下に敗走を続け、本拠である鹿児島も、海から押えられてしまい、連戦連敗で西郷の命数は尽き果てた、という頃です。そのとき西郷星と言われる星が、忽然と東の空にあらわれるんですね。これはおそらく彗星かなんかでしょうけれどもね。当時の文献を見ると、世の識者がテレスコープなるものでその星を見ると、そこには陸軍大将の軍服を着て、白馬にまたがった英雄がいる。

そして、手に「新政厚徳」という四つの文字を印した旗を掲げている。そして、人々これを伏し拝んで西郷星と名づけた、と書いてあるんです。もう敗けるに決っている、賊軍の大将である西郷を、星の中の幻影に見て、江戸人がこれを伏し拝むということが僕には無限に面白いんです。それはいま吉本さんのおっしゃったレーニンに似ていると思うのです。

いまの歴史家の説によれば、西郷には新時代というものがなんにもわかっていなかった。彼は農本主義者で、敬天愛人で、そして薩摩の百姓が一番かわいい。彼は奄美大島に流されて、あそこで、現地音ではアイガナといっている愛子という側室ができる。のちに京都市長になる西郷菊次郎という人と菊子という人は、その妾腹の子ですね。薩摩はもともとものすごい収奪をやるわけですけれども、奄美大島の女性と交わりをかわして子どもをなしてから西郷は非常に民衆に同情的になる。それにしても彼は、薩摩の百姓がかわいい。日本全国の百姓は別にかわいくもないんですね。だけれど、それを江戸っ子が伏し拝むわけでしょう。それからわずか二ヵ月後には城山で彼は死んでしまう。しかし明治二十年ごろですか、国会開設のころに、西南戦争の生き残りでかくれていた奴がひょっこり一人出て来たことがあった。すると、西郷は実は生きていた、そして清国かなんかにかくれていて、もうすぐ帰ってくる、という説が流れたことがあった。そういうふうに伝説化されて行くのですね。

ですから、レーニンに対する吉本さんのお考えも、その一つの、もっと国際的に大きくなったものだというふうに考えることができるし、そういうものは常にあると思うのです。これはもちろん民間伝承にもなるし、もっと高度の、思想的・文学的ヴィジョンにもなる。だけれど、僕があなたとちょっとちがうところは、やはり、秘儀を全部バラしちゃえ、公開しちまえばいいじゃないか、という点ですね。僕もそうすると全部終りだと思います。文字どおり全部終りですね。つまり、人間社会は存続しなくなる、と僕は思うんです。そこが人間に対するイメージのもち方のちがいかも知れない。

僕は、人間というものはよくわからないけれども、そういういやなところがあるんじゃないかと思っている。もちろん、いやなものじゃなくなりたいという気持も常にあるのです。だから結局、政治そのものを否定したいという気持はわれわれに強くあるわけです。たとえば老荘思想などというものは、つまり中国大陸のある時代、さほど人口が大きくなっていないころ、ある意味では村と村との間は鶏の声が聞えるぐらいな、小さなコミュニティがあって、日出でて耕し、日暮れて帰り、鼓腹撃壌、言葉も要らない、何か必要があれば印は縄を結んどけばいい、というような時代がまだ遠い記憶に残っているころの中国人は、老子という思想家を生んだ。そういうのが出てきて、それが人間の一番幸せな姿だという思想を説く。これは非常に深い思想で、僕もたいへん惹かれるのです。まさにそうだと思うのです。にもかかわらず、人間はやっぱり増えていく。食糧が要る。いま日本は米が余っているが、米が余っているというのは、これはほんというと非常な危機なんだけれどもね。それは経済学的な危機ではなくて、文化的な危機だと僕は思っているんですけれどもね。まあそれはそれとして足りないところは、ビアフラでも、インドでも、いくらでもあるわけですね。世界の総人口と、食糧の総生産というものの不均衡、それは、いまだからこそ世界と言うんだけれども、有史以来人間につきまとって来た条件ですね。政治を元へ、エコロジカルな次元に引きおろしてしまえば、そういうところから話がはじまってくる。そういう条件があるので、なにか禁忌を設けておかなければ、人間の集団は存続しないのではありませんか。そうすると、レーニンも、廟に祭られて、一つの新しい禁忌を作るわけですね。スターリンもそうだったが、これに対する自由化がはじまって、スターリンの引き下ろしがある。しかしスターリンはまた、祖国大戦争の指導者として新しい禁忌を復活させつつある。これはスターリンもレーニンもあずかり知らないことかもしれないんですね。かりにスターリンが相当あずかり知っているとしても、レーニンはおっしゃるとおりだとすれば、迷惑千万でしょうね。しかしそういうふうになっていく。

もっと卑近な例で言えば、樺美智子[*4]さんという人がいましたね。彼女が死んだことは事実である。どういうふうにして死んだかよくわからない。知っている人もいるでしょうけれども、わずか十年しかたっていないのに、人はなんにも事実を確かめようともしないで禁忌に仕立て上げようとする。だけれどレーニンや西郷の正当性というものが、一人のかれんな女子学生にあるわけはない。もともとかれんさの価値と、一種の悲壮さがあるだけだから、彼女の周辺にはもっといやな、ドロドロしたものはそうたくさんは附着しない。着かないだけ脆弱なわけですね。脆弱なことがわかっているから、人工的に一つの不可侵性を一所懸命になって与えようとするわけですね。それが政治ですよ、僕に言わせれば。僕はこういうことはいやなんです。だけれども、反安保運動ですか、それを六〇年の規模で存続させようという希望と期待が反体制側にある限りは、運動集団を存続させねばならないというわけでしょう。そうすると、樺さんはやっぱりそのために作らなければならなかったジャンヌ・ダルクになってしまう。だからこの卑近な例を見ても、常に人間はそういう増殖作用をやってはタブーを作っていく。そして生き残ろうとすると思うのです。それを全部バラすと、集団として生きられなくなる。その時、われわれが、古来聖賢の説いたように、自らちゃんと身を持し、他人のこともちゃんと考え、思いやり、なおかつ本能のよろこびも適当にコントロールできて、生きていけるのならば、もちろん政治なんてなくしてしまえばいい。だけれど、どうも人間はそういうふうにできていないんじゃないかという気持があるんですよ。

吉本　なるほどね。僕は、樺美智子さんが、当時もそうで、そのあともそうで、いまもそうですけれども、いかようにしてどうして死んだか、また、死ぬ前、明日自分が出かけてゆくデモに対してどういう考えをもっていたか、というようなことを追究する人はいなくなり、知っていても公開する人はいなくなって、たいへん象徴的な存在に転化していくということを、否定するわけです。それがべ平連みたいな市民運動であろうと、百人委員会ですか、そういうものであろうと、あるいは学生運動の諸派であろうと、そういうことをすることを否定するわけです。そんなことすべきではないと思っています。だから、写真を掲げて行進したり、写真の前に花束をあれしたり、そういうことは否定すべきであると思っているんですけれどもね。こういうことは別段たいしたことではないんですけれども、江藤さんの言った、秘儀をあばけば全部終っちゃうんじゃないか、ということですね。それがたいへん重要なことじゃないかと思うのです。

レーニンというのは、それに対しては、わりあいによく洞察できていたと思うのです。だからレーニンが究極的に考えたことは、少なくとも政治的な権力が階級としての労働者に移るということはたいした問題じゃない。つまり、それは過渡的な形であって、ほんとうは権力というのはどこに移ればいいのか。それはあまり政治なんかに関心のない、自分が日常生活をしていくというか、そういうこと以外のことにはあまり関心がないという人たちの中に、移行すればいいんじゃないか、というところまでは考えていると思います。そうしますと、そんなことはできるか、ということになるわけで、これはユートピアかもしれないけれども、レーニンは明らかにそういうことを言い切っているわけです。なんらかの意味でイデオロギーをもっていたり、政治的関心をもっていたり、政治的に動いたり、そういう人たちじゃなくて、まったくそういうことには関心のない、ただ日常自分が生きて家族を養い、生活していくという、そういうことにしか関心をもたないというような、そういう人に権力が移行すればいいじゃないか。では、権力が移行するというのは具体的にどういうことか。そういう人たちは政治なんていうのには関心がないわけですから、お前、なんかやれ、と言われたって、おれは面倒くさいからいやだ、と言うに決っているわけです。しかしお前当番だから仕方ないだろう、町会のゴミ当番みたいなもので、お前何ヵ月やれ、というと、しようがない、当番ならやるか、ということで、きわめて事務的なことで処理する。そして当番が過ぎたら、次のそういうやつがやる。そういう形を究極に描いたんですね。そういうことで、秘儀をあばけば、全部終るじゃないかということに対しても、思想的なといいますか、理論的なといいますか、対症療法として考えたわけですよ。もちろん秘儀をあばいてもいいんだ、政治もなくなっていいんだ、当番にすればいいんじゃないか。当番も、あまり政治的関心とか、イデオロギーをもっているやつがやると、ロクなことはしでかさん。また秘儀が新しくできる。だから、それはそういうところに権力が移行するのも一時的には止むを得ないけれども、しかしほんとうはそこに止まってはいけないので、究極的には、そんなことにはあまり関心がなく、自分や自分の家族の暮らしとか、そういうのにしか関心ないようなやつのところに移行すればいいじゃないか。そういうやつがいやいやながら、当番だから仕方がない、やるかということで、何ヵ月かやって、また、次のやつがやるという形にすればいいじゃないかということを、一種の終末論といいますか、そういうものとして、はっきりと断言していると思うのです。それがいわば江藤さんの言う、秘儀をあばけばすべてが終るということに対する思想的な対症療法だったと思います。

僕なんかが究極的に描いているのは、もっとも価値ある生き方は、さきほど言いましたように、そういう人の生き方なんだということです。しかしそういう人間は架空の存在であって、大なり小なり人はそれからずれてしか生きられない。ずれているということは、いわば価値の根源からはたいへん遠ざかることだ。少しであるか、多くであるか遠ざかることだ。だから価値の根源はそこにあるんだということをたえず勘定にいれることが、江藤さんの秘儀をあばいたらすべて終っちゃうじゃないか、ということに対する、僕なりの対症療法なんですけれどもね。つまり、そこいらへんまでならばレーニンなんかも制度的に考えていたと思うのです。僕らは制度的にそれを考えることはできないですから、自分の思想といいますか、考え方といいますか、そういうものとしては、そこの対症療法というのは考えてはいるんですけれどもね。ただ、いずれにせよ、人間はそういうユートピアみたいなところではないところで生きているわけだから、その考えどおりに、お前は生きているかと言われると、それは言行不一致なわけです。不一致であるけれども、そこのところは思想として自覚的である、というふうなところで、かろうじて自分を保っているようなものだと思います。秘儀をあばけ、ということから生ずるもろもろの混乱とか、もろもろのマイナスとか、そういうものに対する対症療法として、そこいらへんまでは考えてはいるんですけれどもね。

集団・国家・政治権力

江藤　それは敵のいない社会でならできるでしょうね。つまり、スターリンだって、スターリンのジレンマというものを考えれば、一国社会主義ということを言い出したのは、敵を遮断して鎖国したかったのでしょう。スターリンについては僕はよく知りませんけれども、そうすればほんとうのコンミューンが出来るかも知れぬと思ったかも知れない。そのコンミューン＝イスムというものが成り立つためには、鎖国して、周りに厚い壁を張りめぐらして、中に寡民の小国がいっぱいできるという形にすれば、町会のゴミ集め当番みたいにやっていけると考えた時期だって、あるいはあったかも知れないと思うのですけれどもね。

しかし実際には、人類というものを見ていると、常に集団と集団が敵対し合っている。それは利益集団・階級集団というだけではなくて、根本的には、人種集団というものもある。それぞれの集団が敵対し合うという事実があるわけですね。すると、ソ連のような多民族国家を考えてみると、そこにはウクライナ人もいる、白ロシア人もいる、タタールもいる、モンゴールもいるとか、いろいろある。これは非常に古い故事来歴でそうなっていて、当然そういうものの間のダイナミズムが存在する。そうすると、その相互の間にすでに大きなパワーと小さなパワーがあって、そのパワーが相互にぶっつからないようにしようとすれば、中央に集権的なパワーを作って、管理しなければならなくなるという逆説が生まれてしまう。だから、もし世界が人類共通の政府になり、その中心は、ほんとうに事務的な、機械みたいなものになってしまえば、日本なんていうこともやめちゃって、赤坂区とか四谷区とか、区も小さく昔の区に戻して、そこでポリバケツでゴミ集めのようなふうにやる、ということも一応理屈の上では成り立つかも知れない。もう世界中がホモジナイズ〔均質化〕できれば。——これはホモジナイズできなければ不可能です。しかし、いろんなやつがいて、間に対立が現存するという条件を除去できれば、それは可能かもしれない。しかし、人間はそういう条件を除去し得るような形でこの世に存在しているのかどうか。タブーは、パワーの所在にしたがって作られる。パワーはなぜできるかといえば、他のパワーがチャレンジしてくるからできる。このチャレンジと、チャレンジに対する応戦という関係が、人間が集団を形成しながら生きてきたという、旧石器時代から今日に至る歴史の中でいつまで経っても変わらないのです。そうするとそういう条件のもとでは禁忌は存続するということになります。

レーニンはもちろん理想を掲げているので、思想というものは常に言行不一致のものですね。思想というか、イデオロギーといいますか。イデオロギーというものは、これはもともと言行不一致のもので、だからといってあながち責めることはできない。つまりそれはプロジェクションですから。何かある努力目標として投射したわけですから。ただ僕は、思想と言う時、そういう努力目標としての思想というものは、あまり信じないのです。ただ現実にどう生きているかということを正確に言うものが思想である。あとは、時代は崩れ、人は滅びる、それだけだという、そういう心境です。ただ、それじゃあんまりさみしいから、可能な範囲で小国寡民的に生きたいとは思う。だから、吉本さんのが儒教的老荘主義なら、僕のはいわば老荘的儒教主義です。

つまりだれか辛抱役を作らなければならない。辛抱役というのは僕の場合は、逆に、面倒くさいけれども当番だからしようがないということでやるんではなくて、プロで、やりたくてしようがない奴がいて、やらなければならないという説です。なにをこんなつまらないことを面白がっているのかと思うけれども、一所懸命にやって、あんまり人に見せない、火がチョロチョロ燃えているのを、まだ燃えてるか燃えてるか、といって見ているようなやつ。そして消えそうになると一所懸命ひとりであおいで、それで火を燃えつづけさせてる。燃えているからにはこの集団は持続している。もちろん、この燃えている火を守っているやつはこせこせあんまりうるさいことを言わないで、適当にうまくやってくれればいい。こっちのほうに来てこうしろ、ああしろと言うのはかなわない。つまり「樺美智子さんは立派な人でした、さあ皆さん拝みましょう」というようなことを言い出すセミ・プロが一番かなわない。樺美智子さんはやはり、彼女自身の沈黙の音楽を抱いて死んだんで、僕はそっちのほうが好きですからね。だから、彼女は世のため、人のための言葉を、ワーワーとフォルティシモで奏でながら死んだなどと言ってほしくない、そんなことはウソに決っているから。もし守りたければ火だけ守っていればいい。しかしその火にも大きい火と、小さい火とがある。

僕が吉本さんと、具体的にはまったく一致するのは、沖縄返還運動とか、反安保のデモとか、花束など捧げて、十周忌記念とか、そういう茶番はみんなナンセンスだということ。つまり、それは守らなければならない究極のものではない。僕は現在においてはやはり守るべきものは社稷というものだと思います。一つの文化単位をなしていて、持続してきた、ある民族の全体。それを僕流の言い方では国家と言いますけれどもね。その、国家の中心にチョロチョロ燃えている火を絶やさないでいくことに一所懸命になり、それにほんとうに専心するプロがいるなら、僕はそれは認めるのです。しかし僕自身の生活に関しては、彼らがほんとうに一所懸命やっていれば、レーニンほどまではいかなくても、まあポリバケツでやっていってもいい。そうして、それぞれの沈黙の音楽を守りつつ、時代の崩壊を見、かつ死ぬことができる。また、滅び、かつ死んでいく人間というものに、自分なりの愛情をもつこともできる。それはもちろん個人的な愛情ですよ、人類愛なんていうものではない。人類と言ったら最期、もうおぞましくなる。それは必ず食い合いがはじまる。しかし個人として、袖ふり合うも他生の縁という、そういうものに対する信頼。これは小さい火がチョロチョロ燃えているわけですが、その小さな火がチョロチョロ燃え合う時の、一種の松明の信号みたいなものがある。そこに何かのしるしを見ながらいく、というような気持なんですね。

吉本　なるほどね。こいつはうまく説明することが困難だと思うのですけれどもね。つまり、なぜイデオローグでもたいへん優秀な人を僕は信ずるところがあるかといいますと、江藤さんの言う社稷というんじゃないんですけれどもね、そういう言い方では。社稷じゃなくて、わりあい政治的な意味での国家なんですけれども、結局それがなんらかの意味でなくなれば、江藤さんの言った、人種的な対立、あるいは集団と集団の対立があるじゃないか、それは抜きがたいことじゃないかという問題は、解消するというようなところまでは言い尽せていると思うんです。なぜそう言えるかということも、少なくとも論理的には、証明が可能であると思います。

レーニンが究極的に、ポリバケツをもった、ゴミ当番でいいじゃないかと言った時に、究極に描いていたユートピアというものは、ほんとうはたいへんおそろしいことだと思います。おそろしいというのは、江藤さんの言い方で言えば、そうしたらすべてが終っちゃうじゃないか、ということを、ほんとうは求めたということです。つまり、すべてが終ったのちに、人間はどうなるんだとか、人間はどうやって生きていくんだ、ということについては、明瞭なヴィジョンがあったとは思えないんです。また、そういうヴィジョンは不可能だと思います。だけれども、すべてが終ったということは、そういう言葉づかいをしているんですけれども、人間の歴史は、前史を完全に終ったというふうに言っているわけです。これは、ある意味では江藤さんの言葉で、人間は滅びる、ということだと言ってもいいと思います。なぜならば、それからあとのヴィジョンは作り得ないし、また描き得ないわけですから。だから人間はそこで滅びるでもいいです。それを、前史が終る、というふうな言い方で言っています。前史が終って、こんどは本史がはじまるというように、楽天的に考えていたかどうかはわかりません。だから人間はそこで滅びるでもいいと思います。だけれども、そうすれば前史は終るんだということです。

まず第一に政治的な国家というのがなくなるということは、ほんとうは一国でなくなっても仕方がない。全体でなくならないとしようがない。そうすると、全体でなくなるまでは、いつでも過渡的です。だから、どこかに権力が集まったり、どこかにまやかしが集まったり、どこかに対立が集まったりすることは止むを得ないけれども、それに対しては最大限の防御措置というものはできる、そうしておけばいい。しかし、そうしながらも究極に描き得るのは、人類の前史が終るということです。あるいは江藤さん的に言えば、いま僕らが考えている人間は終る、ということです。それから先は、描いたら空想ですから、描いても仕方がない。理念が行き着けるのはそこまでであってね。だけどそこまでは、超一流のイデオローグは、やっぱり言い切っていると思います。なぜそうなるかという理由についても、そう言えるかという理由についても、僕は言い切っていると思うんですよ。だから僕はそのことはわりあいに信じているんです。日本のマルクス主義者はそういうふうに読まないかもしれないけれども、僕が読めばそういうふうになります。

もう一つ、琉球沖縄の問題ともかかわってくるんですけれども、向こうのほうで、つまり、カマドの火を護持するという風習があるでしょう。世継ぎ火継ぎの時にカマドの火を絶やさずに継ぐというのが。それから嫁とり婿とりの時は相手方のカマドを拝むとかね。そういう風習がありますね。そういうところでいいますと、江藤さんの考え方は、レヴィ＝ストロースの考え方にたいへんよく似ていると思います。僕は琉球沖縄のことをやっているんだけれども、そのついでにと言うとおかしいけれども、そういうことも僕なりに解きたいのです。ストロースの考え方は、大なり小なり、カマドの火みたいなもの、つまり家族とか、親族とか、婚姻とか、そういうことで広がっていく集団を、ずーっと引き伸ばしていけば、制度的な問題にいたるという考え方があると思うんですよ。もちろん、ストロースでなくてもあるので、日本の文化人類学者たちにもあると思うのです。

僕はそこのところが一番ひっかかっていて、一番異議があるところなんですけれども、向うの風習でカマドの火を守るという問題が血族として通用する圏というものは、依然として親族圏であって、親族圏というものはどんなに引き伸ばしても、制度にはならないという考え方を僕はもっているわけです。つまり、親族圏というのはほんとうは何なのか、ということになりますけれども、僕なんかの、少なくともいままでとってきた考え方に矛盾なく言えば、親族圏というのは依然としてセックスだと思います。具体的な性行為をするかしないかは別として、セックスの感情とか観念とか、そういうものが及び得る最大限の範囲というのが、親族圏というか、親族集団というものであって、その範囲では、人間は男であるか女であるか、というふうにしかほんとうはあらわれることができない。ところが、政治・社会制度である場合には、男であるか女であるかということはあんまり問題にならないので、集団としての個人が問題になるわけです。だから、親族集団というものをどんなに引き伸ばしても、制度、つまり部落とか、村落とか、村落を大きくしたような国とか、社稷とか、そういうものにはならないという考え方になるんです。それで事のついでに、そういうことを少しやってみようかな、というふうに思うのです。

　江藤さんの『新沖縄文学』の座談会[*5]の発言も面白かったんですけれども、門中制度みたいなもの、あれは民俗学者は簡単に父系的な血族集団なんて言うでしょう。たしかに父系的な血族集団でしょうが、父系的な血族集団であろうと、母系的な血族集団であろうと、それをいくら引き伸ばしたって、制度にはならない、つまり政治にはならない。そういうことははっきりさせなければならない。だから、父系制、母系制、あるいは父権制、母権制と言って無造作に、政治制度と結びつけたりするのは、ほんとうはだめなんじゃないか、ということです。ストロースなんかの考え方でもそうですけれども、そういうのはちがうんじゃないかということを言いたいわけなんです。

自分が死ねば世界は終る

江藤　なるほどね。僕は、自分の考えがストロースと同じだとは思っていないんですけれどね。もちろん、血縁的なものを無限に拡大していくと、社稷とか村とかいうものになるとも思いません。ストロースにそういうところがあるとすれば、それはやはり彼がユダヤ人で、土地所有観というものが欠如しているからではないでしょうか。僕はおそらく、血縁的なものが制度に飛躍する契機は土地だと思うのです。テリトリイというもの。地縁結合体というものは、これは擬制的に血縁を模倣するんですけれども、とうてい模倣しきれない。それは土地という契機が存在するからですね。これはもちろん生産手段です。明らかにセックスとちがうものですね。セックスはたしかに、種族の保全を保証する必要条件ですけれども、充分条件ではない。それだけでは種族は存続し得ないわけです。生産形態を伴わなければ、集団は存続しない。耕作する。あるいは狩猟でも牧畜でもいいですけれども、何か独特の生産形態をもってこないと、種族を育て、持続させていくことができない。その契機がストロースに薄弱なことを吉本さんは鋭く衝いておられると思います。これはたぶん土地ということを深刻に考えないからですね。しかし僕に言わせれば、社稷という概念は、血縁的な集団と、土地という契機とを抱合した概念ですからね。

ところで、僕もレーニンが超一流のイデオローグであるということはもちろん認めますよ。彼がおそらく、前史が終ったあとに本史がくると思っていなかったかも知れないということも、おそらくそうだったかも知れないと思うのですよ。ただ、その超一流のイデオローグの思想にも、一種の空疎さを、僕は感じてしまうんです。それは何かというと、それまでは過程だという、その考え方に対してです。そうすると、すべて終るということは、文字どおり、事実としてすべてが終るというふうにも考えられる。しかし、吉本さんなり僕なりが、ある日、目をつむって死んでしまう、とする。その時にも、またすべては終りますね。そこで僕は、どっちが文士的なのか知らないけれども、そこまでくれば、自分が死ぬ時をもって終りとする、という考え方に立つのです。どちらかといえばね。そうすると、自分が死ぬ時をもって終りとすれば、そのあとで、かりに権力のない社会がこようがこまいが、それは自分の味わうことのできないものである。それへの過程として、自分の人生を位置づけることができるかと考えると、僕にはできないわけですね。そうすると僕は、そういうレーニン的終末への過程として、自分の人生を位置づけるというような発想から、「もの」との乖離が起ってくるんじゃないかと考える。自分は、なめくじがはったあとのような人生のあとを残して、ある点から先はまったくはうことができずに終るということ。われわれのライフ・サイクルは、せいぜい長くて七十年ぐらいで終ると決定づけられる。つまりこれは変えることのできない常数項ですね。これに対して自分を一個の歴史的函数と化して生きなければならない、という考え方があるけれども、僕には究極的にはついていけないというか、わからない。つまりある意味では僕が死ぬ時人類はみんな滅びるんですよ。

吉本　それはわかりますよ。

江藤　だから、それまでに何を実践するかという問題ですね。そして何をやっていくかということ。そうするとこれも、非常にバラドキシカルな形でしかできない。つまりそれはほんとう言えば人間というのは、これはおれの所有だ、おれのテリトリイであり、おれの親族だ、というものをのこして死んで行くものです。地縁的に言えば土地は残っていく、村として、国土として。あるいは自分の所有地、自分が耕作をした土地として残っていく。または自分の子ども、孫、血筋として残っていく。そう考えるのが一番健康な考え方だということはよくわかる。そういうふうにして、一種の永遠と自分との結着をつけて消えていくのが一番いいのです。ところが、幸か不幸か、僕にはそういうものはなんにもない。これには原因結果の関係じゃなくて、たまたまそうなっているだけのことですけれども、しかたがないから、言葉というもので何かをやる。それじゃ、言葉というのは「もの」かといったら「もの」ではない。これはまったくの虚体です。だけれども、その虚体で実体をあらわすというようなまわりくどいことをやっているうちに、おそらくそのうちに消えるであろう。その時世界もまた消えるであろう、という考え方ですね。

吉本　なるほど、よくわかりますよ。僕も不賛成ではないですよ。だけど、そういうことについての理論的防衛措置というのも、やっぱり読み方では、超一流のイデオローグというのはやっていると思うんですよ。どういうふうにやっているかといえば、マルクスをとってみると、共産主義運動という、そういう呼び方で呼ぶわけですけれども、そういう運動というのは何か。それは、絶えず現在をアウフヘーベンする、そういう運動である。というふうに言っているんですよ。つまり、未来はこうなるから、ここに対してこういくんだ、というふうな言い方をしてなくてね。これは読み方ですから、そう読む人もいるんですが、僕が読むとそうじゃないんであってね。絶えず現在をアウフヘーベンする、それが共産主義運動だと、そういうふうに言っているんですよ。それはたいへんもっともな言い方でね。つまりそういう言い方をすれば、江藤さんもそう反対視しないんじゃないかというう気がするんですがね。

江藤　ええ、つまり、絶えず現在をアウフヘーベンするというのを僕流に解釈して、ああなるほど、こういうことを言っているんだろうなと思えばね。マルクスの言葉は、現在のとっかかりにスキを入れて、ぐっと起した時の感触、それが生きることだ、という意味でしょう、日常語で言えば。そうだとすれば、それは達人の言いそうなことです。こっちは達人じゃないけれども、そう言われてみるとたしかに、そうだと思うことができます。ただ、そうなると、僕にはそういうことをマルクスに照らし合して考える教養がないのか、習慣がないのか、というようなことですね。だから、結論を照らし合せれば、僕は自分がイデオロギーと言うような、武装した何かをもっているとは少しも思わないけれども、吉本さんと僕の考え方はちがうようにも思えます。でも、しかし具体的なあるところに来ると、話が不思議に通じるのですね。通じるどころではなくて、そうだそうだというものもあるのですね。

　僕も吉本さんのお仕事はずいぶん丹念に拝見していて、共感することが多いのだけれども、結局、マルクスとかレーニンとかいうものを、なんというか、サイドミラーみたいなものに使って走っておられるような気がするのです。使うというとちょっとちがうかもしれないけれども。そうすると、僕はサイドミラーのない、ほんというとバックミラーもあんまり光らないような車を走らせているようなものです。僕もそれに必然性があると思えれば、サイドミラーをつけなければならんと思うんでしょうけれども、いままでの文士としての生活の中で、どういう理由でか、サイドミラーをつけようとは思わなかった、ということなんだろうな。だから、人間そのものについての考え方、それから、そこで思想というものがどういうふうに屈折するかというような考え方については、僕はあなたのごご意見が非常によくわかるんです。共感するところも多いんですけれどもね。

吉本　江藤さんが言った、自分が死ねば世界は終るんだということは、僕もそう思うんです。僕が死んだらやっぱり世界は終るんだというふうに思います。終るんだと思うんだけれども、事実問題として、まだやっていやがる、ということになるわけですね。そこのところになってくると、ちょっと問題が問題になってきておかしなことになるわけですけれども。僕の個人感情の中では、子孫のために美田を残す、というような発想はないんです。ぜんぜんないんです。死んだらどうでもしてくれ、ということになるわけです。それから、いまは少し堕落したから二、三年先の範囲までは考えるんですけれども、以前は、せいぜい考えて一年でしたね。つまり、一年あとおれがどうなるかというのは、おれはわからん、だからあんまり考えないことにしよう、というふうに思ってましたがね。それがいまは多少俗化しまして、二、三年ぐらいのことについては、家族はどうなるだろうか、自分はどうなるだろう、失業するんじゃないか、社会的にこうなるんじゃないかとか、ということは考えますけれどもね。しかしそれ以上のことは考えて生きることができないですよね。だから、そういう意味合いでもってくれれば、自分が死ねば世界は終るんだということは、僕もそう思いますね。

それにもかかわらず、死なない奴は依然として終らないじゃないかというのは、まことに不都合な話だと思うんですけれどもね。それはいったい何なのかといった時に、僕はあんまり達人ではないですから、マルクスの言うように、一人の個人が生涯を終えるということは、種として人間が死ぬというそれだけのことで、類としての人間というものは、これは依然として続くんだ、類としての人間という意味合いでは、江藤さんの言い方でいえば、言葉にたずさわっていれば、言葉というものが類としての生き方をして生きていくんだ。江藤さんの肉体は死んでもそうだ、というふうに、明瞭に言い切ってますけれどもね。僕はそこまではちょっと言い切れないので、かりに二、三年経って死んだとしても、おれは死んだから世界は終ったと思っているのに、まだあるというのは不都合ではないかというふうに思うけれども、なぜそういう不都合というのが人間の歴史にあるかということについては、ちょっと明瞭な結論を下し得ないわけなんですね。

江藤　そうですね。それほど、明瞭な結論は僕も下し得ないんです。だから仮にそう言うんでね。それをどっちで言うかということがあるだけなんですね。ただ、こういうこともあるわけですね。つまり、だれかが死んだとしますよ、そうすると、死んだ奴にとっては世界はないわけでしょう。彼がちょっと化けて出てきて見ていると、まだある、こん畜生と思うかもしれないけれどもね（笑）。ところが困ったことに、生きてるやつにとっては死んだやつはいつも現存しているんですね。

吉本　そうですね、そうそう。

江藤　これが僕は、もう一つの大問題だと思うんですよ。つまり、歴史そのままというものは、そういうふうにして現存しているわけでしょう。創造すべき歴史というものを、レーニンも、マルクスも言うわけです。だけれど、歴史そのままというものがある。やっこさんはさっさとあの世に行っちゃって、消えちまいやがって、それでいいわけです。しかしこっちにとっては彼は現存しているばかりではなく、うっかりすると、なんとかかんとか言いもする。その中には、それこそ地縁血縁的に知ってる死者もいるし、もっと抽象的な関係で知ってる死者もいるけれど、なんかの形でつき合っていると、この死人たちはいろいろ言うのですよ。

吉本　そうですね。だから江藤さんの文学も、やっぱり言葉としてはそれは残ってしまうわけですからね。そうするとそれでもって、江藤さんは死んだにもかかわらず、ある後世の人が聞くと、依然として何か言ってるんじゃないか、というふうになるというか、そういうことがあると思いますね。そういうことというのは、文学とか、言葉とかいうことを介在させなくても、親しい関係から関係へというのを辿っていっても、そういうことがあり得るのかもしれませんね。ただ、あり得るかもしれないけれども、僕はあんまりそれをアテにして生きることはできないだろうな、ということですね。

江藤　それはそうです。だから、僕は、自分の後世についてはまったくアテにしていないのですよ。ところが、僕はまだ生きているから、向うはアテにしてもいないんじゃないか、というような死者の沈黙の言語が聞えてくる。それから視線をふっと感じたりするということもある。それは何なのか、ということなんです、僕の言いたいのは。自分の言葉が残ってどうなるかということは、僕はとり立てて考えたことがない。要するに文筆業者として、とにかく社会生活が、死ぬまで続けていけるように活動ができればいいと思うにすぎない。それでもできなくなればどうしたらいいか、またその時はなんとか考えるだろうと、そういうふうに思っていますがね。後世に知己を待つといったって、それは知己なんていうのは、出て来るか出て来ないかわからないですからね。あるいは頼みもしないのに出て来るかもしれない。それはわからないですよ。ただ僕は、死んだ誰かれの記憶がのこって何か言っているということは、これは、われわれに記憶というものがあり、われわれが過去の遺産を背負わされている以上、どうしようもないことなんですね。この問題もまたあるのですね。これはだから過去というふうにはっきりは言えない、つまり現在です。プレザンスとしてあるわけです。このことはもう一つよく考えてみなければならない。これはおそらく未来に、小国寡民の政治が必ず成り立つ、歴史はそこに至る偉大な過程だと考える考え方と同じだけのウエイトで存在しているんじゃないかと思う。それを僕は、伝統というような言葉で言うのはいやなんです。そうじゃなくて、そんなふうにいわばイデオロギー化されない、生々しいものがあって、それが一人一人を取り巻いている。そうすると、現代人というものは、「もの」というものもよくわからなくなっているし、沈黙ということはさらにわからない。それから未来も、なんだかいろいろ言うから、未来学とか、ソ連がいいとか、中共がいいとか、日共がいいとか、なんとかいうが、それもまたよくわからない。同時に自分の周りをとりまいているそういう現存の無形の影響力も、やっぱりわからなくなっている。そうすると、現代日本人は非常に衰弱していると思わざるを得ない。どうしてこうなっちゃったのか、それはやっぱりよくないんじゃないかと思うのです。だから、いずれにせよ、どういう立場で進むにせよ、この状態じゃしようがない。だからもうちょっと、衰弱から回復しないことには。それは自分が死ねば終りだという立場をとろうが、あるいは、にもかかわらずあるから、類としての人類を考えようじゃないか、ということになろうが、それは儒教的老荘主義であろうが、老荘的儒教主義であろうが、それは主義というのは言葉だからなんとでも言えるけれども、なんとかして衰弱から回復しないと、滅びることも、死ぬこともできなくなってしまう。

沖縄で僕は浦添というところへ行った。浦添と書いてウラスィと言いますね、向うの人は。浦添世衰と書いて、これはウラスィユードゥリと発音するんですね。あそこはエとオの音がないからみんなイとウにアシミレートされちゃう。ウラスィユードゥリというのは、たしか英祖王朝の墳墓だったと思います。天孫氏・舜天王朝という伝説的な二つの王朝があって、その次に英祖という王朝が出来た。その王朝の最後の王の墓ですね。戦争中トーチカみたいになっていて、そのうえでは第三十二軍の愛知県の師団が、バックナーの第十軍団を何度も押し返すという激戦が行われた。そのすぐ下のところにウラスィユードゥリというのがあります。彼は本来なら首里の玉陵《タマウドゥン》という、霊廟に祭られるべきなのだけれども、自分の治世で非常に衰えたというので、この世衰に入っちゃったという。ほんとうかどうか知りませんけれども、そういう古墳があります。その「世衰」というのを見ているうちに、あ、そうか、昔の沖縄の人も、「世衰《ユードゥリ》」ということを言って、王様がここに入っちゃったのかと思ってね。だけど、それ以後もまたやっぱり続いてきたのだから、どこかで回復したんじゃないか、という気持もしました。いずれにしても、ウラスィユードゥリということはたいへん美しい言葉ですね。もう忘れたけれども、それを詠みこんだ短歌を一つ作ったんですけれどもね。ユードゥリというのは「世衰」でもあり、かつ夕暮のユーにも通ずるし、悠久のユーにも通じるし、語感としては、いろいろ響きの多い言葉ですね。

吉本　そこのところが、僕の理解がよく届かないですね。さっきの、自分が死んじゃえば世界は終りなんだ、それにもかかわらずちゃんと続いている、ということも、ほんとうはよくわからないですね。いまどうしようもない時代だなということはわかりますけれどもね。このどうしようもないということは、自分自身、個人でもいいわけですけれどもね。これはどうすればいいのか、あるいは、どういう問題として考えればいいのかということは、ほんとうはわからない、理解が届かないですね。

江藤　それはそうですね。だから、鷗外という人は、僕はあんまり好きじゃないけれども、「かのやうに」という小説を書きましたね。「かのやうに」と言うとこれは全部ひっくるめられちゃうんで、なんかちょっと肉感が乏しくなっちゃうところがいやらしいんですけれどもね。だけれども、現在を常にアウフヘーベンするということは、ひょっとするとそういうことかも知れないんですね。もっと具体的に、個々別々の具体例に即して、鷗外がどういうつもりでいったのか、あれはやっぱり、祭る、「祭るに在《いま》すが如くす」というのが「かのやうに」のもとなんでしょう。そうすると、鷗外だって非常な危機意識があるわけですね。つまり、社稷の火はすでに消えかけているという気持があるから言うんで、それは明治四十五年の一月に書かれたものですね。明治も四十年代になると、明治天皇の健康は目立って衰えていかれた。それは彼ぐらいの高級官吏なら、医者のことでもあるし、よくわかっていたのですね。治世の終りが遠くないということ。やっぱり、現在を常にアウフヘーベンしながら、いままでやってきた、明治時代が終ろうとしている、あと何年もつかなという、危機意識があったんじゃないかと思う。そこへ五条秀麿というのが出てきて「かのやうに」という。この危機感は、彼のおやじの子爵にはないわけですね。これはまだ続くと思っている、自然の秩序というものを信じている。しかし、あの主人公の洋行帰りの若い華族はそれはもう信じられない。これは非常に大事なポイントで、文学史的にも有名な作品ですけれどもね。あのころからやっぱり衰えはじめている。

つまり、明治時代には、天皇制などはなかったというのが僕の説です。インスティテューションとしての天皇制というふうに捨象し得ないものがあった。われわれは、わりあいに近い時代のことだから、そういう激変をあまりよく、こまかく区分けして見ていないのではないか。ところが大正時代以降には、その危機感が逆に働き、実は火は消えかけているけれども燃やし続けている「かのやうに」しなければいけない、というところから天皇制というものが出てきたと思う。そこを洞察していないことにおいて、日本の左翼の日本史学者というものは、だいたい全部カモだと思うのです。だから、自由民権運動に現在の反体制運動の手本があったとか、秩父の豪農のところに行けば、どんなドキュメントがあって、ゲバルトの根拠があるとか言っても、それはだいたい子どもだましみたいなことなんですね。枝葉末節もいいところだと思う。それに頼らなければやっていけないというのは、もうそれは、「かのやうに」哲学以下で全然だめだと思うのです。だけれどもそういうところから、われわれの民族集団の、秘儀的なある危機がはじまって、それはずっと続いている。だから『英霊の声』も、ほんとうは微々たるもので、人間宣言なんていうことはどうでもいいとさっき吉本さんが言われたが、僕もどうでもいいと思うんですよ。人間宣言したって、やっぱりひそかに続くものは続いているし。しかし続けていても、火は実は消えかけているとも言えば言える。どっちとも言えるわけですよ。だからそれはドラマタイズしたって、そう意味はないのです。僕はそう思うんです。そのことはいったい、世の中にはいろんな主義者がいるけれども、どれくらい真剣に考えているのか。それを僕は非常に疑問に思うのです。

吉本　僕は調べていまして、三島さんの考え方はわかるんです。わかるというのは、わりに年代的に近いところがありますからね。なぜこういう考え方をするかな、ということはわかるんですけれどもね。だけども、まったく反対側からそれを考えたいところがあって、墓をあばけもその一つなんですけれどもね。琉球沖縄なんか調べていて、柳田国男とか折口信夫というのは、たいへん優秀だと思いました。それからそれ以外でも僕が優秀だと思ったのは、これはどういう人か知らないんですけれども、判事かなんかで向うへ赴任した人だと思うんですが、その人が現地にいる間に調査したものが二つありまして、『南島村内法』という本と『沖縄の人事法制史』という本なんです。

江藤　なんという人ですか。

吉本　奥野彦六郎[*6]というんです。書いたものでみるかぎりたいへん優秀な人でして、示唆を受けることが多いんです。天皇制でも、天皇部族でもいいですけれども、それが畿内で統一国家を、創りあげるという時、どういうふうに創りあげるかを考えてみますと、一番枢要なところは、法とか宗教祭儀とか、風俗、習慣とかを交換するということです。法でいえば、国津罪、天津罪という概念に該当するわけですけれども、自分たちがもっていた宗教、それから掟でもいいですよ、習慣、風俗でもいいですけれども、そういうものと、もともと統一国家以前にいた連中が、各部落を作っていたり、部落集合体で国を作ったりしていた時の掟とか、宗教とか、お祭とか、風俗、習慣とか、そういうものを交換するということですね。つまり、自分らがもともと持っていたものがかりにあったとして、それを相手方に、祭ったり、守らせたりという、そういうことをする代わりに、相手方がもともと持っていたであろうそういう掟とか、部落がもっていた部落内でだけ通用している内法とか、宗教とか、お祭の仕方とか、そういうものを自分らのほうがもらう。つまり、そういうことがどう考えても一番根本のように思えるんですね。統一国家を作っていった場合に、一番根本というのは、そういう概念の様式を交換するということです。つまり、交換してごたまぜにするということですね。もともと自分らがもってたものは相手方にやってもらう。そして相手方が、統一国家以前から行っていたお祭の重要な要素というのは、自分らが守るというか、そういう交換をやるということが、どうも最大の問題のように思えます。

　そうしますと、三島さんなんかの考えに対する異議は、統一国家以後から出てきた、宗教や、文化や、文学や、掟、というものをなぜ絶対化するのかという点です。つまり交換される前もあったであろうと思われる要素をふまえたうえで、それで問題にするんじゃなくて、どうしてそれ以後のことだけを絶対化するんだろうか。つまりそういうところが、根本的な、三島さんの考え方なんかに対する疑問ですね。つまり、そこのところになってくると、柳田国男とか、折口信夫とかいう人は、たいへんな人で、やっぱり相当長い射程をみているんですね。日本人というものを相当長い射程で見ている。だから、ある意味で言えば、天皇制などということはあんまり問題でない、というような要素がありますね。

江藤　そうもいえますね。

吉本　そういうところは、柳田さんや折口さんなんかの書いているものを見ると、文化人類学者が沖縄について書いているものに比べて、とてもあいまいなもののように見えるんですけれども。ただ射程だけはたいへん長くとってある。種族としての日本人というやつと、民族としての日本人、つまり統一国家ができた以後の日本人というものと歴然と区別していると思いますね。

江藤　そうですね。

吉本　なんかそういうところは、この人は優秀だと思いますね。それで、それは三島さんはそういうところは、たいへんあっさりし過ぎているように思えますけれどもね。

江藤　そうですね。それはまったく同感ですね。

吉本　なんかそこが一番問題なような気がしますけれどもね。

江藤　その交換は実は明治の初年にも行われたわけですね。つまり、近代的な法制を、ドイツのを中心にして輸入してきて、それと、その前にいちおう統一したもの、それにはもちろん幕藩体制の中で、地域的にいろいろやってた、武家法度的なものがあるわけですけれども、そういうふうにだんだん濾過されてきて固着しているものと、こんどはナポレオン民法とか、ドイツ流の憲法とかいうものと交換したわけですね。だから、明治二十年ですか、民法が施行されて、「民法出でて忠孝滅ぶ」、というような有名な言葉が出た。そこでも大きな交換が行われているわけです。さらにそのあとで、僕の説のように、明治天皇が亡くなったあとで制度化された天皇制ができたとすれば、三島さんの射程はそれからあとの話でしょう。だからこれはおっしゃるとおり、非常にあっさりしているし、また短くもある。それをそのまま直結して古代にもっていこうとすると、いろんな壁にぶち当って、洞穴がすーっと一つに通じてないはずですね。

僕は、吉本さんの「異族の論理」というエッセイを、かなり詳しく読みましたが、あれには、日本列島が外国の波に洗われている感じがとてもよく書いてある。僕は議論全体にはよくわからないところもあるけれども、あれに出てくるヴィジョンが、常に開いている日本列島のイメージから出て来ていることに共感しました。いろんな奴がちょくちょく入ってきているじゃないか、という。種族がモザイクであるということ。あのところは非常に共鳴したのです。古代の日本というものを茫漠と考えれば、これは一種の合衆国ですね。

それがいろんな政治的な過程を繰り返して、均一民族化されていく。これにもずいぶん時間がかかっているわけなんですね。そこにもちろん、鉄器の導入とか、稲作とかいうことが大事な契機になっているのでしょうけれども。

吉本　そこで、ひとつ江藤さんのお考えをお聞きしたいことがあるんですけれどもね。僕もよく理解できないところなんだけれども、そういうふうに征服者と被征服者とが共同の観念を交換するでしょう。そうすると、いずれの側もそういうふうに思えるんだけれども、先住していた被征服者のほうが、もともと自分たちがもっていた宗教とか、風俗、習慣よりも、もっと強固に、交換した相手のものを信ずる、というところがあるわけですよ。信じ、かつ行う。天皇でも、吉野朝時代を例にとれば、後醍醐天皇が危くなると吉野山かどこかに逃げる。そうすると吉野山で、それを擁護するものは、少なくとも統一国家以前に住んでいた勢力ということは間違いないわけでしょう。楠正成もそうでしょうけれども、つまりそういうのが、天皇部族の周辺、あるいは親類筋か、そういう連中よりももっと強固に擁護するでしょう。また天皇のほうでも、そこに逃げていけば何か守ってくれるはずだという考えがある。もともと自分らがもっていた共同観念よりも、もっと強固にそれを信ずる、というところがあると思うんですよ。どうしてそうなんでしょうね。それはあらゆる場合に事実と思えるんですけれどもね。つまり、現在をとってみても、食うのにちょっとかなわんなというような、そういう人たちこそ、もっとも強固に、いまの政治が悪いんだということで騒ぎそうなものなんだけれども、かえってそういう人たちのほうが政治支配者を信ずるところがあるでしょう。なぜだろうか、どうしてそうなんだろうか、ということは、たいへん僕なんかひっかかるところなんですけれどもね。

江藤　それはいろんなことがあるでしょうね。合理主義的解釈は、力関係でしょうけれども、しかし、その力というものを分析していくと、いろんなことがあるでしょうね。つまり、根本には切り離されていることに耐えられない気持があるんじゃないかしら。それは、島の心情ですね、吉野なんかも陸地の孤島みたいなもので、島というものにはそれがあるんですね。だから来迎神の信仰も生まれる。海の向うからくるかどうかわからないと考えるやつは、天から降ってくると考える。実際、沖縄の糸満というところは、僕が『新沖縄文学』の座談会でしゃべっている、門中墓の近くに御嶽《ウタキ》があるわけです。この御嶽《ウタキ》は水平にやってくる海の来迎神と、垂直に天からくる神との接点にある珍しい御嶽《ウタキ》なんですね。両方がある必然性がよくわかるんです。それはやはり、島というものですね。僕は宮古島に行ったんですが、あそこはＹＳ11が飛んでいるのですけれども、飛んで行ってしまうと、風が吹いたら帰れなくなるかも知れないという、非常な淋しさがあるのですね。それはまず、具体的なことから言えば、スケジュールの困難とか、不便とかになる。だけれどもこれが、船で行ったところにどうなるかというと、船をもたらしてくるある力、そしてそれはまた去っていってしまう力ですね。沖縄の場合には、北から南にかけての収奪が行われていますから、宮古、八重山は、沖縄に植民地化されて、沖縄の王朝に収奪される。沖縄はこんどは薩摩から収奪されるという、こういうゴーゴリの「検察官」みたいな関係が成立しているわけですよね。だからこれはほんとうは眦《まなじり》を決して起たなければいけないわけですよね。ふつう人間的かつ常識的に考えればね。しかしそれが逆にくるわけですね。そこにはおそらく、外の世界からここへ人が来た、ということに対する感動があるんですね。その来訪者は無限のイメージを喚起するんですね。それは、実際の後醍醐天皇がどういう人であろうと、そこへくると光り輝いて見える。尾羽打ち枯らして敗けて逃げてきても、光り輝いて見える、ということが必ずあるはずですね。それは、ヨーロッパ大陸の、国境を接して、あっちへ行ったり、こっちへ行ったりしているようなところには、決してないことでしょうね。これは、われわれが島国だということと非常に深い関係がある。島国であり、かつ山国であるということですね。

ですから、古代のことを考えると山の種族と、海の種族というものがあって、そこに耕作民族が間をぬって、じわじわじわじわ、南のほうから北へ向って上っていくという形態が見えるわけですね。島国であり、かつ山国であるところのものは、そういう要素を受け容れる。僕は長野県に行った時、藤森栄一さんという考古学者にお逢いしましたが、この人が、稲作がだんだん諏訪盆地に入っていくところを、わりあいに綿密に研究している。稲作を受け入れた側は、これはやはり、そういう心情で受け入れたんじゃないでしょうか。

あの寒いところですぐ稲が育つはずはないんですね。昔はかりに暖かい時代があったかもしれないけれども、すぐにはうまくいかない。失敗を重ねるんですけれども、稲作を自分のものにしなければならない気持には、合理的な経済史だけでは、説明できないものがあったと思うのです。同じように、吉野の「クズ」と言われる古代民族、十津川あたりに居住する人たちが、南朝を受け入れて、それをあがめる。あがめることによって、ものすごいエネルギーを放出するのですね。だから、おそらく南朝、後南朝というものが、続いていくんですね。この切り離されたくない心情は、最初の漱石の問題とも関係のある問題ですね。

吉本　そういうことがあるんでしょうね。

江藤　今日は現代文学の話はあんまり出なかったけれども、このほうがどうも面白かったな。

（対談日　一九七〇年六月十八日／『文芸』一九七〇年八月号）

注

（1）『漱石とその時代』　江藤による夏目漱石の評伝（全五冊）。第一部と第二部を一九七〇年八月、九月に新潮社より刊行。以降、九三年に第三部、九六年に第四部と続き、第五部が江藤の没後、九九年十二月に刊行された。未完。

（2）土居健郎の論文　『「甘え」の構造』（弘文堂）が刊行されベストセラーになるのは一九七一年だが、土居は一九五〇年代にすでに「甘え」論を学術雑誌に発表していた。

（3）「風流夢譚」事件　「風流夢譚」は深沢七郎が『中央公論』一九六〇年十二月号に発表した小説。「左慾《サヨク》の人だち」が皇族を殺害するという「夢」を描いた内容で、発表の翌年には中央公論社社長宅に右翼が押し入り、家政婦を殺害、社長夫人を負傷させる事件にまで発展した。吉本は事件直後に「慷慨談」（『日本読書新聞』六一年二月二十日号）で、中野重治の「風流夢譚」についての見解「テロルは右翼に対しては許されるか」（『新日本文学』同年一月号）を批判している。

（4）樺美智子　一九三七〜六〇年。安保闘争の最中、一九六〇年六月十五日に全学連と警官隊との衝突によって死亡した東京大学の女子学生。二十四日には、日比谷公会堂で葬儀が行われ、「国民葬」と銘打ったデモは国会に向かって行進した。江藤は「政治的季節の中の個人」（『婦人公論』一九六〇年九月号）でつぎのように書いている。「私は、樺さんのお葬式が『国民葬』というものになったことを聴いて、墓を掘りおこされるような恥しさを感じた。せめて死だけは彼女自身に帰してやるがよい。しかもそれが樺さんの渇望した死であるならば」。

（5）『新沖縄文学』の座談会　同誌一六号（一九七〇年春季号）掲載の座談会「現代における文学と思想」。出席者は江藤のほかに米須興文、大城立裕。江藤は座談の中で「門中墓に立ったとき、非常に強烈なショックをうけた。というのは、持続と永遠とがそこに形象化されている。そして、それは現在、沖縄の人にとっては、持続がそこにあって、そして永遠観もある」と発言している。

（6）**奥野彦六郎**　一八九五〜一九五五年。裁判官、沖縄法制史研究家。岐阜県生まれ。一九二五年から三年間那覇地裁判事を務めた。

勝海舟をめぐって

"総理大臣" 勝海舟

吉本 子母澤寛の『勝海舟』[*1]というのを読みました。あれはどういうんでしょうか……。

江藤 子母澤寛の『勝海舟』というのは、海舟の親父の小吉の『夢酔独言』というのが結局骨子になっているのだろうと思います。あの『夢酔独言』をふくらまして書いてある。それがいちばん特徴的な性格じゃないかと思うのですが……。

吉本 事実の部分ではそうとう正確ですか。つまり勝海舟というのはどうして幕府で重きをなしていったかというのは、ぼくが読んでみると、要するになんか塾を開くんですよ。

江藤 蘭学塾です。

吉本 そしてその頃は、もう幕閣の人材がだんだん少なくなってきて、識見共に優れているというよりも、これを使うよりしようがないというふうになっていたということを意味するわけですか。

江藤 そうですね。だいたいペリーが来たときに時の老中が備後・福山の藩主で阿部伊勢守、これは十万石の殿様ですが、まだ老中といっても二十代の後半で年は若い。これがなかなか偉い人で前例のないことが起こったから前例のない対応策をしなければいかんというつもりなんでしょう。直参の旗本御家人と譜代、外様、親藩を問わず諸侯に建白書の提出を要求したわけです。海舟は当時は非常に少禄の、いわば無役の御家人です。しかし直参でもあるので資格はあったから建白書を出す。嘉永七年の春じゃないでしょうか、「海防に関する建白書」です。それを出したことがけっきょく勝麟太郎というものがいて蘭学をやっている、と知られたのでしょう。この場合、もちろん蘭学は主として軍事科学ですが、軍事科学の専門家としてだけではなく、江戸湾の防備体制というものをどうしたらいいか、技術的なことを書くわけです。

一面では、ちょうど戦後の吉田茂の貿易振興策によく似た、まず盛んに貿易を興して日本の富を海外にうりつけて金をもうけて、もうけた金で防備体制の整備をすべきである、と。それから幕閣の教育です。つまりこんな清元と都々逸しかやってないのはしようがないから、近代的な教育をして、近代的な防衛に処することのできるような士をつくらなければいかんというようなことを書くわけです。これは西洋が日本に貿易を迫っているのは、貿易は利があるからである。したがってその利をこちらが取らなければいけない、ということをいうわけです。

それがそのまま政策に採用されるわけはないですけれども、やっぱり阿部老中というのはわりあい偉くて、そういうことをやったときに何人かの幕閣で家柄はたいしたことはないけれども、将来重きをなすような連中がやや頭角を現わしはじめるわけですね。そのなかに海舟の江戸城明渡しの頃、いちばん幕府の瓦解の寸前の頃の相棒の大久保一翁[*2]というのがいるんです。また別の系統からは成島柳北[*3]とか栗本鋤雲[*4]（匏菴）というような連中が、これはフランス派ですが、頭角を現わしてくる。柳北の場合は儒者の息子でしょう。鋤雲は蘭法医です。それから海舟の場合は剣術使いが蘭学者に変わったやつです。それからもっと由緒正しい家柄のうち、小栗上野介[*5]のようなのが出てきて、これはかなり家柄がいいにもかかわらず、珍しく新時代の知識を積極的に身につける能力のあった、非常に数少ない幕臣のひとりといえるんじゃないでしょうか。

　ですから、塾はその少し前からやっていて、やっぱり赤坂でやっていたんです。彼が死んだ家ではなくて近くだけれども、氷川周辺の狭い町内を何度か動いていますから。

吉本　つまりもう幕府の身分制みたいなものはあまり通用しなくなったということなんですか。それとも緊急事態ということだからですか。

江藤　やはりペリーが来てから幕府が崩壊するまでの十五年間というのもすごく加速度的に流動化しております、幕府の身分制度というものは。これは理論的にいいますと、慶喜が大政奉還するまでは大老、老中、若年寄、勘定奉行、大目付、というような幕府の家職というものがそのまま日本の一つの政府のミニスター、大臣にあたるわけだ。対外的には幕府というものは鳥羽伏見で敗けたときもなおかつ外交権を持っているわけですからそうなるわけですが、江戸城明渡しのときはやっぱり徳川家は法律的にいっても要するに諸侯のもっとも雄たるものに変わるわけです、慶喜のほうから大政奉還するわけですから。そうするとそのあとではもう老中、若年寄というようなことをいってもしようがなくなってきて、これは徳川家と老中は同列になっちゃうわけです。格からいうと。

しかし、それはまあ理屈の上であって現実の力関係では幕府はあるわけですから、勝海舟は慶喜が逃げて帰ってきたとき若年寄並みというのに任じられるんです、一回。即日、それを辞職するわけです。そして軍事取扱いという、なんかそれまでなかった変な名前でけっきょくそれで最後の幕府の総理大臣をやるわけです、陸軍総裁兼軍事取扱いという。この総裁なんていう職名はもちろん前はなかったわけです。慶応三年の十二月現在の海軍総裁は稲葉兵部大輔という人で、これは老中のひとりです。ですから彼は老中以上のものになるわけです。最後は大老に匹敵するようなものになって、その地位をずっと死ぬまで保全し続けるわけです、いわば徳川方内部にたいしては。日本国としては彼は枢密顧問官ですが、徳川内部としては彼は最後の総理大臣であり、かつ総理大臣であり続けるわけです。そのへんの構造がおもしろいんです。

吉本　おもしろいです。つまり江戸城明渡しのときには軍事的な全権を握ってたわけでしょう。

江藤　そうです。

吉本　そしてそのことは換言すれば、幕藩制度の全権を握っていたことと同じことですか。

江藤　そうです。イコールです。そしてその頃の幕府は前に第二次長州征伐で孝明天皇の勅命で長州を反逆者として討ちに行ったにもかかわらず敗け、戦えば必ず敗けるというじつにみっともないことになって、そのうち家茂は大坂城で死んでしまいました。その少し前に安芸の宮島まで出かけていって、めんつをあまりつぶさないように収拾する外交交渉を長州藩とやってるわけです。これは『氷川清話』やなんかにも出てきますが、非常にうまくやるわけです。

おもしろいと思ったのは、勝海舟が自分でいっているんです。宮島の宿屋かなにかで着流しで刀を差して風に吹かれていると、この頃はもう幕府の御直参で諸大夫並み、二千石をすでに取って、それで軍艦奉行というわけです。御直参が来たといって毛利の家来が来るわけです、家老が。次の間からへえーとやるんです。外交交渉をやるのにちゃんとそういうところに身分が出てしまう。それでは話ができないから、袴なんか脱いでそこでやっちゃおうというと、すごく長州のほうは困っちゃうわけです。

そこでそういうふうに人心を収攬して、うまいこと取り付けて帰ってくると、それが全権委任ではないわけです。そして大坂城の、つまり幕府側の勢力でひっくり返されちゃう。彼が請け負って帰ってきたことはなんにも実らないわけです。だから海舟は交渉ごとは一人でやらなければいけない、しかも完全に全権委任でなければいけない、それ以外のことはし得ないといっているわけです。それがまさに彼の理論を幕府の官僚機構が、機構的にいっても現実の政治過程の行きがかりからいっても認めざるを得なくなったのは江戸城明渡しの交渉のときだと思うんです。

だけど、彼はもう一度それをやらされそうになるときがあるんです。それは明治十年の西郷のときです。このときはやはり大久保あたりからいわれて、なんとかならんか、と。西郷が爆発する寸前ですが、そのとき全権ならばやる、全権がなければやらんといっているうちに、鹿児島で兵がおこってしまうということがありました。

つかみどころのない存在

吉本　ぼくが疑問に思うのは、つまり得体の知れない——というのは、つまり勝海舟というのはなんですか。要するになんですかというのはおかしいですけれども、つまり政治家でもない、哲学者でもない、文筆家でもない、つまりそういう意味合いでいったならば、なんかタイプがないでしょう。類型というか、この人はなになになんだ、という……。つまりこれを一個のたとえば文筆家というふうにみた場合は、これを文筆家としてどうということはないだろうと評価されましょうし、また一個の政治家としてみた場合に、福沢諭吉が『瘠我慢の説』のなかでいうように江戸城明渡しのときはうまくやったという、そのときは政治家だといえるのかもしれないけれども、その前もその後もそうでない。学者かというとそうでもない。学問が極端にできたというふうにも思えない（笑）、なんだかわからないわけです。それはどういうことなんですか。

江藤 ぼくは試みに彼を〝政治的人間〟[*6]と呼んでいるのです。あれは政治的人間であった、と。政治的人間というのはわが国にそういるか、わが国には非常に少ししかいないものだ。もちろん何人かいるでしょう。海舟のごときものは、いま吉本さんのあげられた政治家、官僚、思想家、学者、という属性を少しずつもち合わせているのだけれども、それぞれの分野で専門家としてやっていくと足りないところが出てくるわけでしょう。にもかかわらず、勝海舟という一つの人格の重みというのが気になる感じです。そういうのはほかのやつにちょっと比べようがないところがある。ぼくはこういうのはホモ・ポリティクス、つまり政治的人間であるというものではないだろうかと思います。

だけど人間はだれでも、ある意味じゃ政治的人間であることを強いられて生きていることがある。しかしその政治的人間というものにある自覚をもってそれで徹したやつというのは西洋人のなかにはわりあいにいるかもしれない。日本人にもいるでしょうけれども、近世の終わりから近代にかけての日本人のなかには政治的人間というのは非常に少ないのじゃないか。そうすると海舟のごときものはわりあいに数少ない政治的人間の典型みたいな、しかもなかなか格好いいみたいな、そうとう徹底した典型ではないか。そういうふうに思うんです。いまの吉本さんの質問の海舟というのは何か、非常におもしろいと思うんです。

吉本　なんか、やはりそこのところがものすごく疑問でもあるし、またある意味で類型がないですから、つまり何をやってもちゃらんぽらんのような気もしますし、しかしたいていのことはちゃんとやっているという感じもあります。さればといって政権担当者としてどうしたという時期は非常に限られているでしょう。あとは枢密顧問官みたいな、隠居役みたいなものですもの。そういう感じですから、これはなんとも得体の知れない人だなと感じるんです。そこのところをうまく理解されないと、これは文筆家としてもだめということにもなるし、学者としてもたいしたことはないというふうになるし、政治家としてもある時期こうしただけじゃないかというふうになるし、もうこれはいかんというふうなことになってくるんだけれど、なぜこのような人間が幕末から明治にかけてたいへんな力量を発揮したのかという、その理由はなかなかよくわからないんです。そういうところがあるでしょう。ぼくはそういうところがよくわからないんです。

江藤　文筆家としていうと、海舟というのはなんかたいへんな著述を仕上げたという人ではないけれども、やはりユニークな人間であるという気がするのです。ぼくはもういまから十年以上前に「近代散文の形成と挫折」〔『文学』一九五八年七月号〕という論文を書いたことがあるんです。この頃、ぼくが海舟に興味をもち出した直接の原因は、この「近代散文の形成と挫折」を書いたところにあるんじゃないかという気持がだんだんしてきました。なにかというと、先ほどの栗本鋤雲とか成島柳北というような人の文章と、それから福沢諭吉みたいな人の文章を比べてみると、どこがちがうかというと、鋤雲というのは非常に学問のある人で幕府の駐仏交渉をやって、フランスにいたときの記録なんていうのはおもしろい。だけど、文章は完全に漢文なんです。柳北はなかなかの遊び人で柳橋にしょっちゅう遊びに行っていて、ご承知のとおり『柳橋新誌』というのを書くんですが、これは変体漢文です。やはりこれは幕藩体制の漢学的というか、朱子学的というか、そういう教養の枠のなかででき上がった文章で、それはそれなりに完成されたものだけれども、転形期という時代のエネルギーというものはぜんぜん反映されていない。だから、『朝野新聞』とか『郵便報知』というものは藩閥政府を盛んに攻撃して柳北のごときは讒謗律で牢屋に入れられて、出てくるとまたやるということで、盛んに小気味よがられるわけです。当時の新聞というのは政治パンフレット的新聞のじつに辛辣をきわめて、おもしろいといったらありゃしない。薩長の田舎侍が馬車に乗って歩いているときに……、なんてじつにおもしろい。だけど、それは小気味いいんだけれども、なんか明治の文章じゃないんです。そこへいくと福沢は英語ができたから直参に取り立てられたけれども、豊前中津の奥平の家来で、奥平というのは小さな大名で、けっきょく九州の田舎者なわけです。だから『学問のすすめ』をみても、平談俗語調で啓蒙するわけです。

そこのところから、こういう連中の文章とそれから明治十八年になってはじめて出てくる二葉亭の文章とのあいだにどういう相違があるのかということなんです。ぼくはこのことを「近代散文の形成と挫折」で考えてみようとしたんですが、ただそこへ『海舟座談』とか『氷川清話』を投入してみると非常におもしろいんです。つまり福沢と柳北、鋤雲とをつなぐ変換項になっているものが海舟なんです。どうしてもあの論文に出さなければいけないものが、その頃は詳しく読んでいなかったために入れなかった。あれは昭和三十三年ですから……。しかしそれからしばらくして今度「海舟」というものをじっくり読んでみると、まあ、あそこへはいるわけです。海舟のああいうふうな、あれは巌本善治とか吉本襄という人たちが筆記したものとして伝えられているわけですが。それからもう一つ前には親父の小吉の『夢酔独言』という奇妙なのがある。これは教養がないために口語文で書いてある。「俺というやつもしあわせ者さね」「息子の出来はよくてさ」というような調子でしょう。それはわかるわけです。これは今日のわれわれのことだと思ってもいいわけです、そういうなんかアクチュアリティのある言葉というものでものを考えていた人間なんです。ところが柳北がものを考えるとき漢文体でものを考えていた。そこのちがいです。

そういうことを考えると海舟は、ある意味では二葉亭の口語運動というものがどこかへ落っことしちゃったような何かを体現し、体現といってはいいすぎかもしれないけど、ちらりとのぞかせた人間であるといえるでしょう。

勝海舟と日本の近代

吉本　江藤さん、つまりぼくが疑問とするところ、それは海舟の全集を出すという商売上からもおおいに位置づけることが必要なんじゃないかというふうに思うんです。そうでないと、どうしてもなんだろうかこの人は、ということになります。そこはむずかしい問題だと思いますけれども、やっぱり、ぼくはいったい何者なんだという感じをいつでも伴うわけです。つまりわりあいに文明開化的な考え方をしているかと思うと、やっぱり人間万事気合いであるみたいな（笑）、そういうことをひょろりといってみたりするでしょう。そうすると、なんだこの人は、となります。でもこの人のもっている教養はおかしいが知識の体系といいますか、知識の源泉というものは何なのかと考えてくると、たいへんわかりにくいところがあります。つまり西郷隆盛ならば儒学だというふうにいえるところがあります。そういう意味合いでいくと、この人の源泉はなにかということがあるでしょう。

そういうところで考えていきますと、はなはだ位置づけがしにくい人ですし、正体をつかみにくい人です。やはりそこのところは場合によっては全部マイナスとして評価できる可能性もあると思うのです。しかしそれでなぜこんなことを言う人がどうして大局において、つまり幕府の転換期に非常に大きな役割を果たし得たのか、ちょっと不可解だなというものがあるでしょう。そこのところのなんか一つの正体みたいなものは全部プラスのふだだというふうにまた位置づけもできるのだろうなというふうに思いますけれども、よくわからないからそこまではいえないのでごく常識的にいいますと、全部これはマイナスのふだだというふうにもいえると思うんです。

それからこの人がわからないということ、つまりこの人の知識の源泉がわからないということはきっとごく常識的にだれも感ずるだろうと思うのですが、そこはうまく解明されないといけないんじゃないかという気がします。

江藤　それはぼくはこう思うのです。近代思想というものは中江兆民とか福沢諭吉とかいう形ではいってくるわけです。それから儒学もあるわけだ。藤田東湖みたいなものもあるし、西郷みたいなものもある。しかし近代思想というものはわかりやすい。儒学もわかりやすい。ところが現実の日本の近代というものはいろんなものがごったになった状態でそれを体現した人間がいたということ。日本の近代そのものの申し子というスポークスマンというものを考えてみると、福沢ではなくて勝ではないか。日本の近代は全部マイナスというふうに考える考え方はありますが、日本の近代はある特殊な条件のなかで西欧列強が開国を迫るという条件のなかで、乾坤一擲の、なんか博打みたいに選びとったという面もある。選びとったからには失敗することができない。ぼくは勝という人の魅力もつまらないところも、もしつまらないところがあれば、彼は失敗することのできない人間だったたからだと思います。事実、成功し続けたんです。ただし、もし事実、だれの目にもわかるように成功し続けた人間ならば、それは松下幸之助とか（笑）、岩崎弥太郎とか、そういう人でしょう。しかし海舟が、にもかかわらずわれわれの興味をそそるのは決定的に失敗している状況のなかで成功する人間ということだと思う。彼が背負っているものは壊れていくわけでしょう。だから彼はまず大前提としては失敗者なんです。失敗者でしかない。その失敗者でしかない条件を与えられて、そのなかで成功してみせるわけです。そのことに不思議な情熱を燃やすわけなんです。そうすると、そういう意味でも、ぼくはやはり彼は日本の近代の申し子、代弁者というか、彼の声がなんだかわからない源泉をたどるとはっきりわりきれないという声が、今日まで続いている日本の近代というものを正直に象徴しているような気がするんです。

ところが日本の近代というものは、自分自身のことは放っておいて、それにある反措定を提出するように、幸徳秋水とか、西郷南洲であるとか、中江兆民、北一輝でもいいし、小林多喜二でもいい、そういうものを追い求め、そういうところに何かをみようとしてきたけれども、それじゃ自分自身の顔を相当はっきりとわかりやすい形でうつしている人間というものはどうもみてこなかったのではないか。

おもしろいのは昭和二年に改造社がたしか「海舟全集」[*7]全十巻というのを出したが、じつに杜撰で、私どもの今回の全集はそれをはるかに上回ることは間違いないんですけれども（笑）。だけど昭和二年というのはおもしろいと思うのです。これは何かというと、つまり一つのさけ目が出た年ということなんです。芥川龍之介が死んだ年、それから普通選挙法による最初の選挙がおこなわれた年、日本のあらゆる成人男子が投票して政治家を選んだ年です。それまでは直接税十円以上納めている人間でなければ選挙権はなかった。旦那衆選挙だった。日本の総人口の、はっきり数字でおさえたことはありませんが、明治の第一回の総選挙は当時の金で直接税十五円以上、直接税というのは所得税あるいは地租税を納めている人だけの選挙ですから非常に少ない。それは日本のGNPが昭和二年まではだいぶ増えているから、しかもそれが十円に下げられているから、その前の、つまり原敬が総理大臣になったときまでの選挙というものは総人口の三割ぐらいじゃないでしょうか。それが男だけに関していえば十割になった最初は昭和二年です。そこからいわば今日に通ずる大衆社会の問題とか、そういうものが全部吹き出しはじめたというふうに私はみるわけです。同時にマルキシズムというものは当然、一つの運動として起こってくる。そのときに海舟という人間を見直さなければいけないとそうとうの人間が思って、彼の全集が出た。

一九七〇年（昭和四十五年）という年にまたこの全集が出る。それは出そうというやつがいるから出るんだが、しかし出そうと思うやつがいてもそれだけで出るものじゃない。それから変な話だが、今月の歌舞伎座は昼の部が『麟太郎と吉之助』というんです。真山青果のものが出ているんです。そして夜の部が『新門辰五郎』だ。両方ともこの時代なんです。政情は二年数ヵ月のゲバルトを経てなんだか気の抜けたようになっているにもかかわらず、歌舞伎の九月興行がこのようだというのはおもしろいことだと思うんです。これと勁草書房が「勝海舟全集」を出すということは一連の動きであると思っているんです。

ということは、つまりわれわれがそのなかで生きてこざるを得なかった。そして今後どうなるか知らないけれども、少なくとも現在のところはそのなかにいるとしかいいようのない日本の近代というものをどうとらえるかということ、その手がかりとして、このなんか得体の知れない人間が出てきている。すべての中途半端さみたいなもの、それはつまり海舟が日本の近代を象徴しているからこそそうなのであって、彼が傑出した思想家であったり、政治家であったり、文筆家であれば、日本の近代であるわけがないんです。ぼくはそう思うんです。

維新、構造の謎

吉本　ぼくはちがう面で、これは理論的な面ですけど、明治維新というのは、「維新」という言葉を使わないで「明治革命」という言葉を使って、これはいったいなんなのか、と考える。そうすると戦前からこれは一種の中途半端ではあるが、一つのブルジョア革命だったというような考え方があります。それから、これは絶対主義的な革命だったというような考え方もある。それが日本のマルクス主義の二つの大きな流れになって、一つは社会党、一つは共産党になっていく。いまの若い人たち、学生運動の人たちでも、これはボナパルチスムだというふうに考える。そのニュアンスはあっても、そういうふうにいわれてきている。ところでぼくらはそういう考えに全部疑問をもってきているわけです。つまり、ほんとうのところはまだわかってないんだというふうに思うのです。

一つにはそれは何かというと、江戸幕府の体制のなかにおける藩というものと幕府との関係です。そしておまけをつければ京都に現実的つまり政治的発言力があまりないし、ひっそりしているわけだけれども天皇がいるという、つまりこの関係というものがうまく結ばれていないというふうに思うのです。

それからもう一つはやはりいろんな問題が理論的にもあると思うのですけれども、一つはこれができてない。つまり江戸幕府の体制における、これをいちばん象徴するのは「法」です。明治憲法に象徴される「法」というもの、それとの厳密な、かつ具体的な比較といいましょうか、つまりどこがどう変わったのかという問題がほんとうは少しも考えられていない。それならば、それは維新と呼ぼうが革命と呼ぼうが、この性格はほんとうはわかっていないといったほうがいい。これは経済構造だけで決めてしまおうとすれば、つまり絶対主義とかブルジョア革命といっておいて、そのまま半端な余る部分は四捨五入するとか、半封建的という、半ばとってくっつけたり、いろいろするでしょう。ぼくはそうじゃないと思う。それはだめなんだと。それでよくわかってないんだ、つまり解明されていないんだというふうに思ってきているわけです。それで自分の力がいたらないからそこまで突っ込むまでいかないで、大むかしのことしかいまやってないんですから、何にもいえないんですけど、だけど結局これはなんとかうまくそこはやれなければ嘘だ、明治維新なんかわからないんだと思っているわけです、理論的には。これは勝海舟がどう考えていたかわかりませんが、たとえば福沢諭吉の『瘠我慢の説』で海舟にいちゃもんをつけてるわけです。そういうのを読んでも、それから白柳秀湖[*8]のようなものを見ても、幕府のかわりに薩長が支配権を握っただけなんだというふうに取れるように書いてあります。つまりそういうことは当時は常識だったわけでしょうか。

吉本　そう考えたい人がたくさんいたんじゃないでしょうか。

江藤　心情をまじえてね。

吉本　海舟もある程度そう思っていたということは明治二十九年頃からの彼の語録を見ると、「ほら、ごらんな、第二の維新が始まったじゃないか」「徳川二百七十年なのに藩閥はたった三十年、へへへ……」というようなことをいっている。それは一面からいうと海舟ですらそういうふうに思っていたことがある。

しかしぼくは吉本さんのいまいわれたことに非常に共感するんです。つまり講座派であろうが労農派であろうが、それは子のたまわくの理論であって、マルクス主義は儒学にとってもよく似ているところがあって、それも初期の儒学に似ている。おっしゃるとおり、幕府、諸藩、藩という言葉は幕府が皇室の代行であるということの大義名分が出てから藩という言葉が出てきたわけだが、諸侯及び朝廷の関係、それから明治になって何が変わって何が変わらなかったか、つまり法制的な面がある。まったくぼくもそう思うんで、ボナパルチスムなんていうのはなんかカッコいいことといってやがる、と思うんです。だけど海舟はただ幕府が薩長にかわっただけとは思っていない。海舟は西郷にすべてを賭けたのです。彼は文久の頃から西郷吉之助という人間を見て、力はこいつを中心に動いていくとみているわけです。これは政治的人間の本能として自分の属している陣営から力がポカポカ抜けていき、西郷が象徴するところに力の磁場ができ上がっていくというところがわかるんでしょう。だけどそれは単にそっちが強いからそっちへつくということならば海舟の言行は説明し得ないわけです。あえて慶喜を牽制しながら日本の国家というものを考えた、国の組織というものを考えようとしたことは説明できない。彼の国家組織の根本にはやはりアメリカがあったろうと思う。アメリカのジョージ・ワシントンの地位は尭舜の地位以上であるということを彼がいっているところがある。そういう言葉でいおうとした何かがあって、それが政治的人間の勝麟太郎のあらゆる行動のベクトルを決定しているところがあるわけです。ベクトルの示すところをみていると幕府よりは薩摩だ。これが長州ではない。薩摩だ。長州はイデオロギー的な藩ですが、薩摩はイデオロギーはないので、無節操な藩でつまり力で何かを壊す。その力が近代を作っていく力であり、かつ越後の小千谷から出てきたお盲さんの曽孫の自分と響き合う何かであるということを知っていた。海舟はそういう意味では非常に階級的な人間です。

それで幕藩体制というものはそういう固定化されたものでなく、坂本竜馬だって酒問屋かなんかが郷士の株を買えば侍になれる世の中ですから、ずいぶん流動性はあったと思うのですが、そういうものでは外国とふれたとき、その程度の流動性ではどうにもならないというところまできている。それはいま流行の言葉でいえばなにも社会的だけじゃなくて、ほとんどエコロジカルにそうなってるという認識が、やはり海舟にあったんじゃないでしょうか。

だから政治のやり方をみていると彼は、薩・長のやり方は非常に洗練されていない、下手な、見ちゃいられないものが多々あったけれども、にもかかわらず、こいつらにゆだねなきゃいけないというものは見ていたと思うんです。だから彼はマルクス主義の大学の先生たちがなんと規定しようが、現実に日本が近代以前から近代にシフトしていったときに動いている力とか、現実に何が変わったかということをよく知っていたやつで、知っていたからこそああいうふうに七十七歳まで生き長らえて、なんとなく気になる人間として一生を全うすることができたんじゃないかと思うんです。

吉本　オールコックだと思いますが、『大君の都』というのを見ると、これは海舟と直接関係ないのかもしれないけれども、つまりフランスはいずれにせよ幕府のところに主権がある、これでなんとかなるというような考えがある。ところで英国の方は、なんか得体が知れないけれども、どうも京都に何かいるらしい、吸引力があるみたいな、そういうことをわりあいに洞察していたでしょう。なんでしょうか。つまりあの場合に尊皇攘夷でも尊皇開国でもいいんですが、天皇というものがフッと浮かびあがってくる。そういうものはなんですか。なにかかつがなくちゃいけないということでしょうか。

江藤　あそこがぼくはイギリス人の方がフランス人より政治的人間として優れている所以だと思うんです。力の磁場がじわじわと移っていくようなことをみていて、それをとらえることができる。フランス人は大なり小なり法理論家だと思うんです。その法理論をふまえた上での政治ということは、フランス人だってなかなかたいしたものですから、ちゃんとやってるわけです。レオン・ロッシュの動き方というものはまことにすごいですね。だけどそれ以上に幕閣のなかに食い込んでいたのはメルメ・ド・カションという砲兵大尉かなんかで、こいつを勝は口をきわめて罵倒していますが、カションという奸物を登用して、小栗上野介のごときは憤懣にたえずと日記に書いている。そのカションというのは、だけど栗本鋤雲や成島にいわせれば非常にいいわけです。

カションじゃなくて、もう一人、フランスから来ている陸軍士官がいて、これは柳北がのちに『航西日乗』に、西洋に行ったとき、本願寺のボスと行ったんですが、パリで会ったと書いています。これはナポレオン三世の忠実な軍人であったはずが、ナポレオン三世が戦争で敗けてズッコケてしまった。にもかかわらず、フランス陸軍に禄を食んでいて自分の部屋にはナポレオン三世の肖像を掲げていて、それと現在の軍隊とか国家に対する忠誠は少しもかかわりがないというのを見て驚いたりしている。中村光夫の短篇集『虚実』のなかにやや肉づけして柳北が驚いているところをちょっとおもしろく書いてあります〔「パリ・明治五年――成島柳北の『日記』」〕。そういうのがいたわけです。

しかしサトウもそうだし、パークスもそうだし、オールコックもそうだけれども、イギリス人というものは理屈はどうあれ、ともかく動いていく力をみている。イギリス人だけなんです。イギリス人だけが徳川慶喜のことをユア・マジェスティ（陛下）と呼ばなかった。あとはプロイセンもイタリアもオーストリアもアメリカも全部「マジェスティ」を使った。イギリスだけが「大君殿下」です。これはサトウのような日本語のよくわかるものがいて、陛下は皇帝にたいする称号であって、あれは殿下だ、殿下はハイネスであるということを知っていたのかもしれない。だからわかったのかもしれない。案外そういうところは言語的能力がイギリス人は優れていて、アーネスト・サトウのような単なる通弁ではない頭のいいやつがいたから日本人の精神構造をわりあいうまくつかんで、それを参考にしながら京都をよく観察したのかもしれないけれども、イギリス人のほうがそれにしてもやはり偉いわけです。

それはイギリスという国が世界に先がけて自分の力で良かれ悪しかれ近代というものに突入した国民だという経験です。それはやはりアメリカ人にもなかったし、フランス人にもなかったし、プロシャ人にもなかったんじゃないかと思うんです。それはやはりイギリスの優位であって、この優位はイギリスが非常に左前になった今日といえども、まだなんかのところに残っているんじゃないでしょうか。実際あそこは手に汗にぎるようなところです、毛唐人の暗躍というのは

江戸っ子勝海舟

吉本　ぼくがおもしろいと思ったのは『海舟座談』のなかにもあると思うんですけど、人殺しの河上彦斎、それと会うところがあって、つまり「そうやたらに人を殺すもんじゃない」と言うと、「いや、ナスや野菜ものだってちょっと適当なときにもぎとらないとだめなものだ」というふうに言ったなんていうところがあるでしょう。だれそれがどうだというふうに批難していると、もう次に会ったときは殺して知らんぷりしている。「お前さんがやったんだろう」ということになるような……、海舟という人はそれは感心したからそういうことをしゃべっているんでしょう。つまりそういうところに感心するところがある

でしょう。

江藤　はい、あります。

吉本　つまり海舟にはそういうところがあると思うんです。どうなんでしょう、ああいうのを感心するのはいけないんじゃないでしょうか。（笑）

江藤　ぼくの解釈は、感心しているんだけれどもあれじゃだめだと思っているんです。彼自身は刀の鞘をきっちり抜けないようにして、まず三十六計逃げるに如かずというのでやってきたわけです。あれは島田虎之助の免許皆伝ですから、いちおう剣はつかえたんです、剣客として。血筋からいっても男谷道場の血を受けているんです。

吉本　甥かなにかですか。

江藤　ええ。ですから太刀筋としては悪くないと思いますが、なにしろ体が小さいです。五尺ちょっと。そうするといまの柔道を見ていてもわかるように、ウエイトのあるやつは勝つんです。人を切るんだって、技だけでは切れない。ウエイトをのせてズバッとやると、それはウリやナスビのように切れるわけです。ところが海舟は五尺一寸あるかなしで、ヒャーッといっても切れるかもしれないけれども、あまり切れないんだな。だから海舟というやつは自分の肉体的条件をよく知っていたと思うんです。やはりそうすると肉体的条件がよくてズバッ、ズバッと殺せるやつはちょっと剣術つかいとして見ているとうらやましいようなところがあって、彦斎というのはこういうやつだったということを書きたくなる。

しかし、そこからあとは修身の教科書のようになるけれども、切って切れるやつは切られちゃうから逃げるほうがいいんだ、剣をもって立つやつはただの剣客にすぎない。しかし世を治める人間というものは剣を抜かないのであるというようなところに、一種の自己正当化でしょうが、それがわりあい本筋に動いていくところがある。彦斎に対する子どもっぽい驚嘆の念と、いや、やはりそれは幼いなというものは混在しているんじゃないですか。ぼくはあのところの言葉づかいにそういうものがあるのじゃないかと思うのです。

それから何度も鉄砲で射たれて助かっているのも、体が小さかったからじゃないか。太っていると、あたって落馬しちゃったりする。小さいし、しかも動いていてあたらないんですよ、あの頃の鉄砲は。体が小さいということに非常に意味があるんだな、海舟の場合は。

吉本　海舟はずっと江戸人ですか、何代も前から。

江藤　四代前が越後から来た盲人です。男谷検校、これが要するに大名の中間《ちゅうげん》部屋の博打の金をもっていた、何十文の金を出していい利息を取って、要するに塙保己一みたいな学者になるか、あるいは音曲の道にいくか、あるいは金貸しですね。だからあの頃は社会保障がある意味じゃできているわけで身体障害者しかやれない、専売特許の商売で金貸しはそのうちにはいっているわけです。男谷検校は金貸しをやって、一説によれば、水戸に何十万両も貸し付けるほどのバンカーになった。それが初代で、二代目が男谷家の何千石かのそうとういい旗本の株を買うわけです。そしてこれは近藤勇もそうですが、士分でないものが士分になる。そうするとこれはもっと士分らしいことをしようとして剣術つかいになる。一世を風靡する道場を本所につくるわけですが、それのまた妾腹の子でしょう、勝小吉というのは。ですから彼の場合は四代経っていますから、完全な江戸っ子というほかはないでしょう。

吉本　ぼくは近頃、少し江戸っ子というやつがわかったことがあるんですが。いま住んでいるところをちょっと見回しますと、やはりいるんです、じいさん、ばあさんが。海舟というのは、巌本が筆記した『海舟座談』を読んでいるとつくづくぼくは感ずるんだけど、たとえばじいさん、ばあさんが駄菓子屋さんをやってます。駄菓子屋さん的なオモチャというのがまたデパートのオモチャとはちがいましてね。

江藤　リアリティがあっていいでしょう。

吉本　ええ。そして安いです、十円とか二十円とか。そして十円か二十円のオモチャを買って五十円払うでしょう。買ったオモチャをよこすでしょう。ところがいつまでたってもおつりをよこさないんです。こっちも別にじいさん、ばあさんのやっている駄菓子屋さんですから、おつりをもらおうとは思わないでしょう。そうするとなおさらしゃくにさわるわけです。おつりをよこさない。その呼吸がものすごくうまいんです。つまりなんというのかなあ……。おつりをよこさないということはもうすでに過去のことであるというふうに、なんとなくそうなっちゃってね（笑）。なんともかとも言い出せない、こっちも。俺はもともとそう言い出す気もないけれども、もしもおつりをよこそうとするならば「いいですよ」といって行くわけなんだけど、それがそうじゃないんです。絶対におつりをよこさないんです。よこさないことはどうでもいいというふうにこっちに思わせるようになんかなっちゃってるんですよね。そして、へえーと思って一瞬、ハア、おもしろくないなと思うんだけれども……。こいつは「はい、おつり」なんてよこせば「いいですよ」といって帰るのになと思うんだけど、絶対そういうことは言わないんだ。けれども、なんとなくそれは過ぎたことだというふうになっちゃったように、フッといくんです。

　ああいうところの駄菓子屋さん一軒じゃなくて、いくたびかそういう体験をするんです。そのたびに、おお、江戸というのはこれだ、というふうに思うところがあるわけです。つまり海舟は、巌本の筆記を読んでみると、この人はやはりちょっと過去のイメージと大変よく似ているという、おつりをよこさないという感じと似ていると思ったんです。ものすごくよく似ているところがあります。いま江藤さんの言われた体が小さいということも含めて、なんとなく「いやさネェー」とかなんとかいいながらフッとおつりをよこさない、よこせといえないというふうな……（笑）。だから西郷のところに行っても、なんか、うまくおつりをよこさないで（笑）……。

江藤　西郷におつりをよこさない（笑）……。

吉本　ものすごくそういうイメージがあります。

江藤　それは東京でも下町の人です。それが外交テクニックにまで出てきた。海舟はどっちかというと、金は人にやるタイプだ。げんに彼はもう滅びた幕府の総理大臣として、八千五百円松平因州に遣わす、三円加藤権助に遣わす、と毎日毎日書いた。金をぐるぐる回しているわけだ。じぶんはあまり金をとらない。おつりをとらない。そういうところはあるんだけれども。ただ、もっと精神的な問題としていえば、それは非常におもしろい（笑）。なんかわかる感じ。西郷は「そうでごわすか。ああ、さようでごわすか」と言うと「それではご免」といって帰っていく。あとで考えてみるとなんか足りない（笑）。「まあ、ようごわそう、勝はんのなさることでごわすから、ようごわそう」とかなんとか言っておさえていたところがあるかもしれない。しかし、あれはひょっとすると水戸っぽの慶喜に対しても、おつりをやらなかったんじゃないか。あっちこっちにおつりをやらないから（笑）、どっちからもあいつは具合悪いと思われていたかもしれない。（笑）

吉本　ほんとにそう思うところがあります。

江藤　ぼくは山の手育ちだから、駄菓子屋さんの話をきくととてもよくわかるけど、ただ下町の人とつき合ってみて、そこに金の授受を伴うようなことが起こると、まったくそうです。

吉本　そういうことがあると思います。

江藤　ものすごくきめ細やかで、はいはいと言うわけだ。「そうですか」とか言って下にもおかないようなふうにしていながら、絶対に放さないんだ。こっちがなにも理不尽なことを要求しているわけじゃないんですよ。「こうだから、こうだろう」と言うと、ごちゃごちゃと言って、その次に電話をかけたって出てこない。「どこへ行った」と言うと、「いまちょっとお風呂屋に行ってる」と言う。お風呂屋から帰ってきていると思う頃にまたかけても、「どうしたんですかねえ」と言う。声が聞こえていても出てこない。だけどそういうとき、こっちが乗り込んで行って「いるじゃないか」と言ってもだめなんで、「いない」と言う。自分が出てきても「いや、いません」というような感じなんだ（笑）。それはあるんだな。それはつねにこっちがもうよく知っているところがあって、つねに与えなければいけない。向こうから取ろうと思っちゃ絶対にいけない。正当なエクスチェンジとして取ろうと思ってもだめなんです。「そんな水くさい」といわれて「そうだそうだ」と安心していると、ちゃんと余分にもっていっちゃうようなところがあるんだ（笑）。それはある、確かに。東京以外の人も、東京だって本所とか深川などの純然たる下町以外に住んでいる人は、それはわからない。親子、兄弟間のなんともいえない貸借りのうるささというものは、特殊なもんです。それをきちんとやってないと、あいつは世間を知らない、気働きのないやつだということになるでしょう。だから彼らにしてみれば、親子、兄弟の間ですらそれだけきちんとやっているのだから、他人が来ておつりまでよこせというのは

バカだ、ということになるのかもしれない。(笑)

　そして、おやつをやったほうが得なものにはちゃんと出す。子ども衆だから出さない。子どもの親御さんが来て、五十円出して三十円のおつりをだすかと思ってそこで待っていると、なんて気がきかない人だろうと思うだろう。大人同士の取引だと、三十円くらいは出すわけです。パッと紙の上に出したりする、その次にまた来ると思うから。それは京都に行くともっと徹底してくるんじゃないんですか。逆にいえば、私は貴方に三十円おつりをやるんだから、それは非常な好意であるぞということをみせておつりを出したりする、京都へ行くと。

吉本　そうですね。京都もそういうところがあります。

江藤　あります。やはり都会の庶民というのかな。芥川龍之介にもそういうところがあるでしょう。なんかそういうものがあるんだな。非常に細かい、ちまちましたところが。

　勝海舟というのはしょっちゅうなにか考えていた。頭は頭痛もちで、脳天に紅を塗るんです。紅は熱を取るんです。それでも足りないと自分で小刀で手首のところを切って血を採る。しょっちゅうちまちまとなにか考えていて、ボヤッとしていることがないんです。あれはやはり下町の人間ですね。だけどぼくは下町であああいうのが出て滅びたんだと思うんです。あれ以後、下町から大政治家というか、政治的人間というのは出てないでしょう。非常にローカルカラーになっちゃうんです。そんなことを言うとまた将来出てくるかもしれないけれども、いまは海舟以来いないみたいだな。それでそういうものから出ていながら、それを突き抜けてなんとかうまくでき上がったのが谷崎潤一郎でしょう。だけど、あれも借金の名人で金は借りてやっていた。つまりおつりを出さない（笑）。それからいま下町といっても町人しか住んでいないから、結局町家の人たちですが、あの頃は下町気風があって、しかも侍だったという変なやつがいたわけですから……。こういうところはいまはもう絶えてしまった。

（勁草書房版『勝海舟全集第十四巻』一九七〇年十月）

注

（1）**子母澤寛の『勝海舟』**　一九四一年から四六年にかけて書かれた子母澤寛の代表作。七四年放映のNHK大河ドラマ『勝海舟』の原作にもなった。

（2）**大久保一翁**　大久保忠寛。一八一七〜八八年。幕末・明治前期の政治家。講武所奉行、勘定奉行などを歴任。勝海舟門下の開明的な幕吏であり、明治新政府にも登用された。

（3）**成島柳北**　一八三七〜八四年。漢詩人・新聞記者。幕臣として騎兵奉行・外国奉行などを歴任。維新後、欧米を外遊。帰国後、朝野新聞社長となり、文明批評を展開した。

（4）**栗本鋤雲**　一八二二〜九七年。幕末の政治家・新聞記者。外国奉行として幕末外交で活躍。維新後、郵便報知新聞の編集主任。

（5）**小栗上野介**　小栗忠順。一八二七～六八年。外国奉行・軍艦奉行・勘定奉行などを歴任。フランスの援助下に将軍権力を強化しようと企てたが、鳥羽伏見の戦いで敗れた。

（6）**政治的人間**　江藤は『海舟余波――わが読史余滴』を『文學界』一九七〇年八月号から七二年十一月号まで断続的に二一回連載し、七四年四月に文藝春秋より刊行。その「あとがき」でつぎのように書いている。「これは政治的人間の研究である。小説は私人の私事を描くものであるが、私は私人としての海舟の私事には、ほとんど興味を抱かなかった。むしろ私は、公事にかかわり、公人として終始した海舟の側面のみを描こうと心がけた。否、私には、これは『側面』ではなくて、ほとんど海舟の全面と思われた。それほど彼の一挙手一投足は、当時の政治過程と深くかかわり合っているからであり、そのかかわり合い以外に、彼の自己表現の場はないというに等しいからである」。

（7）**「海舟全集」**　勝海舟の全集は、改造社版「海舟全集」全十巻（一九二七～二九年）、勁草書房版「勝海舟全集」全二十一巻・別巻二（一九七〇～八二年）、講談社版「勝海舟全集」全二十二巻・別巻一（一九七二～九四年）と三回刊行されている。

（8）**白柳秀湖**　一八八四～一九五〇年。小説家・社会主義者。大逆事件後、文学を離れ、在野の歴史家として史論を刊行した。

現代文学の倫理

知識人の役割とは何か

吉本　江藤さんの近著『ワシントン風の便り』〔一九八一年四月〕、『一九四六年憲法――その拘束』〔八〇年十月〕、『落葉の掃き寄せ』〔八一年十一月〕の三冊は、いずれもぼくが関心をもった本だったわけですが、このそれぞれ一冊について、一つぐらいずつお聞きしたいのですがよろしいですか。（笑）

はじめに『ワシントン風の便り』からお聞きしますと、一つは研究者または学者としての江藤さんの業績は、アメリカではどの程度のものと見られているのかということがよくわかりませんでした。もう一つは、これはちょっと根本的なことになりますが、アメリカでの学者、研究者、あるいは知識人でもいいんですけれど、そのあり方というのは、日本やヨーロッパと、根本的に違うんじゃないかと思ったんです。江藤さんはかなりな程度評価されているのかな、とも思えるし、また逆に能力のわりにはあまり評価されていないいんじゃないかな、とも思うんですよ（笑）、両方同在するみたいな感じがあるんですね。

江藤　吉本さんのご質問のような物差しでものを考えたことがないので、私がこれから申し上げることがお答えになるかどうかわかりませんが、いくつかの事実をお伝えすることにしたいと思います。まあ結論からいえば、自分でいうのも妙な話ですが、私の著書に対する評価というものがもしあるとすれば、日本でもアメリカでもあまり違わないだろうと思います。ただ、その場合、二つの世界ということを考えなければいけない。アメリカで日本のことを勉強しているひとの数は増えていますが、非常に限られています。また、増えたから水準が上がったというわけでもなくて、むしろ全体の平均値は、率直に言ってやや下がり気味というのが、最近の傾向だと思います。いまから十年前、二十年前の中堅どころは、相当できましたからね。つまり戦争中に日本及び日本語について勉強することによって、日本と戦おうと思っていた迫力のある人たち、この人たちはいまや大家になってしまった。ドナルド・キーン、サイデンステッカー、英国人ですが明治、大正文学の研究で知られたイエール大学のマクレラン、あるいはハーヴァードのヒベット、こういう人たちはやはり著しくできると思いますね。しかしそのお弟子さんたちがその域に達しているかというと、これは別問題です。

私の『漱石とその時代』は、まだ未完で第二部までしかできていませんが、あれはアメリカの日本文学研究者の間でも、正当に評価されているようです。現にヒベット教授を通じて、ハーヴァード大学出版局から、ぜひ英訳本を出版したいという話が十年ぐらい前にありました。

この話は下訳が半分ほど出来たところで、下訳者の都合やアメリカの大学出版局の財政事情のために頓挫していますが、私は自著が英語になることが、どうしても必要だとも考えないのです。読みたければ、日本語を勉強して読んでくれればそれでいいというのが基本的な考え方です。もちろんこの本の英訳出版のために努力してくれたヒベット氏やクレイグ氏の行為を無にする気持は全然ありませんがね。

次に占領研究を中心とした私の最近の仕事についてですが、日本占領に直接関与したアメリカ人たちは、人情の自然として、当然、占領政策がうまくいったと思っていますから、その問題点を一次史料によって指摘している私の仕事に対して感情的な反撥を示す人がいます。しかし、おもしろいことに、それと同時にベトナム戦争を契機にして、リヴィジョニストといいますか、修正主義者と訳されているようですが、従来の考え方に飽き足りない新しい世代の研究者たちが出現しはじめています。この人たちのなかには、左翼的な立場をとる人も多いにもかかわらず、私と共通の問題意識を持っている人がいるようです。例えば、東京裁判の研究をしているリチャード・マイニアは、私の研究発表を聴いたのがきっかけになって、現在吉田満氏の『戦艦大和ノ最期』を訳しています。すでに第一稿は完成したようです。最近一年足らずの渡米のうちに、研究発表をしたり講演をしたりする機会が多かったので、こういう修正主義者の歴史家とはずいぶん知り合いました。その一人であるアマスト大学のレイ・ムーアという歴史学者——彼は一昨年の八月末に開かれたアマストにおける占領研究会議の組織者ですが——彼などは、私の仕事について、客観的な評価を下してくれている一人だろうと思います。ムーアは『モニュメンタ・ニッポニカ』という学術雑誌に最近の占領研究の現状を展望した論文を書いていますが、私の仕事を日米戦争と占領を〝悲劇的な出逢い（a tragic encounter）〟ととらえている新しい傾向の代表的なものとして紹介しています。また彼は日本の外務省が公開した資料を編纂した私の編著『占領史録』（全四巻・講談社刊）にも注目してくれているようです。

それからもう一つ付け加えておけば、アメリカという国には、われわれが想像もできないような拘束ももちろんあります。しかし、いい意味で非常にフランクなところがありますね。よく西洋かぶれの人が、西洋人はどんなに激論を闘わせても、握手してサラリと水に流して別れる。あとに何も残らないなんてことをいいますが、これは明らかに買いかぶりだと思います。人間だから、あとに残るのは同じで、ただ、あとに残らないふりをするルールがあるというだけのことです。しかしルールがあるだけではなく、彼らは激烈な相互競走の世界に生きていますから、どんなに相手が気に入らなくても、もし取れるものならそこから何かいいヒントを取ってやろう、という意欲もあるのですね。そういう広さというか、手足を伸ばせる余地があるように思います。従って知識人の自己規定は、日本やヨーロッパとはたしかに違うと思います。日本もヨーロッパも、歴史が古いので、知識人の役割もそれぞれの伝統によって規定されている面があり、日本の場合は世間が知識人に甘いというか、寛大なので、その役割に安住できる傾向があると思います。

ところがアメリカは、現在、法律で定められている枠の中だけでも、毎年三十五万人の新移民が入国している国で、不法入国者を入れれば二百万人になんなんとする移民が毎年流入しつづけているんですね。そういう国である上に国土が広く、大西洋と太平洋の間に跨がった巨大な空間を能率的にコントロールしていかなければならない。勢いの赴くところ、おれは学者だ、お前は政治家だ、お前は役人だというふうに役割を固定してはいられないんですね。

吉本　ああ、その点が一番聞きたいところですね。

江藤　例えばキッシンジャーはハーヴァード大学の教授でしたが、政府に入って国家安全保障会議補佐官になり、またたく間に国務長官に転じた。政界を去ると今度はベストセラーを書くというわけで、こういうことはわれわれから見ていると、出処進退いかなることに相成っているのかと何だかわけがわからないという気持になりますが、しかしあの社会がキッシンジャーのような人間の能力を要求した場合、この社会を存続維持させるために、能力のある人間はなりふりかまわず働かなければならない。まあ、アメリカという国はいつでも猫の手も借りたいような状態にあるとでもいいましょうかね。

従ってこの国は、自然科学系や技術系の学問は別ですが、人文科学や社会科学を成熟させるという点では、樹木のように永い時間を経て、亭々と聳え立つというような学問を育てるには、あまりに慌しすぎる雰囲気があると思います。

一つ例を挙げると、ウイルソン・センターで、米中・中ソの関係を歴史的に検討したいと言い出した若い学者がいました。彼は当時東アジア研究のコーディネーターをしていましたが、ぼくのところに相談に来たので、「ああ、それは是非やりたまえ。歴史的にいえば太平天国の乱ぐらいからやるんですか」と訊くと、いや、過去十年間、つまり七〇年代のニクソン訪中決定以来の米中・中ソ関係というんですね。彼にとっては過去十年間がすでに歴史的なんですね。ぼくにはそんな時間は現在の中にはいってしまうと思われるけれども、この時間の意識にはびっくりさせられました。

もう一つつけ加えておくと、六〇年代の初め、私が最初に留学した時には、アメリカの学界は非常にきちんとしていて、どこの研究所で発表する時も自分の論文をきちんとタイプに打って行ったものでした。ところが最近では、すべての大学とはいいませんが、不思議なことに紛争の激しかった大学に行くと、このルールが崩壊しているのを発見しました。きちんとした発表は必要ない。できるだけインフォーマルに、つまり砕けた形でやってくれっていうんですね。どう砕けたっていいというわけです。発表の前にペーパーを配っておいても、はなはだしい場合には誰一人読んで来ないで質問したりする。こういうことは、二十年前には考えも及ばなかったことです。

吉本　ぼくらが最近の江藤さんの仕事を見て、一番感ずることは、とてもアクチュアルではあるけれど、こういうことは政治担当者や政府の権力者が、ちょっと違う方針を出してしまったら、すぐに変わってしまうものなんじゃないか。つまり江藤さんのやっている仕事は、いつでも政策担当者といいましょうか、そういうもののあとから、あとから、それを意味づけ、分析していくということにしかならんのじゃないか。もっと極端に言えば、江藤さんのモチーフがぼくにはどうもよくわからないんですよ。つまり江藤淳ともあろう人が、日本の知識人流にいえば、こんなにつまらんことにどうしてエネルギーを割くんだろう、という疑問があるんですよ。その一面については、いま説明していただいたわけですが、アメリカにおける知識人とか研究者、学者というもののあり方というものは、ちょっと違うんじゃないか。つまり現実の政治政策というものといつでも肌を接しているところで何か機能しているものがある。そこなんじゃないかなって思うんですが、一面ではこういうことは無駄じゃないのか。そんなことはどんな馬鹿でも、政治権力者というか、政府の担当者になればいくらだって変えられることですからね。彼らがたとえいくら優秀だって、その研究者や学者というのは、いつでもそのあとにくっつく、あるいはせいぜいそれに有効な示唆を与える、その程度ぐらいしかないですからね、自分が政治権力者にならない限りはね。従ってこういう研究はあまり意味がないんじゃないか、という疑問が根本的にあるんですよ。だからこのことはどうしてもお聞きしたかったんです。それでこの第一問が成り立ったわけなんです。

そしてこの問題を第二問につなげますと『一九四六年憲法——その拘束』なんですが、その中で江藤さんは新憲法第九条の交戦権の放棄のことに触れていますね。つまり交戦権がないと、万が一というようなことが国家と国家の間に起こった時、戦術、戦略上、どんなに不利なことがあっても、それを制し、抑止することができないんじゃないか、従って、この条項は変えなくてはいけない。しかも江藤さんはこの問題について実証的に調べてこられたわけですね。それによると、もともとこれは連合国の占領軍がその政策上、日本の敗戦後の国家主権を制限しようというモチーフで歴然と設けた条項なんだから、国家主権を考える時にこの項目を変えるのは当然じゃないか、という論旨だと思うんです。この問題提起は、戦後日本の政治過程論とか統治形態論とかのレベルでいえば一つの業績として評価できる立派なものだと思うんです。しかし、江藤さんが、半年も一年もかかって調べて、確かにこうなっているんだろうと実証するほどの意味があるのかと考えると、その点は疑問に思うんです。

さらにぼくのもう一つの疑問は、先ほどの大きな疑問に繋がるわけですが、膚《はだえ》をいつでもそのときどきの政治政策のあり方と接するような研究のスタイルというのは、ぼくにはどうしても日本流の研究とか、知識人のあり方とかから考えると、虚しいんじゃないかっていう気もしてしようがないんですよ。これは自民党でも、社会党でも、共産党でも何でもいいんですが、どんな馬鹿でも、かりに政権をとっちゃったら、ある意味では勝手に方策を変えることができるし、だから権力さえ持てば誰でも変えられるようなことについて優れた研究者とか、学者とか、あるいは知識人というものが懸命になって追究したり、かつ自分の結論を出していくだけの意味があるんだろうかというのが、ぼく、ものすごく疑問なんですよ。根本的なぼくの疑問なんです。

江藤さんから見ると、ぼくは理想主義者で、空想的、抽象的に見えるかもしれないけれど、ぼくは逆に江藤さんは非常にリアリストすぎると思うの。つまりこれは自民党でも社会党でも共産党でもいいんですが、彼らが政権を握れば、もういかようにでもできる事柄、つまり知識人はせいぜい示唆を与える役割ぐらいしかできないというようなことについて、あまりに熱心に追究するなんてことは意味がないんじゃないか。ぼくの知識人像というのはもっと根本的な問題、例えば国家、つまりいかなる国家であろうと、歴史のある時代に出現し、また歴史のある時代がくれば、きっとなくなってしまうだろう、そういう相対的なものなんだというようなことについての明瞭な認識、そういうことをピチッと決めていくみたいな、そういうことに携わったほうがいいんじゃないか、というふうに思えちゃうんですよね。

ぼくは、戦後の統治形態論とか、政治形態論とか、そういうものとしては江藤さんの業績として、何か先入見なしにそれを大きく評価することができるし、受け入れることもできます。しかし、これが基本的に意味があることなのかというと、いつでも二番手じゃないか。つまり、政治担当者に比べて二番手じゃないかと思うんです。知識人というものは、もっと偉いんじゃないか、もっと永続的なものなんじゃないかという気がしてしかたがないんですよ。

六〇年代という時代と文学

江藤　うかがっていて、吉本さんもずいぶん楽観的だなと思いましたね。吉本さんは私の仕事についてつまらぬことにかまけていると言われますが、私のいまやっていることはなんら政策科学的な提言などではありませんよ。そんなものに熱中できるわけがない。私はこれが私にとっての文学だからやっているのです。そうでなければこんなに身を入れてやりはしませんよ。ぼくは結局自分が言葉によって生きている人間であることを、日夜痛感していますす。だからこそ、言葉を拘束しているものの正体を見定めたいのです。それが政治過程論と解釈されようが、統治構造論の形をとろうが、あるいは一次史料の編纂という仕事になろうが、要するに戦後の日本で文学をするための基本条件を見定め直さなければ先に進めない時期に来てしまったという判断があるからやっているのであって、事実関係としても、あなたのいまおっしゃったことには、根本的な誤認があると思う。

現にいまの自民党は、衆議院でも多数を制しています。それでは好きなようにできるかといえば、何もこれといったことはできはしない。この状況は、社会党の天下になっても、共産党の天下になっても基本的には変わらないと思いますね。何故そうなっているかと自問してみれば、どうしても戦後日本の統治構造の秘密を探究してみなければならない。過去五年来私のやっていることは、何ら政府の役に立っていないでしょう。役に立っていないどころか政府権力者はむしろ迷惑至極だと思っているにちがいない。戦前、美濃部博士の〝天皇機関説〟が眼のかたきにされたのは、いうまでもなくそれが当時の日本の統治機構の根底に潜む秘密に触れていたからです。美濃部博士を訪問したにこやかな紳士が、いつ私のところにやって来ないとも限らない。今はそういう時代になりつつあるのだけれども、あなたはそれを御存知ない。したがって私は、自民党はもちろんのこと、共産党も社会党も公明党も民社党も、現存のすべての政党政派に、基本的に何らの信を措いていません。そんなものが少しでも信じていられたら、私が今やっているような、本に反《かえ》って検証するという、馬鹿馬鹿しくも危険な仕事をやっていられるはずがありません。

それからいま吉本さんは知識人というものはもっと偉いものなんだといわれたけれども、ぼくは、知識人が果してそんなに偉いものかどうかという点については、もともと疑問を抱いているのです。ぼくはその点ではプラトン主義者で、根っからのアイディアリストなんですよ、つまり理想の国家の中では詩人や文学者などは死滅すべきものと考えている。尭舜の治が行なわれれば、農夫のつぶやきがそのまま詩になるはずではありませんか。そうなれば詩人なんてものには存在理由がなくなってしまう。だから文学者や知識人なんて、別段偉くもなんともないと思っている。もしあなたが偉いとお思いだとすれば、それは戦後の日本にすら知識人が偉くなり得る条件が備わっていると、幸福にも信じておられるというだけのことであって、失礼ながら私は幻想だと思います。そんなものはないんだと……。そういう条件が根こそぎになっているのが、戦後日本の言語空間の特徴です。偉そうなふりをしても、言葉の意味がそのはじから消えてしまう。キツネにもらった小判のような言葉を操って、どうして文学ができるのだろう、そういう文学者が、どうして偉いことになるだろうと、首を傾げないわけにはいかない。だからこそ、意味のある言葉、ただの記号ではない言葉を、どうやって取り戻せるかと私は考えている。実は昭和四十四年から五十三年までの九年間、『毎日新聞』の「文芸時評」を書きつづけているあいだにも、いつもそのことを考えていたのです。

この対談のために古いスクラップ・ブックを拾い読みしていたら昭和四十四年十二月二十四日の『東京新聞』に私は「一九六〇年代を送る」という六、七枚の文章を書いているんですね。その中で私は、エリック・ホッファーという人のアフォリズムを引用していますす。それはこういうアフォリズムです。

「一民族が外国の支配下に委ねられると、その民族のもつ創造性はおおむね、貧寒なものになる。これは〝民族的天才〟の無能化によるのではなく、外国人の支配に対する憤激があまりにも強いため、民族をひとつのものにまとめすぎ、その結果、潜在的に創造的な個人は、かれの力を完全な実現に必要な明確な個性を獲得できないからである。かれの内面生活は、大衆の感情と関心事にもっぱら刺激され形成される。多数の未開人部落のように、かれは個人として存在するのではなく、かたまった集団の一員としてのみ存在する」

これはホッファーが『情熱的な精神状態』という本の中で言っている言葉ですが、この短文を読み直して、自分がこの言葉を一九六〇年代の日本の文学者の精神状況に、ほぼ当てはまるものと考えていたことを思い出し、あのころから問題が顕在化しはじめていたのだなと、あらためて思いました。

六〇年代というのは、今からふり返るといい時代だったという人もいるかも知れないけれども、実はきわめて政治的な十年間だった。つまり岸内閣の日米安保条約改定に始まり、佐藤内閣の沖縄返還交渉に終わった十年間です。私はその『東京新聞』のエッセイの中でなによりもまず文学者は、この政治的文脈と、それと裏腹の所得倍増政策下の経済成長に左右されて来た、といっています。「これを要するに、安保騒動と所得倍増政策によってはじまった一九六〇年代は、文学者にとってもまた政治と商業の十年間であった。ために文学そのものは疲弊し、おおむね解体と崩壊の一途をたどりつつあるというのが私の判断であり、……したがっていよいよ政治と商業にいそしみ、早いところいっそ行きつくところまで行ってしまったらどんなものだろうかというのが私のいつわらざる感想である」と。その後に起こったことは、ほぼ正確にこの予感の通りでした。戦後の日本人は、第二次大戦の戦勝国の支配下にある知的、言語的空間の中で生きることを余儀なくされている。そういう状況の中ではどんなにそういうものが存在しないかのような顔をしてみても、人はなかなか「創造的」な「個人」にはなれない。「憤激」の表現は、例えば六〇年安保の騒ぎのような形をとることもあれば、異常な経済成長という形をとることもある。また通俗的な平和主義への同調という形をとることもあるし、一見高踏的な、その実、怠惰で無責任な政治に対する蔑視という形をとることもあるけれども、いずれにせよこれらはすべて「憤激」のさまざまな表現であることに変わりはない。

そのような「憤激」は実は鷗外も漱石も知らなかった憤激なのですね。彼らの若い頃には、不平等条約への「憤激」があったかもしれませんが、日清戦争以後は少なくとも形の上での不平等は解消した。明治、大正から昭和二十年九月半ばまで、日本の文学者はその立場の如何を問わずそれ以後とは全く異質の言語空間のなかで仕事をしていました。こういう「憤激」は、実は創造的個性にとっては、存在してはならないはずのものにちがいない。しかし、われわれはその「憤激」を持たざるを得ない場所から依然として自由になっていない。それではどうしてそのような「憤激」を超えたらいいか。まずこの現状を直視するところからはじめる以外にないはずです。偉いか偉くないかは別として、それこそ知識人のつとめであるはずなのに、あたかもそんな制約はないかのようなふりをしているのは肯けない、というのが私の基本的な考え方です。

吉本　その問題をぼくなりの言い直し方でいいますと、江藤さんは、敗戦と占領軍によるさまざまな有形、無形の抑圧とか検閲、そういうものが戦後の日本の文学や、その他に対して潜在的、無意識的な部分も含めて大きな規定を及ぼしているということを、とにかく掘り起こしたいといいましょうか、そういうモチーフが一つあるということですね。そこまではよくわかったんですが、その問題についてもう少し自己主張してくれるといいんですけどね。なんとなく自己主張が弱いような気がするんですよ。知識人というものは、それが永続的かどうかはわかりませんが、もっと事物や現実、つまり戦後なら戦後の占領軍下のさまざまな潜在的な影響までをも含めた抑圧現象の現れでもいいんですが、とにかくもっと本質的な問題について言うべき役割というものがあると思うんです。

江藤　本質的な問題について言うべき役割はあるでしょうが、そのためには何が「本質的」か、という論証の手続きが必要でしょう。知識人に御託宣を期待する美学の伝統が、日本に存在することは確かだろうと思う。

しかし、私どもが敗戦から占領時代を経て今日までに体験して来たことは、日本二千年の歴史の中でかつてなかったことであり、とりもなおさず二千年間磨き上げられてきた美学が通用しない状況が発生しているのだ、ということをわれわれはもっと痛切に自覚すべきなのです。二千年の伝統は、実に強い伝統であって、その中で期待される知識人の行動様式や、ものの言い方があるということは承知しています。つまり、知識人らしさの型ですね。先ほども言った通り、私はいま『占領史録』という本を編纂していて現在二巻まで出ていますが、京都大学名誉教授の田岡（良一）先生が、この本のために推薦の辞を書いて下さった。田岡先生は土佐の自由民権の田岡嶺雲の嫡男ですが、こう書いて下さった。「わが国が有史以来未曾有の惨憺たる敗戦を喫し、外国軍隊に全国土を支配される運命に遭った一九四〇年代の出来事は永い二千年の日本史上でも最も重大な事件である、云々」。私はこの「最も重大な事件」ということが、この上なく重要だと思って、田岡先生がズバリとそういって下さったことにわが意を得た気持でした。大げさにいえば、三年間の肩の凝りがほぐれたような気持だったのです。

まあ、私がなぜこんなことをしているのか、それは結果的にある持続を確かめたいからです。つまりズバリと何か言えばすぐピーンと通るようなそういう公明正大な知的空間を再建したいと私は思っているのです。まあ吉本さんは、そんなものはすでにあるとおっしゃられるかもしれないけれど、私はそうは思わない。そういう知的・言語的空間を再建するためには、非常に面倒な論証の手続きがいるんです。いまや戦後三十七年も経ってしまいましたからね。

ぼくは吉本さんが理想主義といわれたことがよくわかりますが、どうもあなたの理想主義にはラディカリズムが足りないような印象を受けます。型通りの理想主義といいますかね。ひょっとすると私のほうがもっとラディカルな理想主義を実践しているのかも知れないと思っているんです。私は論証の手続きのために事実を重んじますが、〝現実主義〟などというものを信じたことはありません。それは私が例えば政府の審議会の委員になっているとか何とかいうようなこととは全く関係のないことです。

吉本　江藤さんが文学としてやっているとおっしゃるのはとてもよくわかりました。なるほど日本国には千五百年の伝統があるかもしれないし、その伝統の思考様式を培ってきたかもしれません。しかしその日本国というものもあと百年経てばなくなっちゃうかもしれません。しかし人間という概念は、百年ぐらいではまずなくならないでしょう。そういうことについて、それに必要な概念をはっきり創っていくみたいなことの方が、ぼくはいいような気がするんですよ。

江藤　ぼくもそのことについては時々考えますね。昨年、ある高校に招かれて講演したとき「あなた方の生涯の間に日本という国はなくなってしまうかも知れないけれども、まあそういう場合でも有意義な人生を送っていただきたい」といったんですがね。あなたは百年といわれたけれども、うっかりすればこの八〇年代の間にだって、日本がなくなることもあり得ると思っています。それではなくなったらどうなるのか。一億一千七百万人の人間が一人残らず死んでしまうとはちょっと考えられない。そうするとベトナムのボート・ピープルではないけれど、少なくとも数十万か数百万人ぐらいはどこかへ逃げるだろう。その場合、逃げた人たちはどうなるのだろう。彼らは人間として見られるか、決してそうではないんですね。吉本さん、まず人種として見られるんですよ。亡国の日本人という人種は、千五百年だか二千年だかわからないけれど、この人種がそこに至った故事来歴を背負った人種として、突き放して冷たく見られるのですよ。その時点から改めて人間であるということの自己証明を始めなければならない。それは日系移民がすでにやって来たことの、おそらくはもっと苛酷な繰り返しです。いまは韓国系の新移民が非常に多くなっていてロサンジェルスだけでも八万人もいる。この人たちも人間であることの自己証明を日夜迫られている。アメリカだからまだいいんで、もしこれがヨーロッパへでも行ってごらんなさい。それはもうどうなるかわかりませんね。そういうことを考えると、その時点でも実は失礼ながら吉本さんは楽観的に過ぎると思うのです。つまり日本国がなくなったとき、直ちに人間という概念が残るという考えが楽観的なのです。その次に出てくるのは必ず人種です。それは文学的に想像してもわかることではないでしょうか。亡国の憂目を見て、ただの人種になり、人間への道を模索している人々は、アメリカにはたくさんいます。ポーランドの難民、チェコの難民、とにかくさまざまな国からやって来ている。かつては高校の先生だった人が、アメリカの大学の小使さんになって、床を毎日磨いている。その時彼らは何と見られているか、もちろん建前からいえば人間ということになるのでしょうが、実際にはスラブ人とかあるいはユダヤ人という人種としてしか認識されていない。あなたのお考えからは、この問題が抜けていませんか。吉本さんが人間に至る思想を構築される上で、是非この人種の問題を踏まえていただきたい。人種というとナチスのユダヤ人排斥とか、日本人の人種差別とか、いろいろな連想が湧きますが、この問題はやはりきちんと一段階踏まえた上で、人間に至る道をお考えいただきたいと思います。そうでなければ、その思想は綺麗ごとだとぼくは思う。

戦後派の文体はいかにして生み出されたか

吉本　いや、江藤さん、だいぶ強力な主張で、主張としてはぼくは納得しましたよ。ぼくは楽観的というよりも、そういう事実について無知なんですよ。無知なんであって、別に楽観的というんじゃないんです（笑）。全然知らないというだけのことなんですよ。でもそこまで江藤さんの主張が出てくれば、それで非常によくわかったということになるわけです。

そこでいまのお話とつながってゆくのですが、『落葉の掃き寄せ』の中に、平野（謙）さんが戦争中に書いた文章をめぐっての問題提起がありましたね（「改竄された経験——大東亜開戦と平野謙」）。あの問題も江藤さんの戦後文学に対する基本的な意味づけの軸になっているわけですね。つまり占領下の、無意識まで制御され制約されていた、そういう無言の検閲、無形の検閲、が逆に言うと戦後文学のスタイルといいましょうか、それを生み出したんだというお考えが基本的モチーフとしてありますね。

ぼくは戦争が終わった時、大学の一年か二年ぐらいで、ある程度は大人だったのでわかっていたんですが、ぼくらの感じでいうと、江藤さんとはちょっと違うように考えたいんです。つまり、戦後文学の当初のスタイルというのは、例えば江藤さんがよく対象にされる埴谷（雄高）さんの『死霊』でもいいし、これは対象にはされていませんが、野間宏の『暗い絵』でも、椎名麟三の『重き流れのなかに』や『深夜の酒宴』でもいいんですが、ぼくはあれらの作品に描かれた一種の抑圧感とか不安、あるいはもしかすると解放感かもしれないんですけれど、しかし解放感にしてはあまりさっぱりしないという、そういう一部抑圧を含んだ解放感みたいなものがあるでしょう。それまでだと例えば梅崎（春生）さんの小説（「桜島」）にあるように、兵隊がある日突然敗戦になって、どうしたらいいんだ、黙って家へ帰っちゃってもいいのかとか、それとも誰かに「おまえ帰ってよし」といわれたら帰るのかとか、みんなそういうことで戸惑っちゃってたと思うんですね。それまでは「鉄砲撃て」と命令されれば、撃てばよかったわけですからね。つまり戦争までの日本人は国家が「こうせい」といえば「はい」といって従っていればよかったわけですからね。

ところがあの敗戦というのは、ぼくの経験でもそうなんですが、誰に相談していいのかまったくわからなかったし、誰も何も言ってくれないんですよね。政府はもちろんガタガタになっていたしね。ただ、明日もメシを食わなくちゃならないから、船橋かどっかまで芋を買い出しに行って、とにかく食う、それだけはする。しかし、他のことについては誰も何も言ってくれない。その時のぼくらの年代ではそのことが不安だったですね。しかし戦後派の作家の場合には、不安と同時に反面、解放感もあったと思うんですよ。ぼくの考えでは戦後派作家の文体というのは、いままでは「こうせい」といわれたことをやっていればよかったのを、ある日突然それがパッとなくなった。その不安だとぼくは思っているんですよ。だから江藤さんのいう占領された抑圧というものが無意識にあった、あるいは意識的にも検閲で規定された、ということで戦後文学の文体を解釈するその仕方には若干の疑問があるんです。

江藤　なるほど、その問題点はよくわかります。

吉本　そのことから、平野さんが戦争中にした体験を書いた文章が、のちに改竄されているという言及になって、その改竄されていることについて江藤さんは検閲があったんじゃないかという問題を挙げているわけですね。この観点は、ぼくにはいままでなかったものです。ただ、一般的にいえば、ぼくが戦争責任論〔『文学者の戦争責任』一九五六年〕を書いた時の反応で、よくわかるんですが、日本の戦前からの左翼的な思想の持主たちにとっては、戦争を多少なりとも肯定したとか、戦争にかかずらわったとか、それを褒め称えたとかっていうふうにいわれることは、とんでもない恥部だと理解されているんですね。ぼくはあの戦争責任論の中でそういうことがけしからんなどとは決していっていないんですよ。それにもかかわらず、ぼくがけしからんといってるという反応なんですね。花田清輝さんもそうだったし、みんな一様にそうだったですね。それがぼくには不可解でしようがなかった。そのとおりのことをおれもやったとか、書いたとか、そういうところから出発して、さて、それでもし至らないとこがあるなら、こういうところで、こうすべきだったんじゃないかと自分は考えてきたといえばいいんですが、こうやればいいのにどうしてもそんなことはなかったみたいな弁明をしたがるんですね。だからその反応というところでは、江藤さんの考えは、大変よくわかりますし、平野さんも多少そうだったんだろうなと思ったんです。

もう一つ、占領軍における検閲ということを考えたからだという観点はぼくにはないものですね。でも、ぼくがそこで取り上げたいのは、ぼくだったらなぜ改竄したかという場合のそのモチーフとしては、何かそういうことが恥ずかしいことなんだというふうに、自分たちを規定せざるを得なかった、一種の宗教的な思想の理解の仕方といいましょうか、そのこととの問題みたいなこととして、平野さんの場合でも理解したいっていうことがあるんですね。そのことが、戦争が終わった時、不安でどうしようもなかったという問題があって、平野さんの場合でも、戦後すぐの文章のスタイルを決定している、ぼくはそういう理解の仕方をとってきたんで、江藤さんがいわれるように、占領軍の検閲と、無意識のうちに規定されていた抑圧感といいましょうか、そういうものが戦後文学のスタイルを決定していったというふうには理解しないんですけどね。それはちょっとぼくは違うように考えるんですよ。

それからぼくもよく読んで知っているんですが、江藤さんは『落葉の掃き寄せ』の中で吉田満の『戦艦大和ノ最期』を取り上げておられますね。ぼくはこれについても、あの文章のもとの校正刷りを発見されて、どこが検閲で改竄されたかを明らかにされたことについては江藤さんの業績だと思います。けれどぼくは江藤さんの『戦艦大和ノ最期』に対する評価には、必ずしも同調しないんですよ。ぼくは古い版の単行本で読んだので、校正刷りのものとは違うと思いますが、わりと原型に近いもので読んでると思うんです。それで読んだ限りで、確かにこれはいい文学作品ではありますが、しかしこれをいいというのにも保留が付くと思いました。つまりこれはこの作者にとって一回きりのものだということですね。この人はもうこれ以上何か書ける人じゃないし、書いたら……。

江藤　職業作家として書いて行く人ではなかった。

吉本　ダメだと思いました。ぼくはそういう評価なんで、江藤さんの評価とは若干ニュアンスが違うような気がするんです。

江藤　なるほど。非常におもしろいですね。まず前半の話ですが、例えば野間さんや椎名さんの小説、埴谷さんの『死霊』が出てきた時に、それは不安の上に立ったかもしれないけれど、またある種の解放感があったとおっしゃる。私は当時まだ旧制中学の生徒ですから、吉本さんのようにそれほど大人の目では見られなかったと思いますし、また事実、そんなに戦後の小説を熱心に読んでもいなかったのですが、吉本さんのおっしゃることは、素直な、正直なお気持だろうと思いますね。それこそ統治構造論的に、あの時期のことを解析してみると、日本の統治者は、突然ガタガタになったわけではありませんでした。例えば東久邇宮内閣の時までは、非常に整然と政府を信じて、世の中がシーンとしているのですね。あんまりシーンとしているものだから、マッカーサーは無能だというような批判が、アメリカの新聞や雑誌にじゃんじゃん載るようになる。するとマッカーサーという人は評判に敏感な人だから、何かやらなければと思うし、そのころになると本国からの指令も来る。それでいろいろなことをやるわけですね。シーンとした状態はわずか二ヵ月も持たなかった。

それから野間さんたちがあの頃お書きになったものについては、私が幼かったせいもあって、それをもって拠り所としたという記憶はありませんが、これは明治以来あの時期に至るまでの日本人が、かつて試みたことのない表現をしたことは確かだと思いますね。それはやはりああいう状況がなければ生まれなかった表現であって、これは検閲があったから、あのような文体になったというものではないだろうと思います。むしろ初期の検閲は、伝統的な文学については非常に苛酷であったけれど、前衛的な文学については、むしろそれを押し出そうとするような雰囲気を作っていましたから、野間さんが『暗い絵』でどれだけ前衛的なことをやっても、『顔の中の赤い月』で何を書いても、それを抑制しようという力は、日本の官憲にはもちろん与えられていなかったし、当時絶大な権力を持っていた占領軍にも、それを抑制しようという気持は全くなかったと思います。そういう問題についてはいずれ細かく論じたいと思っています。ですから野間さん、椎名さん、埴谷さんたちのあの時期に書かれたものが、それ以前の日本文学が持ち得なかったある表現を生んだという意味で、そしてちょうどそういう文学を求めておられた、当時大学生だった吉本さんの世代の人たち、あるいはもっと上の人たちにとって、「ああ、これだ」というふうな新鮮さで受け取られたってことは、よくわかります。これは私の美学的な価値基準は別にして、文学史的な事実として認めるべきことだろうと思います。例えば『暗い絵』は検閲下に書かれたものだから無価値だというような、単純な議論をするつもりは少しもありませんそうではなくて、検閲はある意味では、ある作家たちをエンカレッジしたわけですね。直接エンカレッジした場合もあるし、直接ではないけれど雰囲気としてそういうものが出やすい状況を作ったということもあるわけですね。ですからこれら第一次戦後派の方々の、初期の作品についてみるとエンカレッジされていたと言えると思う。

三島由紀夫は、同じ雰囲気を逆手に取って出て来たと思います。大岡昇平さんの場合には『俘虜記』が検閲に遭っていますから、エンカレッジされた方にははいらないと思いますが、この辺のところはよく考えてみたいと思います。しかし、平野さんの場合は微妙なんですね。なぜ微妙かというと、平野さんは戦後派の、いわば中心的理論家であったにもかかわらず、と言わなければならないところがある。にもかかわらず、〝芸術と実生活〟理論以外には何ら理論を提供されなかった。唯物弁証法的創作方法も発展させられなかったし、社会主義リアリズム論も発展させられなかった。つまり戦後の進歩的文学が、よってもって立つべき理論を、平野さんはまったく提供されなかった。ところが平野さんの役割は、それをしなきゃならない立場だった。だから敗戦から今日に至るまでの、左翼文学の貧寒さは、この理論的貧寒さの帰結ともいえるのではないでしょうか。もちろん、のちには吉本さんはじめ何人かの論客があらわれて活躍されたけれども、あの時期に限定して考えると、理論的空白を埋めるものは何らなかったですね。しかし平野さんはそれをしなきゃならない立場におられた。

もっと生々しい話をすれば、敗戦当時平野さんはすでに文壇的に名前が出ていた人だという事実があるんですね。

吉本　それはわかります。

江藤　昭和十六年、つまり第二次大戦参戦以前から、『婦人朝日』に原稿を書いておられた。まあお若かったけれども、新進批評家だった。野間さんや椎名さんとは立場が違うんです。つまり二つの言語空間を生きた人なのです。

ぼくはこの仕事を始めてから、しばしば吉本さんのことを考えましたね。それは花田さんや武井（昭夫）さんとなさった転向論争、戦争責任論ですね。あれは吉本さんがマルキシズムの枠の中で、私がいまやっているのと同じことを、やろうとされたのだなあと思ったのですね。もちろん手法も芸風もちがいますけれども。そう考えてくると、吉本さんがさっき図らずもいわれたように、私も平野さんを、開戦のときに昂揚した文章を書いたからといって非難しようなんて気持はないんですよ。それは大東亜戦争が始まって、そこで引き締まった気持を持たれたのはあの時のことを考えれば当たりまえのことですからね。

ただ、問題は吉本さんがさっきおっしゃったことと全く同じで、そのあとなぜ文章を隠したのかということなのですね。平野さんには、日本の国家権力のもとでかつて転向を強いられたという屈辱があった、確かにそうでしょう。しかし細かく見ていくと、時差がありますからね。昭和初期に転向を強いられた屈辱はあったかも知れないけれども、内閣情報局に職を求め、日本国民として義務を尽そうとした時期もあったのですからね。ああいう大きな国際政治の圧力の中で国が危急存亡の瀬戸際に立たされた時の、一つの生物個体としての自らなる反応もあるはずで、あのときやったな、という気持があったのは正直なところだったにちがいない。だからそのことも認め、そして戦後、自分が本来理想としていた思想を、公然と主張できるようになった時、あらためて再転向したいということも認めてもらいたかったというのが、私の唯一の主張なんです。これは平野さんのような戦前に深くナップの運動その他にコミットして転向した人々にとっては再転向ではあったけれども、その他大多数の国民にとっては、敗戦と占領政策の結果、転向が強制されたということになります。

新憲法の成立過程

江藤　そのわかりやすい例は、いま『占領史録』第三巻「憲法制定経過」の解説を書いているところですが、戦後日本の憲法学の基本を作った宮沢俊義先生の教科書の出来方ですね。宮沢理論の根本は「八・一五革命」というもので、これの基本は八月十五日に革命が起こったと考えなければ、その後に起こったすべてのことは説明できない、という法理の上に成り立っています。ところが、実は宮沢先生は昭和二十年九月二十八日に、外務省で講演し、ポツダム宣言を受諾しても、帝国憲法はほとんど変えないでいいという趣旨のことを微細にわたって外務省の条約局員に説いておられる。その講演と質疑応答の要約を見ると、宮沢先生は、ポツダム宣言を受諾しても帝国憲法のままで大体いけるといっている。宮沢先生の先生である美濃部（達吉）博士は、全く変える必要がないというご意見で、枢密院での新憲法審議の時に、明治憲法の改正範囲を逸脱しているという理由で、ただ一人反対投票をしている。最後の審議、憲法草案が衆議院、貴族院を経て、もう一回枢密院にきた時には欠席しておられる。貴族院の審議では、京都大学の憲法学教授佐々木惣一先生が反対討論をして反対票を投じておられる。宮沢先生は、その後改正慎重論を新聞にも発表され、昭和二十一年の三月六日、政府原案としてマッカーサー草案が公表される時点までは、幣原内閣の憲法問題調査委員会の有力なメンバーとして、帝国憲法擁護の先頭に立っておられた。ところが政府原案発表の直後、昭和二十一年五月の『世界文化』に発表された論文で、初めて「八・一五革命説」を唱えられて百八十度の転向を遂げられたばかりではなく、以後現行一九四六年憲法の強力な擁護・推進者になられた。これが戦後の日本の国家論の基本をなしている。小林直樹、芦部信喜両氏をはじめとする今日の憲法学者が以後この「八・一五革命説」を忠実に祖述しておられることはいうまでもありません。日本が〝無条件降伏〟したという誤った認識も、実はこの宮沢先生の「八・一五革命説」から生じているのです。

この百八十度の転向について、毎日新聞社が出した『昭和思想史への証言』という本に、宮沢俊義・小林直樹両氏の対談がありますが、全然突っ込んだ質問が行なわれていませんね。「記憶に定かではありません」という調子で全部ぼかされているんです。つまり東京帝国大学憲法学教授という統治機構の奥の院で、こういう転向が行なわれたことは知っておいていい事実だろうと思います。それは全国民の認識に影響を及ぼしているからです。

私はそのことをとりたてて糾弾しようとは思わないのですが、しかしそれとは対照的に、「このようなやり方で憲法改正をすることは虚偽だ、国家として恥ずべきことではないか」と痛論した人もいました。それは宮沢さんの先生の美濃部達吉博士です。枢密院での最初の際の発言ですが、美濃部先生という方は、戦前あんなにひどい目に遭ったにもかかわらず、見事に節操を通されたと思いますね。その美濃部先生の後継者である宮沢先生の立場は、しかしまた大変だったろうとは思います。純理的にいえば、到底容認できないことを、立場上合理化しなければならなくなった時、人はどうするか。ぼくはその人を一概に責めようとは思わないのです。しかし美濃部学説の忠実な継承者であった宮沢先生が、一夜にして学説を翻さなければならなくなり、それがまた今日まで受け継がれてさらに合理化されているという、この哀しさは消えませんからね。その哀しさを、ぼくは文学が問題にしなければならないと思うのです。

吉本さんが問題にされた、マルクシストたちは転向し、再転向した。一方、一般民衆も知識人も、そういう難しい状況の中で、日本人の大多数が大きな転向を強いられたという事実だけは認めなければならない。それは一体何だったのか、それが真実の上に立った転向なのか、美濃部達吉博士が枢密院の審議で痛論されたような「虚偽」の上に立った転向なのかということだけは、見定めておかなければならないと、ぼくは思っているのです。

吉本　なるほどね。そこまで展開されるならば、それは非常にわかりやすいんでよろしいんです。けれどこうじゃないでしょうか。江藤さんの三つのご本を読んでも感ずることなんですが、ぼくが例えば自分がその中に辿った歴史というものを考える場合には、どうも戦争中もそうだったような気がするんですよ。つまり大多数というところに、ぼく自身がいつでも引っ込んでいたような気がね。そしてその大多数というところに引っ込んでいて、そこからできる限りいい目をもって全部を視ようというふうにしていたように思います。そうするとぼくなんかの目の場所から視ると、江藤さんの戦後の歴史観、占領軍の抑圧の歴史だという主張が、どうしても実感としてそぐわないところがあるんです。つまりこれはやっぱり解放の歴史だ、と思えるところがあるんです。

例えば江藤さんが取り上げている、一九四六年の新憲法をみても新憲法の第一条と旧憲法の第一条とを比較すると、やっぱり新憲法の方が解放という感じがします。江藤さんが実証されたように、新憲法は占領軍の誰かが起草して、それを日本語に翻訳して押しつけたということがあるかないかという、そういう統治過程論は過程論として、それは認めてもいいんです。しかし項目としてみて、四六年の新憲法の、天皇は日本国の象徴であり、国民統治の象徴であるという一点をとってもですね、それこそいい文体ではないかもしれないけれど、これは主権の存する国民の総意に基づくみたいな記載がありますね。要するに、国民が主権を持ってて、国民が総意で、これはそう認めるんだよという意味だと思うんですよね。それは戦前の旧憲法の「神聖ニシテ侵スヘカラス」というものよりは解放感だというふうに受け止めるのが、ぼくはいいように思うんです。それと宮沢さんは八月十五日を革命だと考えなくては、といったそうですが、ぼく自身の実感に即していえば、ぼくは昨日までこうだったものが明日からこういうふうにそう急には変身できなかったんです。ぼくなりに、きつい思いをしたんです。

江藤　当然ですよ。

占領軍は日本を解放したのか抑圧したのか

吉本　ぼくは、こうだと思うんですよ。もう一つは占領軍がやった農地改革。つまり、大地主の土地を、ある程度以上は全部接収して、小作人を自作農に転換したこと。これがうまくやられたかやられなかったかは別問題としてこれはぼくは、占領軍の最も大きな業績だと理解するのです。このことは少なくとも明治以来、進歩的あるいは革命的と名乗ったいかなる人たちもどうしてもできなかったことでしょう。それを占領軍が一挙にやっちゃった。

江藤　戦後の解放感については、ぼくは解放感と抑圧感とが入り混じっていたというのが実態だったろうと思うのですね。その解放感の根底には、まず当然来るべき死からの解放感があったろうと思います。しかし一方では郵便物に黄色いセロテープのようなものが貼ってあったりして、はてな？　と思ったような抑圧感、そしてマッカーサーが天皇陛下よりもっと重苦しい存在になったというような抑圧感もあったろうと思います。

それから帝国憲法第一条と現行憲法第一条の問題ですが、「天皇ハ神聖ニシテ侵スヘカラス」は第三条で、第一条は、「大日本帝国ハ万世一系ノ天皇之ヲ統治ス」ですけれどね。実はあの時日本側で作った憲法改正草案が幾つかありました。それは近衛案、佐々木案、松本委員会案等々ですが、もし私の記憶に誤りがなければ、現行第一条と似たような趣旨は、象徴という言葉は使っておりませんが、近衛、佐々木両草案にはあったはずです。

それから農地改革の問題については、かなり細かく調べたことがありまして、大正七年の例の米騒動以来、いまは農林水産省になっていますが、当時の農林省はこの問題を非常に憂慮して、何とか自作農の創設の促進を実現したいと考えたのです。農林省の良心的な中堅官僚から澎湃と起こってきた議論で、それからさまざまな試案を作っていまして、そういう精神はずっと、特に農林大臣石黒忠篤は農本主義者といわれた人ですが、この人の息のかかった人の間で、ずっと受け継がれてきて、戦争中昭和十三年に国家総動員法ができた時に、小作人の地位を上げて、実質的な農地改革の一歩手前ぐらいまでの行政措置ができるようにしたんですね。

したがって、第一次農地改革は完全に日本主導型で行なわれた。のちに社会党の委員長になられた和田博雄さんが、農林省農政局長の時に、和田さんの手許でできた案でやったのです。で、それではまだ不十分だというので第二次改革が行なわれたのですが、GHQ指令の根拠になったのは、実はアメリカ案ではなくて英国の素案でした。GHQも、日本が農地改革について、大正七年以来努力を積み上げてきたっていうことは知らなかったわけです。農地改革成功の裏にあったのは、大正中期以後の日本の努力の積み重ねで、これを看過すわけにはいきませんね。

吉本　江藤さんの主張される主旨がいろいろとよくわかったように思います。ぼくの実感を多少理屈めかして、憲法とか、農地改革とかの問題に置き直して考えたイメージに対して、江藤さんの大変適切な反論がありました。江藤さんは強情なのかな（笑）、強引なのかどうかはわからないけれど、江藤さんがどうしても承認しないことで、やっぱりそれは承認しなきゃいけないんじゃないかな、と思えることがもう一つあるんですよ。

具体例でいいますと、マッカーサーがコーンパイプかなんかをくわえて厚木の飛行場に降り立ったでしょう。マッカーサーについては、人によっていろんなことをいいますが、ぼくらのような当時の一介の学生からみると、あの大将が節目、節目で、いろいろな声明を発したり、何かコメントを発表したりする。それはぼくらには、ものすごく人間的に思えたんですよ。人間的というのがおかしければ、「ああ、これは一介の軍人ではないな」といいますか、「日本の軍人というのは、こういうことはいえないな」ということなんですね。例えば「恒久平和のためには、これでいいんだ」みたいないい方というのは、当時の日本の軍人は誰一人言えなかったと思う。そういう実感があるんですよ。

ぼくは戦後にさまざまなことをアメリカから学んだような気がしているんです。それはアメリカの占領そのものかもしれないし、あるいはその後の文化かもしれないけれど、とにかくぼくらは人間という概念を、実感的にアメリカから獲得したように思います。それまではどうしてもそうじゃないんですよね。何か人間という概念とか人間性というものをいつも内緒にしてきた。文学でもそうですよね。小説を読むのだって内緒にしていないと気まずいみたいな雰囲気があったわけですね。そういうことすべてがおかしいんだということをアメリカから学んだような気がするんですが。ですからぼくにとっては大変な解放感だったんですよ。このことは、やっぱり認めなくちゃいけないんじゃないでしょうかね、江藤さん、そうじゃないでしょうか（笑）。つまり、そのことを認めた上で、しかし調べてみるとこういうおかしなことも随分やってるじゃないかと、いえばいいんじゃないでしょうか。

江藤　おっしゃる意味はよくわかりますが、ただ、実感というものは、事実上何で形成されるかというと、いろいろ言論報道機関等で報道されることや、言われることに影響されていますからね。自分の実感を中心にものを考えるものでしょうが、それが実はたくみに外側から作り上げられた実感である場合もありますからね。実感という点では、全くそれは動かしがたいものと感じられているけど、ある政策的意図から作られた受身の実感というものもあるわけですからね。先ほどの〝無条件降伏〟説が、実は宮沢さんの「八・一五革命説」から発生しているのなどはその好例です。

マッカーサーが〝人間的〟というのはあるいは英語的表現がハイカラに聞こえたという

だけのことかも知れない。おそらく私と吉本さんとが十年ぐらい歳が違うせいだろうと思うのだけれど、ぼくはマッカーサーの声明や演説を聞いて人間らしい言葉だという気持を味わった記憶が全くないですね。

例えば戦争中の教員は、皇国の精神に凝り固まっていたということがよく言われますが、私はそういう言い方をあまり信じないんですよ。私が通っていた学校は普通の公立学校ですが、そういう先生もたしかに一人や二人はおられたと思いますよ。しかしそういう先生はみんなから変わり者だと思われていた。あとの先生方は、大体平生通り読み書きソロバンを教えて下さった。もちろん勤労奉仕等々いろいろな特別な行事があるので、その時は、ああ戦争中なんだなと意識はさせられましたが、日頃はそれほど意識はしなかったですね。

吉本　わかる、わかる。それはぼくも自戒しなければいけないことです。つまり文化の環境、個人の環境が違っていたということですね。

江藤　たしかに文化の環境、個人の環境、世代の環境のちがいは多少とも影響しているだろうと思いますね。ですからぼく自身も占領された直後にはマッカーサーという人は何か大変尊大な人だとは思ってましたが、しかしそのうちいなくなる外国の軍人だろうと思っていた。

吉本　『戦艦大和ノ最期』を読んで、江藤さんは大変感動されてるでしょう。ぼくも感動するんですが、しかし、ぼくはそこがまた違うんですね。例えば大和が沈みかけた時に艦長が「みんな、艦を離れてくれ」と言って、自分は淡々として司令室へ入って鍵をかけてしまうみたいなシーンがありますね。たぶん江藤さんはああいうシーンに感動してるんじゃないかと思うんだけど、ぼくの場合は逆で、あそこでとった艦長の態度は、戦争中であればごく普通のことで、現在のぼくにはできませんが、戦争中だったらぼくでも平気ででてきた行為なんですよ。つまり江藤さんは、わりと自由な環境のところから、一つのリゴリズムを捉えて、そのリゴリズムの中にある良さみたいなものを捉えて感動しているところがあるような気がします。ぼくらが戦後にそれから離脱するためにどんなに苦労したかっていうこととの行き違いのようなことが、あるような気がするんです。人間というのは、よくよく気をつけなくちゃいけないなと思うんですね。

江藤　そうかもしれませんけれども、リゴリズムを排斥していれば人間的であり得るというわけにもいかないところが、おそらく人間というもののむずかしさなんでしょうね。

知的・創造的空間の再建は可能か

江藤　さて、ところで編集部の要望もあるので六〇年代以来過去二十年間の文学状況を振り返って総括するという問題にもこのへんで少し触れたいと思うのですが、私は先ほどもふれた昭和四十四年の暮れに『東京新聞』に書いた文章「一九六〇年代を送る」の中で、文学は政治と商業にいそしみもはや余喘を保っているにすぎない、といっています。大体私は、世間より十年ほど早くものをいう傾向があるのですが、そう書いてあるからには当時もそう思っていたにちがいない。とはいうものの、六〇年代の終わりごろまではそれでもまだなにかの手応えがあった。現場の批評家が筆先に感じる実感として、何かが残っていたような気がします。それは実は日本文学が持っていた戦前からの蓄積なのかも知れないのですが、それがいつからなくなったのかといえば、二つの象徴的な事件を境にしているように思います。一つは一九七〇年、昭和四十五年十一月二十五日に、三島由紀夫氏が市ヶ谷で自決したこと。それから一九七二年、昭和四十七年四月十六日、川端康成氏が不自然な亡くなり方をしたことです。単に文学の世界だけではなくて、一般社会でもよかれあしかれ、わかりやすい形で戦後を象徴していた華やかな文人が、相次いで生命を断った、このことはまことに象徴的でしたね。それからおよそ一年半のちに、例のオイルショックがやって来た。

オイルショックというような事件が、作家や知識人の精神にどれほどの影響を及ぼし得るかについては、議論が分かれると思いますが、文学一般に関してみればこの一つの象徴的事件は、単なる外的事件ではなくて、さまざまな内面的な問題を包蔵していたと思いますね。いままでの議論と、あえて結びつけて言うとすれば、三島さんという人は、占領下に日本の作家が置かれた状況の本質を、いちはやく明敏に見て取り、それを逆手に取るところから戦後の仕事をはじめた人だったように思います。『花ざかりの森』の文体と『仮面の告白』の文体の違いが、そのことをはっきりとあらわしている。したがって彼は非常に美学的な作家だと思われていたし、事実、短篇小説、長篇小説、戯曲を通じて美学的な作品を次々と書いていった。別の角度からいえば、彼、平岡公威は、三島由紀夫を美学的に造型することによってなんとか戦後を生きようとした。ところが一つには戦後が長く続き過ぎたために、〝三島由紀夫〟はついに美学的な枠に収まり切れなくなってしまい、言葉の次元から肉体の次元に転位してしまった。肉体になった〝三島由紀夫〟を完結させようとすれば、ああいうかたちで死ぬほかない。従ってあまりにもロジカルといえばロジカルに、ああいう道を歩むことになったのだろうと思うのです。

川端さんについていえば、川端さんは昭和二十二年に、「哀愁」という文章を書いていますね。その中で「敗戦後の私は、日本古来の悲しみの中に帰つてゆくばかりである。私は戦後の世相なるもの、風俗なるものを信じない。現実なるものも、あるひは信じない」云々といっている。川端さんも、戦後の知的・創造的空間の形を、昭和二十二年、この「哀愁」という文章を書かれた時には、すでに明敏に洞察していたにちがいない。その上で自己限定したのだろうと思うのです。三島さんは第二の自己を設定して、それを造型することに専念し、川端さんは〝日本古来の悲しみ〟というところに自己を限定した。「現実なるものも、あるひは信じない」という言葉は、考えてみれば凄絶な言葉ですが、そう言い放った作家が、昭和二十二年から四十七年まで、さらに二十五年間生きたということも、驚くべきことだと思う。

『川端康成の世界』という、すぐれた川端論を書いた川嶋至氏が、川端さんの最高の達成は『雪国』で、戦後のどの作品も『雪国』の域に達してはいないといっています。けだし名言で、『雪国』を書いた時の川端さんの中には、横光（利一）とはまた違った意味で少なくとも作家としての未来を感じることができたのだろうと思う。横光という人は、非常に愚直に、あの頃の時代の問題に取り組んで、ボロボロになって死んで行った。その横光への弔辞の中で、川端さんは「……国破れてこのかた一入《ひとしほ》木枯にさらされる僕の骨は、君といふ支へさへ奪はれて、寒天に砕けるやうである。君の骨もまた国破れて砕けたものである。……君は東方の象徴の星のやうに卒《にはか》に光焔を発して落ちた」といっている。ちょうど先ほど申し上げた「哀愁」の自己限定と響き合う言葉です。そういう川端さんが、「現実なるものも、あるひは信じない」ままに生き永らえて、皮肉なことにノーベル文学賞受賞者になった。お通夜のとき、はじめて川端邸に行って、建て増された洋館の入口のドア・マットに“Welcome”という英語の文字が書いてあるのを見たとき、「ああ、これはいけない。これで川端さんは死んだのだ」と、私はなんともいえない悲哀を感じたものでした。

この三島、川端のそれぞれの死が七〇年代前半に相ついで起こり、一つの時代に終止符を打った。以後今日まで、文学は下降線の一途をたどり、日本の社会のなかでの存在意義すら疑われるような状況を呈している、というのが私の感想ですね。

そういってしまえば身も蓋もないけれども、作家そっくりの人士があらわれて、作家のやったことをなぞりながら、縮小再生産を繰り返しているような感じでね。批評家そっくり、詩人そっくり、エトセトラですね。もちろん一人一人詳しく見ていけば、それなりの文学的な成熟や、境地の深まりを呈している人々ももちろんいますが、全体として見ると、文学的営みが、より広い社会との接点を失ってしまっているように思います。前にもいった通り、九年間『毎日新聞』の「文芸時評」を書いていて、そう痛感しましたね。

吉本　時代的というとオイルショックの少しあとぐらいでしょうか、創造的な何事かが成り立たないみたいなことがはじまったのは。つまり、大きくいえば戦後社会の成長がやまっちゃったということなんでしょうか。

川端康成と三島由紀夫の死が意味するもの

江藤　私は、成長が止まったのは、むしろ三島事件のころからじゃないかと思うのですよ。オイルショックは、むしろそれを追認したのですね。作家の側からというよりは出版界の側から追認した状態になった。三島さんの事件から川端さんの事件までの間が、いわば第一の過渡期といいますかね。オイルショックから一九七五年四月の米軍サイゴン撤退までが第二の過渡期でしょうか。そのころまでに清算しなければいけなかったものが、いまだ清算されずにダラダラ惰性で続いているのではありませんか。戦後の文学は、解放感と拘束感の二重構造に身を引き裂かれながら、一九六〇年代の終わりまで戦前からの遺産を喰い伸ばしつつ、ともかく前に進もうとして来た。私は何も三島さんが旗手だったというつもりはないけれど、三島さんがああいうかたちで生命を断ったとき、実は大岡さんのなかでも、埴谷さんのなかでも、それから野間さんのなかですら何かがプッリと終わったのだろうと思う。武田（泰淳）さんがそのことを一番よく理解していた、自分もまた終わったことをね……三島さんの死はそういう意味では、全部にストップをかけるような死だった。そういう〝悪意〟に充ちていた。こういうことをいうと、またまた反撥する人がいるにちがいありませんが、まあそういうものなんですね。時代の終焉というものは……。それは文壇的な評価なんてものとは無関係なんです。文学賞をいくつもらったなどということに関係なく、作家が、というか文学者が、その生涯と仕事にどれだけの意味を見出せるか、ということなのです。

三島さんという人は、どんな心境で死んだか知りませんが、いずれにしても一度しかやれないことをやったんですからね。そうすればストップがかかりますよ。川端さんの死もこのストップと関係があるけれども、一番ストップをかけられちゃったのが武田さんですね。

ぼくは、あの事件が起こった日に『朝日新聞』に呼ばれて市井三郎、武田泰淳の両氏と鼎談をしました。

その時の私の発言を読み返して来ましたが、いまになって訂正すべきことは何も言ってない。しかし、いまになってつくづく思い起こすのは、武田さんの狼狽ぶりというか、動揺ぶりですね。あいつは、みんなが走っているトラックの横へ飛んでみんなの前に梯子を投げやがったじゃないか、みんな向こう脛にぶち当ててひっくり返っちゃった、とでもいいたげな顔をしていましたね。そうだとすれば、その梯子にはある〝毒〟が仕掛けてあったと、ぼくはだんだん、そう思うようになってきた。この頃になって、三島由紀夫という人は一体何だったのだろうというようなことをもう一度深く考えてみたいような心境になってきた。

吉本　戦後派の作家たちが当たったその毒みたいなものは何なんでしょうかね。

江藤　何ですかね。いや、私にもよくわからないんですよ。簡単にいってしまえば、ナショナリズムとか何とかいうものになってしまうのでしょうけれどね。単にそういって済ませられるものでもなかろうと思うんですよ。三島さんという人は、締め括ろうとするといろんな締め括り方があって、締め括りやすいようなところもあるのですが、なるべく締め括りにくいように締め括らなきゃいけないと思いますね。

もっとも古本屋のおやじにいわせると、「世の中変わったよ、三島由紀夫なんていったって、この頃の若えものは名前も知らねえからね」というんですね。そういう意味では長生きしないとダメなんですけれどね。

吉本　そうかなあ、なるほどなあ。

江藤　ぼくは三島さんが本当にムキになっていたものの正体がよくわからないから、そのへんのことが知りたいんだけれど、まあ少なくともムキになっていたことだけは確かですからね。

川端さんだって、どうしてあんなにムキになって秦野章の選挙運動をやったんですかね。みんな笑いましたからね。何でノーベル賞作家が、警視総監の選挙の応援をするのかって。川端さんが、自分が警視総監の選挙の応援をしている自分の滑稽さを知らなかったはずはない。一二〇パーセント知ってたにちがいないのに、あれほどムキになってやった。これはいったいどういうことだったのだろう。このことは誰も正確に解析してないじゃないですか。こういうことをきちんと解析しておかないと、七〇年代に何が起こったかということはよくわからないはずだと思いますね。女で狂えば文学で、選挙や楯の会に狂えば文学じゃないなんてことはあるはずがない。文学はそういうところをしっかり見定めておかなければね。

まあ、それにしても現状を見れば文壇なんてこのまま潰れてしまってもいいと思うな。

そういっちゃ悪いけれど、文芸雑誌も一度全部なくなって、それからまた出直せばいいと思う。文学だけには、あるいは終戦がなかったのかもしれないけれど、実はいまが終戦なんですね。十返肇は、とうに昔に文壇はなくなったといったけれど、……十返肇なんて名前だって、いまの若い人で知っている人はいないだろうなあ。それでもみんな、あたかも文壇が存在しているかのようなふりをしていますな。批評家がいて、作家がいて、雑誌があって、すべてきちんといっているとね、しかしこれはそういうふりをしているだけであってね。

吉本　ぼくは三島さんが死んだ時、川端さんの死はよくわかんなかったけど、違和感があったんです。もちろん死ぬ二、三年前からの三島さんの作品にも違和感があるわけですが、そうではなくて、あの人の死に方について違和感がありました。戦後のぼくの考え方で、三島さんと同じことをしたとします。その場合、ぼくだったら初めから死ぬというふうに決めてはいかないと思うんです。もっと極端にいえば何かしでかして、その場で仕方がなくなったら死ぬこともあるかもしれないと、そう考えると思うんです。ところが三島さんの場合は、ぼくのみたところでは、事がどう展開しようと、死ぬことだけはもう確実に決めていたんだと思うんです。そこのところがものすごい違和感だったんですね。

江藤　ぼくは違和感は感じました。ぼくは三島さんに、ある時「あなた、二年ぐらいポルトガルに行きなさい」っていったことがあるんですよ。あそこはヨーロッパの各国の王朝が、大きいのや小ちゃいのやいろんなのがあるけれど、没落すると、みんなポルトガルのリスボンへ行くんですね。当時はサラザールの政権が続いていましたから、人件費が世界中で一番安かったんですね。だからポルトガルへ行ってロールスロイスを買って、ポルトガル人の執事を雇って、豪奢な生活をすればよい。しかもヨーロッパの社交界の一中心だったから、日本の三島という作家がきて、二年いれば、みんなの口の端に登るに決っている。ノーベル賞なんか、すぐもらえるはずだ。リスボンはあなたによく似合うから、是非ともご一家で二年ぐらい行って休養かたがた傑作を書かれたらどうですかっていったことがある。そうしたら三島さん真顔で「江藤君、キミ馬鹿なこといっちゃいけないよ。十日も日本を離れてみたまえ、ぼくは忘れられちゃうよ」と。残念なことだと思いましたね、三島さんがそう思ったことは。そんなことはあるわけがない。

吉本　ありませんね。

江藤　それでぼくは二年間アメリカへ行っていたけれど、いまでもちゃんと原稿書かしてもらってると反論すると、「それはキミ、批評家は別だよ」と、軽蔑したような顔した。そのときぼくはやんぬるかなと思ったな。ポルトガルに二年くらいいたら、三島さんのためにはよかったんじゃないか、と今でも思っていますね。

いま吉本さんのおっしゃったことについていえば、人間は何の理想に殉ずるかは知らないけれど、そう簡単に死ぬわけにはいかないですね。心臓が止まると思うと、やはり怖いですからね。それはいずれは死ぬに決っているけれど、やっぱりそれまではなるべく生命を大事にするというか、理想が大事であればあるほど、いつかはそれを実現しようと思っていればいるほどね。あまりこう綺麗に死んでもらうのは困るんですね。綺麗に死ぬということは、最後の心がけとしては持っていたいとは思うけれど。しかしなるべくそうならないように努力をしなければいけないと思うのでね。その点で非常に残念ですね。

吉本　ぼくのような左翼的な考え方では、そういう気がするんですよ。それでぼくはまた江藤さんにお聞きしたいとこなんだけど、例えば三島さんが生前、大学騒動の時に東大の安田講堂の上に乗った学生が追いつめられて、自殺でもするかと思ったら、そうではなくて、まあいってみれば捕虜になったということをきいて嘆いているんですよね。そして自分だったらそうはしなかったみたいなことをいった。そのことを非難した人には二種類あって、三島さんのような美学的、論理的にいえば必然的にそうなるはずだという人と、もう一つは、一種の市民主義の東大の先生で、あんなふうになったら死ぬ覚悟もないくせに、あんなに突っ張ってという言い方をした人があるんですよ。その両方とも、ぼくは論理がちがうと思ったんです。つまり、ぼくが少なくとも戦後に養ってきた論理でいえば、もうとことんまで卑怯に、とことんまで生き延びてやるということなんですよ。戦後の思想はそれしかないように思うんですね。だからあの学生さんたちは、あれでいいんだ、立派だというのが、ぼくの理解の仕方なんです。

それで、『落葉の掃き寄せ』を読むと、もしかすると最近江藤さんも少し変わって、わりと潔い方になったんじゃないかなと思えるんですが、そんなことはないですか（笑）。

ぼくは、吉田満についての江藤さんの文章を見てると、もしかすると江藤さんは美学的にも、もちろん倫理的にも論理的にもいい、というふうに、存外評価しているんじゃないかと思うんですよ。だから逆に言いますと、三島さんのあのやり方を再評価すべきだと思っているんじゃないか、というニュアンスを感じるんですが、そんなこともないですか。

江藤　いや、それは違いますね。三島さんと大和に乗組んでいたときの吉田満とは全然違いますからね。三島さんは一種のファンタジーの中で儀式を執行したんですからね。吉田満氏は、リアリティーの中で行動したことを記録しているのであって、全く行動の質も意味も違いますね。吉田満氏は、あれはあれでいいと思っています。三島さんと大和に乗組んでいた吉田満とは私の中では全然異質な存在です。私は昔から潔いのが好きです。しかし、にもかかわらず、安田講堂の上に乗っていた学生が自殺しなかったのはよかったし、三島さんも、できれば何とか生き延びてもらいたかったという気持に少しも変わりはない。

それはそもそも今日最初の議論と繫がるのですが、戦後のこういう不思議な状況の中に置かれている日本人は潔く死ぬことなんて金輪際できやしないからです。どんな死に方をしたって、潔くなんてことにはならない。だからぼくは、潔く死ねる状況が回復したら、あるいは潔く死にたいと思うかもしれないけど、潔く死ねる状況なんてものは、まず予見し得る将来にわたって回復される見込みがないですからね。

そこで突飛なことをいいますが、なぜ天皇は八十二歳の長寿を保っておられるのか。ぼくは、天皇陛下が長寿が絶対に必要であることを、誰よりもよく御存知だからだろうと思う。なぜ毎年八月十五日になると、陛下は同じお言葉を、同じ抑揚で言われるのか。それが今年も去年のごとく、来年もまた今年のごとくあるのはなぜか。それは大事な問題なんです。これは三島由紀夫の問題と裏腹の問題なんです。日本の文学者は、これに正面から誰も直面していない。直面しているような顔をしている輩は、全部占領軍直伝の統治構造論に乗っかって言っているにすぎない。天皇制という言葉は、共産党が作った言葉でしょう。それを占領軍が採用して流布させたのでしょうが、私は好きな言葉ではありませんね。それは天皇陛下の実在という事実を、棚上げするために作られた言葉だからです。それにもかかわらず、毎年八月十五日になると、また陛下は式典に出られて、「いまなお胸の痛むのを覚える」と、お言葉を述べられる。そのことにいったい、誰が直面しているだろうか。この問題は文学の問題でもあるはずです。皇室は一面からいえば政治の問題でしょうが、また同時に文学でもあるのだから。

吉本　江藤さん。プライベートにはときどき口にしますけれど、公けにあんまり口にはしないんですが、ぼくは「あの人」より先には死にたくねえ、「あの人」より先には死なんぞ、と思っているわけですよ。それはぼくら戦中派の何か怨念みたいなもので、思っているんです。
江藤　そうでしょうね。
吉本　だけど最近少し怪しくなってきたよな（笑）。オレこの頃少し老いぼれてさ……。
（笑）
江藤　いや、お互いに軀を大事にしてね、ぼくはまあ自分の習慣で天皇陛下と申し上げますが、陛下がお元気な間は死にたくないと思っていますね。三島さんもその辺のところを少し読み違えていたのではないだろうか。残念なことだったと思うのです。

（対談日　一九八二年二月十三日／『海』一九八二年四月号）

文学と非文学の倫理

転換する八〇年代文学

江藤　今日は久しぶりの対談ですから、「ハイ・イメージ論」[*1]を拝読してきましたが、それについてのお話もおいおいとは伺いたいと思うのですけれども、この前お目にかかったときと今日とで、吉本さんがごらんになって、とりわけて文学の世界で、何が変わり、何が変わらなかったかということについてのお話をまず伺えればと思いますが。

吉本　その間でここ五、六年の文学の世界の変わり方を作家で象徴させますと、村上春樹と村上龍[*2]ということになりますね。

江藤　両村上ね。

吉本　ええ、両村上の出現とその仕事みたいなこと。これはまた江藤さんのご意見も伺わなければいけないけれども、その仕事が、その前の年代を、たとえば大江健三郎と中上健次というふうに象徴させるとすると、二人をよくいえば古典のほうに一歩追いやったというましょうか、押していったというのが、文学の世界の変わり方を象徴しているように思うんです。

それをどう評価するかこれからの問題になるんでしょう。今度は、それじゃ江藤さん、お会いしてないこの五、六年の間に僕がどう変わったのかみたいなことになると思うんです。つまりその五、六年前に僕は自分ではそれほどよく気がついてなかったことで、今日までの間に気がついたことがあって、それを象徴させるとすれば、遡りまして一九七〇年から八〇年の間でもいいし、一九六〇年から八〇年の間でもいいんですが、そのどこかに、目に見えないけど、大変な急流というか、流れのカーブするところがあって、それは何か事件で象徴できないものですから、目には見えにくいけれども、あったんじゃないかなと思いだしたんです。

そういたしますと、流れのカーブをたぶん両村上の作品は象徴しているのではないか。それがいいことであるか悪いことであるかそれはわかりません。そのことにほんとうは気づかなければいけなかったんじゃないかなということと、それはいったい何なんだということと、その二つが、僕の考えましたことと、文学の世界での変わり方の象徴点じゃないかと思います。

だから、僕は多少大江、中上に対する評価が減点になって、減点になった分だけ両村上に対する評価は、僕の中では大きくなった、五、六年前に比べてですね。そのときにはたぶんそうは評価しなかったろうけれども、いまだったら少しそうなるというのが、両方の変わり方を象徴していると思います。

江藤　的確なご指摘だと思いますね。いま吉本さんのおっしゃった後半、つまり遠泳をして葉山か逗子から泳ぎだして江ノ島まで行くうちに、どこかで急に冷たい水が流れてきたというか、温ったかすぎる水というか、わからないけれども、予想していた潮の流れと違う潮の流れがあるとき流れてきた。したがって泳ぎ方も変えなければならないかもしれないし、見える風景も変わってきたというようなことは、それは私のほうが後輩ですけれども、年もそんなに違いはしないので、大変よくわかるお話だと思います。

実際どうなんでしょうか。おそらく西暦でいえば一九六〇年代というよりは七〇年代のある時期に、おっしゃったような変化があったんだろうなという感じはしますね。その結果、確かに村上春樹、村上龍両氏に代表されるような世代の若い作家が出てきて、それがいまの文学的状況を代表しているという客観的な認識も、それも私は同感なのですが、ただ一つ違うところがあるとすれば、大江君や中上君がいいというわけでもないけれども、両村上氏がよりよくなったというわけでもないんじゃないか、というような気が私はしています。

吉本　そこいらへんのところをひとつお願いします。

江藤　いままでだいたいそういうふうになっているんです。だから、よくなったともいえない。かなり悪くなったんじゃないかという感じがしています。

吉本　ああ、なるほどね。そうですか。

江藤　それは、ご記憶かどうかわかりませんが、村上春樹さんについては私は一言も論じたことはないんですが、村上龍さんについては『限りなく透明に近いブルー』が芥川賞になったときに、『サンデー毎日』だったかな、で、僕は相当手きびしい批評をして、サブ・カルチャーだといった覚えがあるのです。[*3]

爾来、ずいぶん年がたっていますけれども、いまでもこのコメントを引っ込める気持はありません。村上春樹さんの『ノルウェイの森』というのは、二百何十万部だか出ていて、大変評判になっていると聞いています。この小説は拝見してないのですけれども、しかしこれもまたサブ・カルチャーであるということについては、私は譲る気持はないんですね。

文学作品が、カルチャー一般を代表しなくなり、サブ・カルチャー化したのは村上龍君の登場あたりからかと思います。つまりサブ・カルチャーの量的な享受者の数が増えたということはあるかもしれないが、それは決して全体を代表するカルチャーにはなってないのではないかという気持がしていましてね。そこが違うんですな。あとはまったく一致していますね。

吉本　そこを少しお聞きしていきたいところなんです。たとえばいまおっしゃった何百万部か出たという『ノルウェイの森』と同時期ですから、大江さんの『懐かしい年への手紙』っていう作品がございますね。これを比較したとします。これは売れる売れないとかいうこととかかわりなく、作品として僕は『ノルウェイの森』のほうがはるかにいいというふうに思うんです。

そこはまた論議しなければいけないところですが、たとえば大江さんの『懐かしい年への手紙』という作品は、僕は苦心して読み通しましたが、ほんとに苦心しなければとても読み通せない作品だと僕は思うんです。どうしてかといいますと、まず、あの『懐かしい年への手紙』の三分の一は一種のテキストの旅だと思うんです。つまりテキストを渡って歩くということは文学作品たりうるのかという疑問を、猛烈に僕は感じたんです。それはよけいな部分じゃないか。その三分の一の部分をあの作品からとってしまいますと、何がのこるかということになります。そうすると、僕は主題の積極性がのこるような気がするんです。

主題というのは何かといいますと、一方に、以前六〇年のころは安保闘争に参加し、現在は反核運動に参加し、という主人公がいて、片っ方に、懐かしい、少年のころ、兄事したギー兄さんというのが四国の山の中で森林組合の書記かなんかして、一種のエコロジーの運動をやっている。その両者の交歓みたいなことを現在の二人の状態と手紙による過去の再現の描写でやってるわけですね。そこでは平野謙さんや中野重治たちがさかんに戦前にやりました主題の積極性しか僕はのこらないと思うんです。

そしてまた、主題の積極性には別にたいした意味はない。つまり文学にとって主題が積極的であるかどうかということはたいした問題じゃないんだということで、それをまた除いていきますと、何がのこるかといえば、僕が鮮やかにイメージとしてのこったのは、少年時代に、お姉さん株のせいさんという女性がいて、その女性から性の手ほどきを受けた描写のところです。それだけはとてもいい場面の描写で、結局はこれだな、これは大江さんだな、これだけはいいな、かつての『芽むしり仔撃ち』とか『死者の奢り』とか、そういうときの大江さんがここにはあるなと思い、最後は僕にはそれしかのこらない気がしました。

『ノルウェイの森』は、新時代の恋愛小説だと考えます。新時代の恋愛みたいなものの鮮やかな描写があるような気がするんです。いちばんかいつまみやすいのは、たとえば永井荷風の時代だったら、鳩の街であったり吉原であったりというのが性の行き交うひとつの場面だとすると、吉行さんあたりまでは[*4]、風俗的には変化はあっても、そういうところが、性の場所としてあるわけですね。

そうすると、村上春樹が描写している性の場所は、いまのソープランドといいましょうか、歌舞伎町といいましょうか、そういうところの性の風俗です。性交よりも性交じゃないことで性が複雑になっているみたいな、つまり性交としては不可能な恋愛を、主人公たちはしているわけです。恋人が精神異常であったりとか、不感症であったりということで、正常な性交はできないで、正当じゃない性行為で、不可能な恋愛みたいなものをとても複雑にして成り立たせています。性の風俗の変遷だけとってきても、かつてない複雑な、ほんとうは性も不可能だし、愛も不可能なはずなのに、しかしそれが複雑なニュアンスで、一種の新時代の恋愛小説の典型になっているみたいな、それがそんなに通俗的なことはなくて成り立っていると思うんです。

これが百万部までうけるのは僕にはちょっとわからない要素もありますが、これがうけるという要素は確実にあるし、これを江藤さんのようにサブ・カルチャーというふうに見るか、いや、カルチャーっていうのはこういうふうに変わっちゃったんだよと見るかは、僕は重大な岐路のような気がいたします。

江藤　そのとおり、それは非常に重大です。

いまのお話でいいますと、前半の大江さんの小説——いまお挙げになった作品にかかわらないのですが——についての吉本さんのご意見については、私もまったく同感といってもいいぐらいです。さっき最初に申し上げたのは、両村上氏の作品がどうあれ、私はそれに問題があると申し上げたのですが、それは必ずしも大江さんや中上さんの作品だから自動的にいいというつもりで申し上げたのではないのです。

中上君はまたちょっと違うかもしれないのですが、大江さんの相当長い期間の作品についていえば、さっき『死者の奢り』と『芽むしり 仔撃ち』をお挙げになったけれども、それから後といってもいいかもしれませんが、後になればなるほどテキストについての小説になってこざるをえない。それは大江さんが非常に頭のいい人だし、よく勉強する人で、勉強しながら小説を書くという人生を送ってきたからという面があることは確かだと思う。それだけじゃないけれども、一面にそれがあると思います。それを捨象してしまうと主題しか残らない。

しかし、主題の文学といっても、じゃ、何で日本の作家は主題の文学を成立させてきたかといえば体を張ったわけですね。小林多喜二が築地署で拷問にあって殺されたということが、小林多喜二の主題の文学を確実に支えたのですね——そういっては大変失礼かもしれないけれども、それが十分に支えた。それがない以上、主題の文学というのはこれもまたなくなっちゃうという吉本さんのご指摘は、僕はその限りにおいて正しいと思う。

ただし、もう少し私の考え方を申し述べさせていただければ、批評と小説というジャンルの枠を取り払ってみますと、両村上氏の文学、いま村上春樹さんの作品に——僕は不勉強で読んでないものですから申しわけないのですが——、新しい愛の不能の形、不可能の形が出ているとおっしゃいましたが、それをあえてとあえて申し上げますけれども、両村上君の世界は大江君の世界をふっ切っているぞといわれた吉本さんのおっしゃり方と、大江君の最近の作品の世界は案外似ているのじゃないか、近いんじゃないか。だから、吉本さんが小説家としての大江君の作品を判定されたときそうおっしゃる、その判定に僕はまったく賛成なのだけれど、大江君の立ち至っている世界と、吉本さんのたとえば両村上氏の近業に対するご意見とは案外近いところにあるのじゃないか。私の目から見ると、ある意味では重なり合う場面もあるかのように感じられるというところがあるのですよ。

吉本　なるほどね。

〈歴史〉は存在するか

江藤　それは、もうひとついえば、進歩という概念にかかわるのかもしれないという感じがする。吉本さんはおそらく、大江君もそうかもしれないけれども、若い世代や、新しい時代や、そこにおける展開というようなものを何ほどか信じておられるのではないか。私はまったく信じてないのですよ。お恥ずかしいぐらいまったく信じてない。そうかといって、昔はよかったといっているわけじゃないですよ。昔は昔でよくも悪くもないのです。それは私が年を重ねてくるに従ってわかったことです。——たいしてわかったことはないのですが、昔はよくもない。しかしいまもよくもない。じゃ何がいいかといわれれば、別にいいこともない。じゃ、おまえはなぜ生きているか。死ぬわけにもいかないから生きている、というぐらいのことしかないんです。

だから、あいつは日本帝国を理想化しているというようなことをいうヤツがいたら大バカヤロウで、僕は日本帝国はよくも悪くもない、存在すべくして存在し、敗れるべくして敗れたんだろうと思ってますよ。それを復元しようとも何とも思ってないのですが、だからといって、いまが進歩しているとは思えないぞという確信があるのです。

もうひとついえば、歴史ってものが存在するのだろうか。進歩も停滞もないじゃないか。

歴史ははたして存在するのか。歴史が存在すると考えたのはいったいだれだろう。歴史という概念は、ヘロドトス以来、旧約聖書以来あるんでしょう。それこそ中国でいえば司馬遷以来どころではない、「春秋」以来あるんでしょうが、歴史とはいったい何だという気持がありましてね。そのへんから、そう無責任に言うのではなくて、私が年を重ねてきて今日に至った考えの積み重ねからいって、そういうことがちょっと言ってみたくなってくるんです。

そうしますと、両村上君の営為は、それはそれなりにひとつの現象としては大いにコメントすべき価値があるかもしれないが、文学というものは僕は歴史ではないと思う。文学は文学だと思いますから、文学というものがもしあるとすれば、それはわりあい小さく評価してもいいのではないかという気持になるんです。

吉本　なるほどね。そこのところでは、角度とか距離の問題で見たら別にかわりがないんだみたいなことは言えば言えそうな気がするんです。いま江藤さんが年ということでいわれたですから、こうじゃないんでしょうか。たとえば前の年代の偉大な批評家小林秀雄がいて、あらゆる意味で批評をやる場合いつでも気にかかって頭におきながらずっとやってきました。僕は小林秀雄が六十三か四のとき[*5]にどういう仕事をしていたかなと考えます。

そうすると、僕は、歴史にはもちろん進歩もなければ退歩もない、また歴史自体があるかどうかもわからない。じゃ、表現する人間としての生涯というものがあるかないか、その中に経緯があるのか、また経路があるのかも、それもわからない。たとえば掘るとすればいつでも同じところしか掘れないという意味でいうと、小林秀雄は偉大だなと思うんですが、そうじゃなくて、年ということで実感でいいますと、江藤さんはそう思われないかもしれませんが、僕はどうしてもああいうふうにはなりたくないというか、ああいうふうに年とりたくないって思うんです。その「ああいうふうに」というのは……。

江藤　どういうふうにですか。

吉本　つまり文学というのは、真理であっても美であってもいいんですが、そういうものの前に立ち尽くしたときの感動をどこまでも掘っていく、それが文学なんだと単純化するとします。僕はそういう具合に年を重ねていきたくないな、ということは、もっとたえず意識的であってもいいから、自分を不安定なところにとか、変化するところに、あるいは流れ去るところにといいましょうか、そういうところに追い込んでいって、もし年齢というのを考えるなら、そこで終わりがきたら終わるというふうにいけたら理想だ、僕はそういうイメージを抱くわけです。

そこでいきますと、小林秀雄という偉大な批評家はなんとなく僕は不満な気がするんです。つまりこうじゃないんじゃないかな。もっと不安定で、流れていて、それでどっかでバタンキューならバタンキューでもいいし、とうとう動けなくなったからこれ以上流れようがないじゃないかということになるのかわかりませんが、それはそういうことなんじゃないか。それが年じゃないかみたいな、僕はそういうイメージを抱くわけですよ。

江藤　それも僕は吉本さんとほぼ同じですよ、小林さんに関していえば。僕がだから歴史はあるいは存在しないかもしれないといったとしても、小林さんもあるいはそういう種類のことをいっておられるかもしれませんが、それを祖述しているつもりはないんです。僕は小林さんを非常に尊敬していますし、自分が批評の仕事をやっていて、なにかこう考えあぐねたときに、小林さんの顔を思い起こすということは少なからずあります。だから、僕は師匠をあしざまに言うつもりはまったくないんだけれども、これは進歩とか停滞であるとかということと関係なく、人間というのは各々が個体で、吉本隆明という人がいて、江藤淳という人間がいて、小林秀雄という人がいてというふうに、その個体の負わされたライフ・サイクルといいますか、そういうものは変換不可能だと思う。そういうと、いや、そんなことはないという人もいまはいるかもしれませんね。いるかもしれないし、そういう意見が成り立つことを認めた上で、僕はやっぱり変換不可能だと思うのです。

ですから、変換不可能だということにしてみると、小林さんを僕は非常に尊敬し、自分の準拠として、常に小林さんはこのときはどう思われるかということを考えますが、同じである必要はまったくないと思う。同じでありうるわけもないと思う。そういう立場、というよりもっと感受性ですね、そういう自分の感覚というものを支えにして考えれば、いま吉本さんのおっしゃったことは、まったく僕もそのとおりですよ、といってもいいような話なんです。だから、変幻常なきところに自分をおいて、その中で見たもの、考えたことをできるだけ正確に表現して、どうだと、みんなに考えてもらいたい。まったく同じ気持だと思うんです。

思うのですが、そこで何といったらいいのかな……、ちょっと迂遠な話になるかもしれませんが、いったい人間はいつから、今日大多数の日本の知識人が考えているような歴史というものが存在すると思うようになったのか。明治維新の頃日本人が西洋にふれたときには、同じような歴史があると思っていたのだろうかと。そうすると、たとえばヘーゲルでもマルクスでもいいのですが、十九世紀の西洋の偉大な思想家が、歴史は存在する、歴史というものこそすべての根本だと考えるようになったというのは、ある意味では一時期のことであって、人間は本来歴史というものが存在するのかしないのかよくわからないと思って生きていたのではないだろうか、という感じがするのですね。これは小林さんの感じ方とは関係のないことです。

私が五十五年の人生を生きてきて、いったいこの五十五年の人生というのは歴史的に整理できるのだろうか、それとも別の形でとらえ直したほうがより自分にぴったりくるんだろうかと考えてみると、いまはよくわからないという感じがする。これはいわゆる歴史じゃないんじゃないか。もし歴史というのなら、また歴史という概念をまったく別に組み立てなければならないのではないかという感じが、日に日に強くなるんですよ。これはあんまり思弁的なことではないんです。むしろ感覚的なことなんです、私にとってはね。これはいったい何なのだろう。

そうすると、ある朝目覚めて、顔を洗って、ごはんを食べて――まさに子どもの日記みたいなものですね――駅に行って、電車に乗って、大学へ通勤するときに、何を感じるかというと、毎日じゃないですよ、ある朝突然、おれは小学校に上がったときこんなことしていたな、いやだったたな、なんであんなところへ行かなきゃならないんだろうと思っていたな、おれはなんでこんな電車に乗っているんだろう、おれはこれから学校へ行って学生の前に立って教えるんだな、それはちっともいやなことではないな、だけど、なんで今日はこんなにいやなんだろう、自分はできないわけではない、教えようと思ったらちゃんと教えられる、学生はみんなかわいい、といってもいい。だけど、ある日――いやでないときはそんなこと考えないですよ――、今日は何がいやなんだろう……というようなことと、歴史と何の関係があるんだろうという感じがするんです。

そして品川の駅に降り立って山の手線に乗って目蒲線に乗ったときは、もういやでも何でもないです。今日はこれをやって、今度は抜き打ち試験をするかもしれないから、ちゃんとおまえら考えておけというようなことを言わなければいけないなんてふうになっている、職業意識に目覚めるから。ただ、四十五分か五十分ぐらいの間のうちの数分ぐらいの間にそういうことを考えることがあるんです。これは活字にするとまずいかもしれない

（笑）、学長から譴責されるかもしれないけれども、それは何だろう。まったく非歴史的なものじゃないかという感じがするんです。それを非歴史的といっていいのか悪いのかわからないけれども、現象学的にいうと、ほとんど非歴史的といってもいいのではないかという感じがするんですよ。僕はそのへんのところを吉本さんに教えていただきたい。

吉本　ウーン、なるほどね……。

江藤　少なくとも私にとっての文学は、それを脇にのけちゃうと成り立たないんです。これは小林さんが何といっているか、平野謙さんが何といっているか、河上徹太郎さんが何といっているか等々とは関係がないのです。それは後になって、ああ、師匠こういうことをいったか、わりあいおれと同じように考えているんじゃないか、おお、河上さんもこういっているじゃないか、平野さん、あんたちょっと違うんじゃありませんか、それで済むのです。

ところが、自分がこれからあと一時間もたたないうちに学生の前に立って何かしなければならない前のたじろぎといったようなもの、それはいったい何なんだろう。これは自分でいうのもおかしいけれども、学力に対する不安ではないんです。僕は学問できないけれど、学生よりは知識がありますから、前に立って授業するのは何でもないんです。ただ、子どものころの学校へ行くのがいやだった感覚とそのたじろぎが結びついたりするということは、これは歴史がぜんぜん克服してないことです。何ら進歩させてないことなんですね。

それから、ごく身近な、家族関係のようなことで、幼児のころに思っていた心情や感情のいろいろな問題が、いまになってみると非常によく分析できて、こうであるということがよくわかるようになりましたね。それにつけても、いまになってフッと思うことは、家族間の基本的な、これは信頼関係がないと家族というものは成り立たないから、ある信頼関係は当然あったのでしょうが、それがしかしほんとうにあったのかというようなことですね。

信頼関係があったという立場に立つと歴史ができるはずですね。しかし、それはほんとうはなかったのかもしれないと考えることも可能なわけで、なかったと考えると、歴史は成立しないのです。バーッと砂が落ちていくように何もなくなっちゃうんです。なかったとして、じゃ、おれはどうなんだ。といっても、いずれにせよ私はいま生きているわけでしょう。そういうことをいったい文学及び文芸理論はどう説明するのかという問題については、僕は現代の文芸理論はまったくやってないと思う。だから、ポスト・モダンとか、ポスト構造主義とかいうものも知的にはおもしろいけれども、まあこんなことばっかりやってていいのかねという疑問が、そこにひとつあるんです。

もうひとつ、ほんとに歴史はあるのかね、という自問もそこにある。

〈現在〉と彼方からの視線

吉本　少しわかるような気がしてきました。僕も、江藤さんと同じような実感のところで、自分なりに年くってきたという感じが、生理的にも精神的にもありますから、そういう実感で、いま江藤さんのいわれたようなことを僕がどういうふうに感じているかみたいなことを申し上げますと、かつて壮年のころというか、四十代、三十代ころにはよくわからなかったなと思えることで、いま少しそうじゃないかと思っていることがあるんです。

それは人間の生涯でいいわけですが、人間の生涯というのはどこを分岐点、境界とするかわかりませんが、ある時期から、あるいはある年齢から後は、結局どういったらいいでしょうね、後ろを見ながら子どもに返っていくという感じじゃないかなという実感があるんですよ。

江藤　そうでしょう？　ありますね。

吉本　だから、もしも歴史という概念がそこで成り立つとすれば、前を向いたら歴史というのではなくて、後ろを見ながらだんだん若くなっていく……。

江藤　そうそう、歴史に収斂するんですね。

吉本　そう考えれば歴史というふうにいえると思うんです。

江藤　それはわかります。歴史の概念規定は、いまおっしゃったように非常に詩的に、美しくしていただけると、「そうだよ」と言いたくなります。だけれど、往々にしてどこか科学的で物理的な時間把握に支配されている歴史観というものは、そういうレトロスペクティヴな歴史というか、そうであってはじめて人間にとって歴史が実感できるような要素を切り捨てるというか、ないがしろにする感じがいたしましてね、それはちょっとついていけないぞと。だいたい人間のおのずからなる記憶の堆積、つまり壮年を越してだんだん老いていく年代の人間がみんな知っているはずのことをどうして切り捨てようとするんだ、それはウソじゃないか。少なくとも半面の真理にすぎないじゃないか。ウソとはいえないかもしれないが、ちょっとそれでは不十分ではないかという感じがするんですね。

吉本　なるほどね。僕はそこで、それは年齢のせいであるのか、時代のせいであるのか、自分が見ているもののせいであるのかわからないですが、いまならいまということでも、文学の現在でもいいんですが、文学の現在を、戦後たとえば四十年なら四十年から見ていくとか、それとも大江健三郎の出現の時代からいまを見ていくという見方からするという見方に対して、向うから見る視線といいましょうか、それがいつでも現在ということの中には含まれていないとだめなんじゃないかなと思っているんです。それも歴史という概念にはちがいないのかもしれないですが、僕はほぼ歴史という概念が、以前から、つまり過去のほうから見ていったらここまできた、これからこの延長線上でこういくにちがいないという見方ではなくて、向うからくる視線、向うというのはあいまいな言い方ですが、そういっておきましょうか。向うからくる視線が絶えず現在の中に入っていないとだめなんじゃないかな、みたいな感じがあるんですよ。

江藤　それはとてもよくわかります。それは「ハイ・イメージ論」の中で「世界視線」といってらっしゃるあれでしょう。つまり死から逆照射されたレーザー光線みたいなものがあるという、あれは詩人らしい非常にイルミナティブといいますか、ハッとわからせていただけるような指摘だと私も思いました。それをいま「向うから」という表現でいっていただいて、なおさら、ああそうか、「世界視線」というとちょっと抵抗がないでもないものが、いまあえてそうはいわずに「向うから」といってくだすったのでもっとよくわかった、腑に落ちたというところがあります。

それはそうかもしれないですね。そういうふうにいっていただくと共有できるあるひとつの感覚になります。知的な概念ではなくてね。いずれはわれわれも遠からず死ぬんだ。そこから照り返してみたときに、それを含んでないようなものはちょっと信用できないぞというようなものだなと。私の粗雑な頭で考えるとそういうことになっちゃうから、そう申し上げると、その点においては共感いたします。

ただ、私、「ハイ・イメージ論」を興味深く拝見したんですが、いろいろな局面がありまして、たとえば神武天皇が実在したかもしれないというような、ランドサットの、古代の近畿平野といいますか、大和平野と申しますか、あのへんが古代には海だったとか、クジラというのはほんとにクジラがいたんじゃないかとか、僕はあのへんは大変おもしろかった。そういうところは文句なくおもしろかったのですが、それとはまた別に全体の印象でいきますと、私は数学ができなくて物理もできないという劣等感がありますから、いろいろ式が出てくると、突然襟を正したりするところもある。

そういうところではずいぶん誤読しているかもしれません。吉本さんの最も新しいお仕事の一つですが、教えていただきたいと思うのは、そういう感覚を科学的に展開しないといけないのではないかと思っておられるのではないかな、という感じがしますがいかがなものでしょうか。

いま東工大で人文系を分担している教師の一人としてみますと、吉本さんはわれわれの大学のみんなが尊敬している大先輩だということがあって、そうするとわれわれは子どもに返るけれども、青年にも返るわけで、吉本さんのいまお感じになっていらっしゃることは、感覚として、こうやってお話しするとよくわかるんだけど、人工言語を媒介にして拝見していると、そういう手続きを文芸批評あるいは文明批評のジャンルで採用していらっしゃることが、ちょっと歯がゆいような気がするんです。

別の言い方をすれば、吉本さんはわれわれのほうへ歩み出てきた人のはずだ、それがなんでうちの専門の先生と同じような数式を使ったりして、Mのナントカの E のナントカの、ナントカの二乗でナントカがどうしたと。僕だってそれぐらいの記号は読めますが、何じゃい、これは、という感じがするんですが、そのへんはどうなんですか。それは文科系の人間の劣等感かも知れないけれど、ひとつ啓発していただきたいんですが。

吉本　それは僕、遊びだと思うんですね。

江藤　ああ、そうでしょうね。それはそうだと思いますけれどね。

吉本　だから、それ自体にはそんなに意味がないように自分でも思いますし、意味づけているわけでもないんです。ただおっしゃるとおり、これじゃあまりにひどいじゃないか……。

江藤　ひどくはないんだけど。僕はジョン・ケージの音形の分析でも、なるほどね、こういうふうにやるんだなと思いましたよ。よく学生に、こっちが定量化できないと思っているような命題を与えて、おまえ考えてこいというと、見事に定量化した解答をもってくる。そうすると私はほんとうに舌を巻くんです。うちの学生というのは吉本隆明みたいなヤツばっかりだなと思うんですよ。

吉本　いやいや、僕は駄目ですけれども……。

江藤　ところが、ああいう音形の分析その他何でもよろしいんですが、「ハイ・イメージ論」の各章のおしまいのほうにときどき出ている数式等の人工言語の部分、これを吉本さん、なんで自然言語でやってくれないんだ、自然言語で表現したらどうなるんですかと伺いたくなる。それは詩人吉本隆明の言語能力の極限を要求すべき世界であるはずです。それなのに、この人はいくつもの言語を知っているためにこっちの言語でやっちゃったなという、そういう悔しさがある。それはおわかりになりますか。

吉本　はい。

江藤　わかってくださると思って言ったんだけど。それがあるんですよ。

文学に露出する倫理

吉本　いや、江藤さん、僕、文学者の反核[*6]というのは、ひとつのそれが露出してきた点だと思うんです。これは、政治の問題だったたって、何の問題であったたっていいんだけれども、本来的に倫理というものにならないものまで倫理に入れちゃっている。これはちょっとかなわんのではないか。

江藤　ほんとですよ。

吉本　文学にもし倫理というのがあるならば、文学の倫理というのはここまでならば確かに倫理は倫理だ、また文学のもし効用性を考えるなら効用性は効用性であるといってもいいのかもしれない。しかし、ここからこっちは倫理の介入すべきことではないんじゃないかみたいな、そういうことのところまで倫理に収斂してしまう考え方っていうのは、そのときいっぱい露出してきたと思うんです。

江藤　おっしゃるとおりですね。

吉本　それで、そのことが僕には逆な意味で危機感がありましてね、これはちょっとかなわないぜということがあります。それはますますいまもそうなんでしょうが、それが今度は反核になったり、文学者の反原発になったりしている。これもまたかなわない。これはもっとかなわない。反核だったらば、だれも核戦争いいと思ってないわけだから、この言い方には異論がある、で済むけれども、原発といったら、これは文明の歴史のある過程の中で人間の知恵が生みだしたものです。

江藤　当座、これでしのごうと……。

吉本　そうそう、やってみてできちゃった。それを理性として実現してみた。それにさまざま欠陥があるなら、事実でもってそれを克服すればまた違うものができるかもしれない、安全なのができるかもしれない。そういう問題の過程で出てきたものですから、これへ反対だということに単純に収斂したり、それじゃなければ、これを……。

江藤　イデオロギーにするというのでしょう。これはイデオロギーじゃないですよ。現実処理の問題ですからね。おっしゃるとおりだと思います。

吉本　だから、これはどうしようもないじゃないですか。ますますそれを感じます。文学が倫理に収斂していった場合に、点のところに収斂していっちゃうんですよね。これはどう言ったらいいんでしょうね、どっかでみんなパーだよというふうに、そういうことはちゃんと批判しないといけないのではないですか。こういうことはあるんですよ。

江藤　吉本さんとは不思議なご縁で、違うけれどもグルッと回ると一致するという定評[*7]があるようで（笑）、どうしてまた今度もそうなるのかなと、いささか心外でもあるけれど、いまのご指摘はまったく同感ですね。

僕は、いまお話ししていて、こんなことは昔からあったことだという気もするんです。僕は書いたものを見ると、特に漢文は癖がありすぎてあまり好きじゃないんだけれど、荻生徂徠という人物はたいした人物だったと思うのは、五十になって、五代将軍綱吉が死んで柳沢吉保が失脚したために、吉保の家来だった自分も失脚したころから、それまで標榜していた朱子学を一擲して、古文辞学を樹立したラディカルな生き方ですね。朱子学はご承知のとおり修身斉家と政治、つまり治国平天下とが直結している世界ですね。こんなのはインチキだ、政治と倫理は何の関係もない、政治は政治、倫理は倫理だ、倫理とは点だ。自分という点があって、修身斉家、そこまではいい。それを無理やりに治国平天下と、串刺しにするとは何事かといってのけた。痛快ですね。

まァ、反核の人も反原発も、俗流朱子学みたいなことをいっているので、朱子学者だって、よく学問のできる人はその辺は懐疑的に見ていたにちがいない。徂徠は五十になって、彼を立身出世させた学問を全部否定し、異学を立てたのですから、これはすごい人だなと思うんですよ。江戸時代には変な人がいろいろいて、調べてみるとほかにもいるようです。徂徠だけじゃない。

そのことをどうしてもっとみんな言わないのだろうと思うんですが、あのころだいたい人生五十年、「人間五十年下天《げてん》の内をくらべれば……」と信長がひとさし舞ってからあまりたってないころでしょう。そんなに平均寿命が延びているわけでもない。その五十という年になって、政治的な問題もあったかもしれないけれど、突然官学をかなぐり捨てて、思ったとおりのほんとのことを言い出したというのは見上げたものだ。道徳・倫理と政治は別だと喝破したというのは、偉いもんだなと思うんですよ。いま伺っていて、それを思い出していたのですが、ほんとにそうだと思いますね。

どうやらいまの世の中には保守的進歩思想というものがあるようですね。保守的進歩思想のきわまりが反核に活路を求めようとし、その後産みたいなものが反原発になっているようです。これは今度吉本さんの「ハイ・イメージ論」を拝見していて、僕はいろいろわからないところもあるんだけれども、あなたの中には、数式その他によって示されている科学者の面と、もう一つ工学者の面があることがわかりはじめた。どっちかというと、工学者の面が、吉本さんのいまのお仕事に、そこをよく見ない人間にとってはちょっと明るすぎるのではないかというような明るさを与えているのではないかということがこのごろわかってきた。

自然に作為して、真理かどうかは別として、こうすれば人間はこれだけ生き延びられる。いまほかにエネルギーがなければ、原発を使って十年なり十五年やってみよう。悪ければ変えたらいいじゃないか。それは真理か真理じゃないかとは関係ないという工学者的側面が、吉本さんの従来のお仕事にはあまり出ていなかったと思う。今度の「ハイ・イメージ論」にはそれが出ているように思います。僕は東工大にもう二十年近く勤めちゃったから、そこで洗脳されたせいかなとも思うけれど、それはそのとおりじゃないかという気がするんです。

吉本　逆にいいますと、僕はだんだん窮乏してきたもんですから。（笑）

江藤　何をおっしゃいますか。

吉本　いままでだったら、文学の世界へそんなもの持ち出すことないんだということで、ちゃんと節度を保っていたのが、だんだん窮乏してきたもんで、みんな何も洗いざらい使えるものは使っちゃえということなのかもしれないです。ほんとに窮乏の極にはちがいないでしょうね。

江藤　いや、それはいい。しかし、吉本隆明という詩人・批評家の本質を、工学者的な面をも含めて出しておられるというのが最近のお仕事の特徴だと思いますね。

吉本　確かにそういうことはいえるんでしょうけど、あんまりいいことではないのかもしれない。

江藤　いやいや、いいとか悪いとか申し上げているわけではないのです。

〈戦中〉、〈戦後〉を同時に批評する場所

吉本　そういうところで僕自身の遊びみたいなのが出てくるんだと、僕はそう考えているわけです。そうだ、江藤さんのお仕事とも関連するわけだけれども、江藤さんが『昭和の文人』[*8]というのをやっておられましょう。これが僕おもしろくてしょうがなかったんです。堀辰雄のところがおもしろくてしょうがない。

つまり堀辰雄っていう人は僕なんかと同じように子どものとき下町、あの人は向島の小梅町、僕は新佃島、月島あたりで、親父さんは何かといったら、僕の親父さんは船の大工さんですから、あの人はほんとの親父さんじゃないんでしょうけども、彫金師ですよね。その雰囲気からなにから、僕にはきわめてよくわかる感じがするんです。だけれども、よくわかるということを感じながら、そして親父というのは別に教養人でも何でもない、それなりに立派な人間だと自分の親父をそう思っていますが、でも教養人でないんですね。その中で、子どものほうが知識、教養みたいなものを学校へ行って積むというめぐり合わせになっている。

そういう場合にどういうことを考えるかというのが、僕とてもよくわかっているつもり

なんです。そのときに、それが表現になって出てくる。その場合堀辰雄の、こういう出方っていうのはあり得ないんじゃないかなっていう疑いを以前からもっていたわけですよ。江藤さんは僕とはまた違う位相からですが、その疑いを解明しておられるわけですね。

江藤　いやあ……。

吉本　それはものすごく僕は興味深く思ったんです。それで江藤さんのお仕事とも関連するわけだけれども、堀辰雄のところを読んだのはたまたま僕は偶然なんですけど、オヤッと思って、今度は遡って読んだわけです。そして平野謙のところから始まって中野重治と、こういうふうになっていく。そうすると、江藤さんがいわゆる左翼的なる文学者のものをきちっと読んできちっと論じられたというのは、たぶん初めてなんじゃないかなと僕は思うわけですけど、それはとてもまた違う意味で興味深かったんです。

江藤さん、僕ね、江藤さんの論じられていること、平野さんについても、中野重治についても、ほとんど八割方は賛成なんです。賛成というのはそのとおりだと思うので、僕もそのとおりだというニュアンスで論じたことは過去にあるんですけれども、江藤さんほど緻密じゃないです。それはそうなんだけど、あと二割の違和感があるとすれば何かといいますと……。

江藤　何だろう？

吉本　どう言ったらいいでしょう。それこそ先ほどからの歴史的愚直さというのか愚かさというのかわかりませんが、僕は、戦争中の天皇は神聖にして侵すべからずという時代の風潮と社会的な傾向と、そういうものに違和感もありましたけれども、なじんできた。戦後に今度は逆に、平野さんとあまりかわりばえがないくらいに戦後の進歩的なといいましょうか、左翼的な文学運動の周辺に僕もなじんできた。

そして現在ということをそういう観点から考えるとすれば、僕は、親鸞でいう三願転入といいますか、第三番目の転入の地点だというふうにいまをつかまえると思います。そうすると、江藤さん、これは逆な場合でもいいです。大江さんの反核でもいいわけだし、蓮實・柄谷の『闘争のエチカ』〔一九八八年〕でも何でもいいです。僕はあれは二願目への逆戻りだという気がするんです。つまりたぶん現在というのは三願目だ、三願目の問題がいまなんじゃないかなという観点があります。そうすると案外いま二願目で、私進歩的だよと言おうとしているということが、あれだろうなと思っているわけです。

江藤　蓮實、柄谷君は知的に処理しようとしすぎていますよ。ご承知のとおり僕の立場からいいますと、進歩的かそうでないかということはあまりたいした問題じゃなくなるのですが、彼らは過度に不毛に知的ですよ。僕は文芸批評が、過度に知的になり、かつ過度に祖述的になってはいけないと思いますね。われわれはそれぞれの、吉本さんが吉本さんのいろいろな知見、経験、感受性を動員して理論化されようとしたこと、私は私なりにその都度その都度やってきたようなことは、自分の言葉のオーセンティシティといいますか、正当性を証拠だてようと思ってやってきたことであって、単に知的な作業というのではそういうことはできないのですね。蓮實君はちょっと違うかもしれませんが、柄谷君なんか見ていますと、一切合財が知的な変換の手続きのようなものにだんだんなっていくようで、批評が言語の行き死にする場所を無限に飛びすさっていくような気がするのはさみしいですね。

それもまたいまに限ったことじゃない。自然主義のころでも、長谷川天渓や島村抱月が何かわけのわからないことをいっています。特に島村抱月はわけのわからないことをいっていますが、あれはいわざるをえなかった、つまり知的に把握してきたつもりのことを日本へもって帰ってきて何かいおうと思ったら、ぜんぜん通用しないから、ムニャムニャいわなきゃしようがなかったのだ。その決着はつけていますね。松井須磨子との情事があり、そのあげくの果ての悶死があり、続いての須磨子の殉死というか、後追い自殺がありという形で、あのころはめちゃくちゃだけれど美しいといえば美しいし、混乱しているといえば混乱している世界があった。しかし、そのへんのことをいったいこの両秀才はどう考えているのだろうという気持もするんです。

吉本　江藤さん、僕なりの深読みかもしれないのですが、僕はちょっと違うふうに理解しています。あのご両人は、そういう対応のさせ方をしますと、文学者の反核というところまでは倫理と非倫理、文学の倫理とそうじゃないものというものの……。

江藤　混同がある？

吉本　いや、反核というところまでは、そこの区別でもちこたえていたと僕は思います。ところが、反原発というところまできて、いってみれば倫理が浸食してきたときに、この人たちはとうとうもちこたえられなくなった。あの『闘争のエチカ』というのはそうだというふうに僕は思っています。

江藤　ははあ、なるほどねえ。

吉本　僕はそういうふうに読んでいます。

江藤　僕は左翼じゃないもんですから、そのへんがよくわからない。

吉本　江藤さんのいわれるように、知的な問題というよりは、そういうふうに思ったんです。それがあの本として出てきたので、僕は落胆したんですね。とうとうこういうことになりましたね、ということです。

江藤　なるほど、わかりますね。やっぱりあなたのほうが近いのですよ。僕はちょっと遠いから、少し見方がズレるんでしょう。それはそう言われちゃうと、ちょっと反論のしようがないな。

吉本　知的な処理の仕方がどうだという問題はもちろん前からあるわけでしょう。柄谷さんもあるわけでしょうし、蓮實重彦もあるわけでしょう。それはそれとしていいんだけれども、それはそれとしてもそれなりの見方というのはできるわけです。それよりも何よりも我慢の限度がとうとうきちゃったね、というのが僕の理解の仕方ですね。それだから、まあこれはいかんねというふうになりましたね。

つまりこう思うんです。戦争体験の問題でもあるいは戦争責任の問題でもいいです。その問題と戦後の問題、江藤さんがいまさかんに平野さんとか中野重治を対象についておられる問題があるでしょう。その問題の両方を、僕の言い方ですれば、同じ言葉と同じ論理で批評する、あるいは否定する言葉は可能になったんじゃないかな、というのが僕のいまの考え方です。

江藤　おっしゃるとおり。私はもちろん自分の従来の仕事に対するさまざまな想いをこめて申し上げるのですが、ほんとうに歴史といっていいのか、従来の歴史の概念ではおさまらない時の動きといっていいのか、吉本さんは僕より先輩ですが、お互いに年を重ねてきたという人生のサイクルの問題というか、そういうものが全部重なっているのでしょうけれども、たとえば二十年前に見えなかったことがずいぶん見えるようになりましたね。十五年前に見えなかったことも見えるようになった。最近は二、三年前に見えなかったことがまた見えるようになったというような、それこそ吉本さんがさっきおっしゃったような、激流を気がつかないうちにまたぎ越えたためかもしれない。あれは帰るすべもないような激しい流れだったなあという感慨がありますね。

これは若い人たちには、いずれ彼らはもっと激しい流れを越えるかもしれないから、なにも先輩ぶって言うわけじゃないんだけれど、今日吉本さんや私がこういっていることは、できれば熟読玩味してもらいたいという感じがしますね。

吉本　なんとなくそういう実感がするんですね。

江藤　ほんとにそうですね。

吉本　だから、そこの問題がとても重要なところだと思うんです。

進歩主義と〈日本〉という問題

江藤　重要です。その手がかりを、あなたは反核から反原発に求められた。おそらく吉本さんのおっしゃったことのほうがずっと実際に即しているのだろうと思うんですが、そうか、いまの原発と関係があるのか、あれは……。

吉本　そうなんだと思います。そういう意味では、文学だけじゃないんでしょうが、社会的にみても日常がたいへん息苦しくなってきましたね。

江藤　はい、ほんとに。

吉本　修身がとても身近に迫ってきたという感じで。これはちょっとよくないことですねえ。

江藤　そうです。よくないですね。どうでしょうか、戦時中のたもとの長いのと短いのというあの一時期以外に、こんなことございましたか。

吉本　そうなんです。僕はそれをすぐに……。

江藤　われわれの五十年、六十数年の人生の間にこんな時代はなかったですね。一部の教条主義者がいう暗黒の時代ですら、もっとずっと自由でした。二・二六事件のときだってこんなじゃなかった。倫理と政治はこれほど不自由には直結していなかった。

吉本　それが僕はやりきれないですね。

江藤　ほんとにやりきれない。

吉本　銀座の街角で、はさみ持って、やって来る人の袖を切っていた。それと同じことがまたいま身辺に、たばこをすうことから始まって、食い物から、ニュース・キャスターの不倫から、反原発まで通ってきたという感じです。

江藤　しかも、それをなぜ不倫というんですかね。あれがいやですね。浮気とかなんとかいえばいいのに、不倫というのは倫理に反しているということでしょう。倫理というものが確乎としてあるという措定でくるんですな。じゃ、どんな倫理があるんですかといったら、週刊某々は「さあ、何が倫理なんですかね」という。じゃ、不倫というのは成立しないじゃないかといったら、一切の記事は成立しない。あたかも倫理が確立しているかのごとくやるという、これは不自由ですよ。

吉本　不自由というか、ひでえもんだなと思いますね。

江藤　ほんとにひでえもんですよ。だから、ほんとうは文学者はそういうことに反発しなければいけないですね。文学者というのは不自由なことに常に、こんなに不自由でいいか、たばこをすうにしても、遊蕩に耽るにしても、もっと自由にやろう。それこそ文学を豊かにならしめるものだということを常にいってきたはずなのに、なんか知らないけれど、原発反対はいいのだ、反核はいいのだ、というのでは話にならない。

吉本　そういうふうになってきましたね。僕はわかりませんが、七〇年代のどこか、八〇年代のはじめかわかりませんが、そこいらへんでシンボルが変わっちゃって、なんだか昔六〇年ころ進歩的な市民運動だといっていたのは、だいたいいまは社会ファシズム運動だと見たほうがいちばんわかりいいことになっちゃったなという感じがします。

江藤　そうです、おっしゃるとおりですね。六〇年安保時代は吉本さんと私は結果的に一致したかもしれないが、理屈の上ではぜんぜん違うことをやっておりましたが、あのとき、つまり安保は大勝利だといった人たちがいまの社会ファシズムのほぼ母体でしょう。私はそう思っています。われわれは、これは負けたんだ、こんなもの見ちゃいられない、何が勝ったんだ、といったほうでした。[*9]それが正直だったんじゃないか。

　だから、正直な言論が正直な位相にとどまって記録され記憶されることがなくなったら、文学も批評もへったくれもないいんじゃないかという気がしています。

吉本　そうですね。そこの問題のような気がしますけどね。

江藤　それから話は変わりますが、ちょっとおっしゃっていただいた、私の仕事ですが、私は堀辰雄っていう人にやっぱりこだわるんです。もう一回ぐらい書いて締めくくろうと思っていますが、それは向島小梅の彫金職人の養子といううんじゃないけれども、複雑な親子関係ですね。あの人は、『幼年時代』にこの親子関係をカッコよく断片的に書いていますが、それ以外にはぜんぜん書いていない。

これはいまの六〇年安保の問題や、その他いろいろなことにかかわるのかと思いますが、いま軽井沢なんていうところへ行ってみますと、いたるところで堀さんが文学の世界でやったことを商業的に拡大したことをやっていますね。〝メルヘンチック〟なペンションだとか、近郷近在の青年男女が集まる無道徳的ゾーンになっているという旧道附近とか、それはなったってならなくたっていいんですけれど、単なる風俗現象として見過せばそれまでですが、これは根が深いぞと思って見ると、堀辰雄さんの影響はかなり深いんじゃないかと思うんです。

つまり日本人が非日本人になりうる、いや、ならなければならないと考えたかどうかという点で、中野重治と堀辰雄はどれだけ違ったのか。中野重治の偉いところは、あの人は福井の小地主の息子さんですが、左翼運動をやって、何度キズついたかわからないけれども、純正共産主義者になってもやっぱり日本人であることは免れないと思ったところじゃないか。僕はその点において中野さんという人を見直したのです。僕は日本人が特別な国民だからそうだといっているのではないのです。

というのは、人間というものは、自分が黄色く生まれたら、黄色いことはよくも悪くもない、黄色くたって人間は人間だという立場に立たなければ、自分の威信といいますか、人格を自ら否定しなければならなくなるからです。

私はまだ二十代のころから留学する機会があってアメリカの生活も体験し、人種のるつぼの中で各人種がどんな目にあっているかということはいやというほど知っています。私はそんなひどい目にあったわけではない。むしろどちらかというといい立場にいたと思います。しかし、いい立場にいようがいまいが、このことはわかりますよ。主観的に直接むずかしいところにおかれてないと思っていても、先方が特別の眼で見ていれば同じことになりますから、たいして変わりはないのです。

そう思ってみますと、中野さんはこの厳しさを一歩も日本を出ずに深く認識した人じゃないか。ところが、堀辰雄さんは一歩も日本を出ないままに、日本人はフランス人になれると思った人じゃないか。しかも、それを自分の文学の中に実現しようとしたのではないか。つまり、フランス語の言語空間の構造を取り入れようとして、ラディゲもどきにやってみたんじゃないか。こう考えてきますと、これは相当すさまじいなあと。だから、僕は堀辰雄という人は昔考えていた以上に、影響力という点では大きな作家だったと思う。それを評価するという意味じゃないです。悪影響が今日まで続いていると思うのです。

それは日本人が自己表現の十全な手段をもっているにもかかわらず、あえて架空の回り道をとらせようとしたという点です。回り道をとっているうちに自己表現の手段がそれだけ減殺されるような迷路をつくったという意味では、大変な影響力があった。大変な影響力があったけれども、これはまずいのではないか、マイナスではないかという感じがするんです。なぜマイナスとかプラスとかいうことをいうかといえば、文学は堀辰雄の道を歩んだのでは成り立たないからです。もちろんイデオロギーは別のことです。中野重治の道を歩めばあるいは文学は成立するかもしれないが、堀辰雄の道を歩んだらやっぱり成立しないのではないか。

そこで、村上春樹さん、村上龍さんはどうなんだろうという問題が出てくるんです。

近代の終焉とどうむきあうか

吉本　なるほどね。江藤さんがいま言われたことを僕流の解釈の仕方をしますと、中野重治という人を僕も偉いと思うんです。

江藤　もちろん批判なさったことはよく知っていますよ。

吉本　偉いと思いますけど、その偉さというのはどこかといったら、それこそ江藤さんが書いておられた一身にして二世を体験したみたいな、そういう場合に同一人物が二世を体験して、僕らでいえば、神聖にして侵すべからざる天皇と国民の象徴である天皇と、それを一身で体験しているわけです。その場合に自己矛盾なしに二つの体験を統一できるということはあるのかというところが、僕らが悩んだところだと思うんです。中野重治はそこの場合にできる限りはそこはごまかしなくやろうとしたと思うんです。そこは僕は中野重治が偉いと思うんです。

堀辰雄という人は、僕ちょっと内側から見えるところがあるからわかるんだけど、東京下町の職人さんの家みたいなところで、近所があれこれしていることがみなわかるという生活をしている。そこで文学ということを考えるとすれば、二つしかないと思うんです。一つはとことんまでそれに付き合って、綴方教室的にそういう世界に付き合ってしまうというやり方。もうひとつは堀辰雄のように徹底的にぜんぜん架空の世界をつくり出して、それを文学だ文学だということにしてしまうか、どちらかだということは、なんとなくわかるような気がするんです。

江藤　なるほど。私もわかるような気がします。

吉本　だけれども、僕自身はちょっと不満です。そうじゃない道があるのではないかと、僕は自分なりに考えてきたと思うし、それは堀辰雄に対する僕なりの批評があって、どうもこれは違うんじゃないかということです。もっと遡れば芥川龍之介でもこれはちょっと違うんじゃないかというのがあるんですよ。

江藤　そうですよ。芥川、堀文学と吉本さんの批評との付き合わせは今後の若い人の課題ですよ。これは東京の下町という地域的問題であると同時に、戦後の日本と批評というもっと大きな一般的問題に発展しうる課題だと思います。それを大いにやってもらいたいと思うな。

そのとおりです、もうひとつ前までいけば芥川龍之介です。僕は、若いころは芥川龍之介ぐらいブリリアントな人はないんじゃないかと、考えたものでしたが、このごろでは芥川の小説を読んでも、つまらないとしか思えない。この落差ですね。

それから堀辰雄にしても、ハイカラだなと思ったのと、なんでこんな無益なことをやったんだろうというむなしさの感覚、いまはその無益なことがどんどん増幅されているような気がします。だから、そういう意味では、現在の文学現象と堀辰雄の関係は、想像以上に深いのではないかと思っています。次に書く締めくくりにおいては、そのへんを解明できればと思っているんです。

具体的にいいますと、堀さんという人は、テクストのつくり方を完全にフランス語ふうにしようとしたんですね。『聖家族』以来ですが、日本語の物語にはあり得ない統辞法を使おうとしているんですよ、おそらくラディゲからヒントを得ましてね。それが堀さんの文学が当時新しいと思われた所以だった。しかし、日本の近代文学は西洋の文芸理論を輸入しましたが、一般に実作者はぜんぜんそれにのっとってない書き方をしている、徳田秋聲でも谷崎潤一郎でもね。堀さんは、それとまったく離れたところでむなしいことをやっているわけです。

その繰り返しを「マチネ・ポエティク」以後も〝フォニイ〟[*10]も、堀さんの影響下にあった人たちはいまだにやっているような気がする。これは一見ハイカラに見えるんだけど、何も実質がないんです。われわれの文化的経験の蓄積と無関係だから。それと両村上君がどういう関係になっているかは、いずれ考えてみたいと思いますけれどもね。

とにかく、僕は堀さんという人はその点で非常に不思議なところにいる人だと思うな。いまの醜悪な軽井沢は堀さんがつくったも同然ですよ。もちろん当時近衛とかなんとかいう支配階級、外国人と付き合える上層部が人工的につくった世界はあったでしょう。だけれど、これはそれなりの必然性があってできた世界だったと思うんです。日本はアメリカともっと交渉するのかしないのかというような問題が裏にあったから、かろうじて成立した世界だと思う。スノッブの世界で、いやな世界ですけれども。だけど、それを規範としてつくった架空な世界は、浮かばれようがないですね。非常に悲しい世界。ところが、それをさらにモデルにして、いまの坊ちゃん、嬢ちゃんがチャラチャラとやっているのですから、これは悲しい上にも悲しい世界ですよ。

吉本　僕ね、村上龍にもどこかに転機があったと思うんですよ。この人の作品の中に、かつて類例がなくて、しかもこれはすぐれた作品といわざるをえないなというのがあると思います、村上龍という人の作品の中にね。

　それから村上春樹は、僕は多少の疑念をもっていますが、しかし日本のカルチャーはこれが典型だというか、そういうふうに変わったと見たほうが妥当なんじゃないかなと、僕はおおよそのところでそう思っています。

　いってみれば、仏文科の学生さんも独文科の学生さんもあまりいなくなっちゃって、どうしていなくなっちゃったのかっていうことがあると思うんです。それは変なところがあって、いなくなっちゃってもいいんじゃないかといえるのは、日本の技術関係、科学関係とか、それだけじゃないかと思うんです。あとはやはり必要なんじゃないかと思いますから、いなくなっちゃうほうが必ずしもいいとは思わないが、いなくなっちゃうのは、先生があまり魅力がねえということもあるんじゃないか。何が魅力がないんだといえば、七〇年代か六〇年代かわかりませんが、そこのところの知識というもののあり方が変わっちゃったんじゃないかなという感じがするんですよ。

江藤　結論のほうは、私も立場上もあってそう軽々に同調もできないのですが、原因のほう、七〇年代ぐらいから知識が変わったというのはおっしゃるとおりだと思います。それも、ハッと気がついたときには変わっていましたね。ドラマティックな事件があって、あ、あれで変わったんだというものではないですね。ハッと気がついたら変わっていたけれど、その変わった姿は想像もつかないような姿だった。つまりドイツ文学もフランス文学もなくてもいいようなふうに変わっていた。それをドイツ文学、フランス文学で育てられた人が自ら変えていながら、それを変えているということに少しも自覚がないという時期があったと思う。これは恐ろしいことですね。

あえて筋立てをつくれば、おそらくそのときに十九世紀以来の近代が終わったんですね。文科系の学問でいいますと、特に旧制大学文学部ということで考えますと、独文だ、仏文だ、英文だというものが近代の象徴だったのですね。つまり西洋語を学び、旧制大学を出れば、旧制高校の教授にはなれた。もちろん旧制中学の先生にもなれる。これは社会で中以上の〝先生〟という立場を保障してもらえると、安心してやっていた。

僕はいま日本が西欧から学ぶものがまったくなくなったなんていうことを言うつもりはこれっぱかりもありません。そういうこととは違います。というのは西欧は近代で尽きませんから、ギリシャ、ローマ以来ルネッサンスを経て、産業革命になるまでに西欧が体験したことは、それを一つのフレーム・オブ・リファレンスとしてわが身を考えるよすがに十分なり得ると思います。

そういう意味ではこれをむげに退けるのは軽率だと思いますが、しかし蒸気機関ができ、鉄道ができ、というような、近代が目に見えて動き出したころから後のことを考えると、その近代はちょうどいま吉本さんの指摘された時期にほぼ終わったのではないか。国鉄が民営化されたとか、新日鉄の鉄鋼生産量が五〇パーセントを切ったというようなことは、僕は東工大にいるから如実に感じるのかもしれませんが、非常に大きな世の中の変わり目を画することではないか。

その時期に、ご指摘になったような新しい人が出てきているということが、いったいどうなのか。僕は吉本さんのように彼らに嘱目する立場に立ってもいい。ただ、私は古い人間で、保守的ですから、どちらかといえばあまり嘱目しない立場に立っていたいと思います。でも、批評家の立場のとり方なんていうのは、それぐらいのことですから、絶対的なものでもなんでもないのですけれどね。

この世の中の変わり目の問題は、吉本さんの母校であり、私の勤務先である工業大学の昨今を見ていましても、ものすごく大きな問題です。今後どう展開するかほんとに全学で悩み、求め、なんとか打開しなければならないという時期にいまさしかかっています。だから、ある意味ではいま大学という不完全な高等教育機関に限っていえば、見えざる紛争期です。学生は何も騒がない。しかし、教官のほうが先取りしてどうしたらいいかということをいま模索しなかったら、もう存続できないのではないかというところへきています。それが、それこそ反原発なんてところには少しも反映されてないのです。非常に心外ですね。

今日はお話に出なかったけれども、僕はたまたまこの間の三島賞の高橋源一郎君の『優雅で感傷的な日本野球』という作品に高い評価をつけて、それが受賞作になったんですが、あのへんをみますと、作家にもそういうことを感じている人がいるなという感じもします。
その点でいうと、吉本ばななさんも含めて、審査の最終段階まで残った数作は悪くなかったぞという感じがしますね。そんなこと言ったら、吉本令嬢にも、「なによ」といわれちゃうかもしれないけれども。

吉本 高橋さんのあれが……。

江藤 吉本さんはわりあい早く論じられたでしょう。高橋君のあの作品はね。

吉本 そうですね。あの本が選ばれたというのはちょっと興味深いこと、おもしろいですね、いいことだと思いましたね。

江藤 私は一面でご承知のとおり保守的な人間ですけれども、一面では、自分でいうのもなんだけれど、ややラジカルなところもあるものですから、ああいうものは非常におもしろいんです。

吉本 あの『昭和の文人』というのも、あれはラジカルですね（笑）。ものすごいラジカルですね。

江藤 それはラジカルではあります。ラジカルであることは間違いないです。
吉本さんから、ゲストの立場[*11]で、いままでおっしゃり足りないことがございましたら、おっしゃっていただきまして、私はそれに答えさせていただいて締めくくろうと思います。

吉本 格別言い足りないこともなくて、いちばん関心をもたなければならないのは、自分がこれから何か言葉で表現したり、何かをやっていくということがどれだけの間続くのかわかりませんが、どこらへんで自分を許容して、どこらへんで許容してはいけないのかということ、その境目みたいなものをいつも見てなくちゃならないみたいなことが、きついなといえばきついなという感じがしますし、なんとなくそこいらへんでもしやれるならば、もうしばらくはできるかもしれないなという感想をもっています。江藤さんもまだ僕らよりはたくさんの時間を持っているわけだから……。

江藤　そんなたくさんは持ってない。（笑）

吉本　そこいらへんで、いまみたいなラジカルな仕事をお願いしたいです。僕はこの『昭和の文人』のラジカルさは、小林秀雄のもってないものだと思うんです。小林秀雄の年代では不可能だったわけだし、また江藤さんの年代で小林秀雄のようになるということも不可能なんで、時代がどうしてもラジカルさを要求しているような気がするんです。だから、これはいたし方ない運命ですから、それは全うするより仕方がないという感じだと思うんです。

江藤　そうそう、ほんとにそう。おっしゃるとおりです。

吉本　それは僕らもそんなにはっきりした自分の文運はわかりません。表現の運命を見定めているわけじゃないですが、たぶんだんだんはっきりと、これだよというところに収斂していくと思います。そういうところでなお仕方なしにラジカルにといいましょうか。僕のラジカルは江藤さんほど影響がなくて、たぶん自分のラジカルさが、これで全うできるとはちっとも思ってないのですが、倫理というのと倫理じゃないものということの……。

江藤　峻別ね。

吉本　峻別です。クリアにしようじゃないかというところでは、僕は自分ではラジカルぶっているんだと思うんです。

江藤　いや、ぶっているんじゃなくて、それはいまの日本の左翼陣営といいますか、左翼と思っている諸君に対しては、非常に鮮烈な影響があると思います。ぜひそれは貫いていただきたいと思います。

吉本　そこらへんなんです、僕は。江藤さんの批評のラジカルさというのは、実際の現実と表現との一種の境界のところを行き来しながらのラジカルさで、これは直接の響きが、受けるほうもきついでしょうし、また反響もきついわけでしょうが、そのラジカルさだと思います。僕は倫理と非倫理というものをクリアにしようじゃないかという意味で、そういうことがやれたらできるだろうなという感じがしています。そこいらへんのところが僕の感想なんです。

江藤　それは現にやっていらっしゃる……。

吉本さんは私より八、九年先輩で、これはわれわれのあずかり知らないことだけれども、過去三十年以上、ほぼ同世代のどっちかといえばラジカルな批評家だと世間ではいわれてきたのですが、ときどきお会いしてお話しする機会があるたびに、グルッと回って一致したり、グルッと回って反対したりするようなことが多くて、ほんとうに楽しかったんですが、今日もまったく同じでしたね。お互いに年を重ねたけれど、精神的にはあまり年をとってないいんじゃないかという気持がして、大変うれしかったです。

いま吉本さんが最後におっしゃってくださったように、確かに私は、なんでなんだか知らないけど、ラジカルはラジカルですね。このごろわかってきたことの一つは、僕はある時期には、なんで自分は文芸批評なんかやってるんだろうと思ったことがあった。そういう想いが胸中に去来したことがありました。しかし、でも、やっぱり文芸批評をやってきた。この年になって、世間はよく自分に文芸批評を書かせてくれて、いままで生存を維持させてくれたものだという気持になってきた。

それは、世間はまあ、というものの裏には、自分はとにかくラジカルなんだ。これはしょうがないのだ。にもかかわらず、寛容な世間が私を今日まで生存させてくれたということについては、大いにありがたく思いつつ、同じことをやり続けていきたい。ひどく老いたらやがて鎌倉の片隅で英語でもそのへんの中学生に教えて、「ディス・イズ・ア・ブック」「ディス・イズ・ア・ペン」なんてことをやって、静かに人生を終えられたら幸せだろうなと思ってますよ。

人間というのは通俗的な歌を思い浮かべないと夜眠れないときがあるでしょう。僕は眠りづらいときに考えるのはそういう歌ですね。

吉本　うん、それはとってもよくわかりますね。

江藤　ほんとに吉本さん、ありがとうございました。六年ぶりでお目にかかって楽しかったな。

不思議なご縁だな、ほんとに。どうしてこういう具合になったのかな……。これは小林秀雄の知らなかった世界ですよ。小林秀雄にはあなたのようなカウンターパートはいなかったでしょう。中野重治にとっても小林秀雄はおそらく私のようなカウンターパートじゃなかったでしょう。そこが違うんですね。進歩か退歩か、これは小林さん・中野さん、中野さん・小林さんの関係においてはよくわからないけれど、吉本隆明・江藤淳の関係においては、後世史家は何というか、こうやってお目にかかってお顔を見ながら話している限りにおいて、僕は幸せだなと思う、ほんとに。

われわれの世代があの世代の人より幸せなことは実に少ないですよ。やっぱりあの人たちは、少なくともあの時代に高等教育を受けた人たちですから、家がどうあろうが、戦後のわれわれが育った時期よりずっと豊かでしたからね、食べるものにしても。つまりおコメがないからどうしようとか、そんなこと考えなかった。だけど、われわれはまったく平等に、今日のコメがあったら幸せで、なければない。どんなに腹がへっても育ち盛りでも我慢しなければならないという時期を共有したことがある。だから吉本さんとこういうお話ができるのかな。でもよかった。ほんとに楽しかった。

（対談日　一九八八年九月八日／『文藝』冬季号・一九八八年十一月）

注

（1）**「ハイ・イメージ論」**　『ハイ・イメージ論』（全三巻）は、第Ⅰ巻が一九八九年四月、第Ⅱ巻が九〇年四月、第Ⅲ巻が九四年三月に福武書店より刊行された。対談時には未刊行だったが、第Ⅰ巻では、臨死体験からファッション、ランドサット映像、コンピューター・グラフィックス、都市論、地図論などが論じられている。なお、同書の「像としての文学」で、『ノルウェイの森』の原形ともいうべき村上春樹の短篇「蛍」を取り上げている。

（2）**村上春樹と村上龍の出現**　村上春樹は一九七九年に『風の歌を聴け』で、村上龍は七六年に『限りなく透明に近いブルー』でデビューしている。

（3）**『サンデー毎日』での批評**　江藤は「村上龍・芥川賞受賞のナンセンス――サブカルチュアの反映には文学的感銘はない」という長文の談話を同誌七六年七月二十五日号に発表した。

「〝サブカルチュア〟というのは、地域・年齢・あるいは個々の移民集団、特定の社会的グループなどの性格を顕著にあらわしている部分的な文化現象で、ある社会のトータル・カルチュア（全体文化）に対して、そう呼ばれている。

つまり、あの作品は年齢的には若者、地域的には在日米軍基地周辺、人種的には黄黒白混合の、一つのサブカルチュアの反映だと、私は考えている。

ところで、文学作品は、ある文化の単なる反映ではなくて、少なくともその表現になっていなければならない。サブカルチュアを素材にした小説があっても、いっこうにかまわないが、そこに描かれている部分なカルチュアは、作者の意識の中で全体の文化とのかかわりあいの上に位置づけられていなければならない。そうでなければ、その作品は表現にはならない。つまり、サブカルチュアを素材にした文学作品が表現になるためには、作者の意識は一点で、そのサブカルチュアを超えていなければならない。その中に埋没していたのでは、ただの反映にしかならないのだ」。

（4）**吉行さんあたりまで**　吉行淳之介の小説『原色の街』（一九五六年）では、鳩の街を舞台にしている。

（5）**小林秀雄が六十三か四のとき**　一九六五年、六十三歳の小林は六月に「本居宣長」の連載を始め、連載が完結するのは七六年、七十四歳のとき。

（6）**文学者の反核**　一九八二年一月に小田実・小中陽太郎・中野孝次が中心となって発表された「核戦争の危機を訴える文学者の声明」に対して、吉本は『「反核」異論』（深夜叢書社、一九八二年）所収の評論を書き、批判した。

（7）**違うけれども……**　対談「文学と思想」での吉本の発言「ただ江藤さんと僕とは、なにか知らないが、グルリと一まわりばかり違って一致しているような感じがする」を受けたもの。本書四〇頁を参照。

（8）**『昭和の文人』**　江藤は『昭和の文人』を『新潮』一九八五年一月号から八九年五月号まで断続的に一五回連載し、八九年七月に新潮社より刊行。対談時には、連載は一四回まで終えていた。「堀辰雄のところ」とは「『幼年時代』の虚実」以降の章をさす。

（9）**われわれは……**　安保闘争の直後、吉本は「擬制の終焉」（『民主主義の神話』現代思潮社、一九六〇年十月刊）を、江藤は「〝戦後〟知識人の破産」（『文藝春秋』一九六〇年十一月号）を書き、ともに闘争を主導した進歩的文化人を批判した。

（10）**フォニイ**　phony（英語）。江藤は『東京新聞』（一九七三年十二月十八、十九日）の座談会「文学・73年を顧みる」の席上、辻邦生『背教者ユリアヌス』、加賀乙彦『帰らざる夏』、小川国夫『或る聖書』、丸谷才一『たった一人の反乱』を「フォニイ」（＝「空っぽでみせかけだけで、インチキでもっともらしい」）と評した。これを平岡篤頼が批判し、江藤は「〝フォニイ〟考」（『文學界』一九七四年六月号）で反論し、論争に発展した。

（11）**ゲストの立場で**　この対談は江藤の連続対談「文学の現在」の最終回として企画された。ゲストは吉本のほか、中上健次、富岡多恵子、川村湊。

インタビュー

江藤さんについて

吉本隆明

聞き手　大日方公男

対立者だと思ったことはない

――一九九九年に江藤淳さんが亡くなられてから一二年たちます。吉本さんは「江藤淳記」（『文學界』九九年九月号）という長い追悼文に、江藤さんの自死に大変な衝撃を受けたと書かれています。吉本さんと江藤さんはともに一九五〇年代半ばにデビューし、六〇年代半ばから八〇年代後半にかけて断続的に五回対談をされています。それがこのたび全対談集（『文学と非文学の倫理』二〇一一年十月刊）として刊行されることになりました。これらの対談が行われたのは、六〇年安保以後、高度成長下で日本の社会や生活環境、文化が大きく変化した時期と重なります。その交渉史からお二人が、どのような接点を持ち、岐路を辿ったのかうかがいたいと思います。

対談を読むと、お二人とも思想や文学をめぐって対極的な立場であると同時に「グルリと一まわりばかり違って一致している」というような、よき理解者でもあったという印象です。

吉本　周りからは左翼と保守派の論客のように捉えられていたけれど、私怨はもとより敵愾心を持ったり、対立者であると思ったりしたことは、一度もありませんでしたね。

江藤さんは大変な才能と文学的な資質を持った人で、頭もよく分別があり、敬意を表してきました。自分より下の世代（七歳年少）からこういう優れた人が現れたという驚きがあり、向き合うと終始、その世慣れた物腰や態度に僕のほうが年少で未成熟であったかのような格好でした。

江藤さんもそういうことはよく了解されていて、言葉の端々では対立的な物言いをしましたが、本音とは違う役割の場所から無理して応対していたけど、文学的な問題意識は地続きで、芯は同じだよと感じていたと思います。そういう実感が長く続いてきました。病気の奥さんの介護で疲れている上に、自身も病気になり、さらにアンチ江藤の勢力から批判もあったのかな。そういうことを一身に受けての死に驚く一方で、何か釈然としない思いもありました。

江藤さんと最後に会ったのは、記憶に間違いがなければ、九二年十一月、東大安田講堂であった鷗外記念本郷図書館主催の「森鷗外生誕百三十年記念文学講演会」でした。本当は江藤さんも一緒に話をするはずだったものを、僕にだけに役割を押し付けて、ご自分は壇から降りてしまい、僕はぽかんとしたのを覚えています。その時は鷗外の都市論を中心に「鷗外と東京」について話したのですが、江藤さんは体調的につらい時期だったのかもしれません。

お互い若いころは、江藤さんが時々僕の家に訪ねてきて、子どもたちとも遊んでくれたり、一緒に飲み屋に行ったりしました。ですので、その講演会にも次女のばなな君と一緒に出かけ、その後で久しぶりに江藤さんと食事をしようと思っていたのですが、それが叶わずに寂しい気持ちになりました。進歩的な人でそういう付き合いをした人はなかなかいませんでしたね。

『作家は行動する』と小林秀雄との距離

――六〇年安保前後に江藤さんは『作家は行動する』（五九年）を、吉本さんは『言語にとって美とはなにか』（六五年）を書かれ、言語を批評の基軸に据え文学論を展開されました。それはそれまで文芸批評の流れを作ってきた社会主義リアリズム批評や文壇に依拠した論評、あるいは直観力に基づいて作品から作者に橋を架けるような、小林秀雄の人間学的な批評へのアンチテーゼであったと思います。同じ問題意識とはそういうことでしょうか。

吉本　僕も江藤さんも、小林秀雄の批評をどこかで超えられないかという野心があった。そこで文学作品を人間の宿命的なドラマとしてよりも、言語や想像力という問題から微分化して捉えることができないかと考えました。別の言い方をすると、作品の評価や歴史的価値を何とか論理や理屈でできないものかと考えて、埴谷雄高さんなどからは「文芸作品に論理的な優劣をつけることなどできるかね」と皮肉られましたが、僕はがんばって「できると思います」と答えました。

江藤さんの『作家は行動する』は、作品の現実的な価値と想像的な価値を作家の行動というところで統覚しながら、そういう問題意識に先鞭をつけた本で、僕は大いに励まされた覚えがあります。しかし、理屈だけで作品を評価することはなかなかうまくいかないということも後にだんだん出てきて、僕などもやはり小林秀雄が古典を論じたような批評の魅力に太刀打ちできないと感じることもしばしばありましたが……。僕の場合は戦前から小林秀雄の追っかけでしたから、まさに骨絡みでしたが、江藤さんは初めの頃は小林秀雄的な批評に不満があったと思います。

しかし、六〇年安保の渦中で小林秀雄の批評に本格的に取り組んで「これはいかん」と思い始めた。僕などがむしろ小林から離れていこうとしていた時に、逆に江藤さんは接近して、小林の言語の出所やその人生までを実証的に調べ、その批評のあり様を徹底的に解剖して、自分の血肉にしていくという転換期を迎えていたように思います。もとより、江藤さんの文章力や軟らかい文学性は僕らには真似できないほどすごいものでしたし、小林秀雄同様、江藤さんの文章自体が文学になっているといってもいいくらいです。

江藤さんの文章は非論理的ではありませんが、理屈の骨組みを一つ一つ作ってゆくようなものでもなく、文章そのものが想像力や倫理になるような質のものだったように思います。

――同じ問題意識の入口と出口を共有しながら、六〇年安保を境に小林秀雄の批評をめぐって文芸批評にこめた方法に、そういうコントラストがあったことは面白いですね。吉本さんの批評が、歴史的な実証性よりも論理の強度や詩的な飛躍を特徴とすることと比べて、江藤さんは初期の夏目漱石論から米国の占領期研究まで、実に実証的に展開しながら、時代との格闘や現実的で複雑な対人関係から人間のドラマを描き出しているようにも思えます。

吉本　僕の批評との様相の違いからすると、そういうことはあるでしょうね。江藤さんの批評的な資質はそういうところで開花していったのかもしれません。

ただ、僕らがどこか左翼レーニン的なものの名残りで、人間の意思を社会的な思想や相互関係から性急に割り出そうとしてしまいがちなのに対して、江藤さんは時代や社会のなかに深く潜ることで、その両義性をちゃんと捉えて、理解を行き届かせていった。そのあたりは見事なものだと感嘆したことが何度もありました。

その一方で、自分に対しての解説や精神の秘められた部分への言及はあまり熱心ではなく、説明抜きでばさっと自分を打ち出してくるようなところがあった。そういうところが、江藤さんの文学の最も軟らかい部分を成り立たせている資質でもあり、同時に何か精神的な暗部でもあったと感じていました。

文学の問題として国家を論じた

――江藤さんと吉本さんの社会状況に対する感受性の働かせ方にも、やはり接点と分岐点があったと思います。

戦後にアメリカからもたらされた戦後民主主義や大衆的な文化などに対して、江藤さんはそれらを「他者」と捉え、逆に自己のアイデンティティの喪失感を埋めるように、ある時期から文芸批評家というより、保守の論客として占領期の政策や検閲を問題視するようになった。国家観や皇室、安全保障のような現実的な政策論議などを仕事の前面に持ち出すようになりました。

吉本さんは、それらに対する歴史的な意味を保留しながら、対談「現代文学の倫理」（八〇年）では、江藤さんのしていることは「アクチュアルかも知れないけど、政策担当者が後から違う方針を出したら変わってしまうものに江藤さんのような知識人がそれをする意味があるのか」という疑問を呈しています。と同時に、民衆のためにする理屈や正論ばかり述べる戦後民主主義的な知識人や作家の発言には違和を唱える、そういうパトス的な共有がお二人にはあったと思います。

吉本　江藤さんの初めからの魅力やラディカリズムの源はそういうところにあったと思い

ますし、そういう資質を僕はとっても好きで、信頼していました。文学作品でも、江藤さん独特の嗅覚とアンテナを働かせて、利害関係抜きにいいものはいいと発言してきましたし、それに加えて天性の文章力で、戦後の日本の文芸評論では圧倒的な突出力と共感力が持てた人だと思っています。

それに僕は、文学者で外国の大使や外務大臣になれるのは江藤さんくらいじゃないかと思っていましたね。政治や外交の歴史や現状に対して大きな蓄積があり、隙のない政治論文が書ける人でもあり、政治家から非政治家の幅を考えると、国際的な意味でも、江藤さんはそれに該当できる見識も資質もある人だと思っていました。

日本や日本人の性格もちゃんと押さえて、諸外国の事情にも通じており、腰まわりも強いし、適任だと思いました。文学者であると同時に政治家でも十分に江藤さんは通用した。そういう意味での見識や度量は僕らにはまったく無縁のもので、江藤さんはそういう意思を持っていなかったかもしれませんが、もし本気で政治家に転身すれば十分に活躍できたと思っていました。同じように、文学の世界でも真っ直ぐに抜き手で泳ぐこともできた人なのでしょうが、それをなかなかしなかったのは、江藤さんの秘めてきた拘りや憤り、精神のあり様に理由があったんだろうなと思います。

——さきほどと同じ対談で、江藤さんは「戦後の日本人は占領期を通過することで、自由で創造的な個人にはなれずに、深い憤りを抱き、それは経済成長や平和主義にも表現されているかもしれない」と発言しており、ここまで言うかという印象も持ちました。

吉本　好んでかどうかはわかりませんが、資質として江藤さんにはそういう政治家的なところがあった。江藤さんは、日本の統治や権力の中に潜む謎を解くことが自分にとっての文学なんだと言いました。

僕はそんな関心は持たなければいいのに、先進国の最も大切な課題はアメリカのいいなりにならず、日本を主張することなどではなく、国家やそれを支える父性というものが希薄になった後の問題だと思っていました。でも、江藤さんはそうは考えずに、文学の問題として国家を扱った。そのために受けた評価と圧力は江藤さんを大きくはしたでしょうが、一方では不幸にしたかもしれません。そこが江藤さんの不思議なところで、最も興味深いところです。

サブカルチャーへの違和

――なかなか一筋縄でない屈託を持ちながら、それを文学の言葉だけで表現することはなかった。渡米体験などを経て、七〇年代あたりから江藤さんは文芸批評のほかに、自分のルーツを遡る関心や、明治から戦後までの歴史研究などを始め、仕事の幅を広げてオピニオンリーダーとなりながら、同時代の文学への関心が次第に薄れてゆくように見えます。

一方で文芸時評や文藝賞の選考委員などは長く続けるという二重性を持って関わっています。

大塚英志さんとの対談『だいたいで、いいじゃない。』（二〇〇〇年）で、吉本さんは、サブカルチャーなどの広範な影響によって文学作品が変容し、村上龍や村上春樹の作品は、江藤さんの文学観に沿うものではなくなったと言われています。

吉本　僕もかなりイカれましたが、江藤さんが小林秀雄の後継者として文体や方法を磨き上げ、純文学の世界できちんとした批評的散文を作り出してきたことからすると、サブカルチャーやそれを成り立たせている現代社会のあり様はどうしたって馴染まない。

僕ならどこかで、文学はもう知的な特権でもなければ、作家の独創性の刻印でもないと開き直って、特殊な作業には違いないけれど、消費や流通の側面も含むものだと考える。でも江藤さんは自分の姿勢を崩さなかった。

もっとも、後から広く含まれてきたものだけを拡張すると、文学作品には孤立的な精神も情況を引っかくような力も失われて、それでは文芸批評の意味はなくなってしまう。江藤さんが作品に向き合って「これではいかん」と感じたことはよくわかりますし、それはもうなかなか僕らの手に負えない問題になってきています。江藤さんがあんなに若くして亡くならずに、もう少し長く生きていたら、そういう問題にどんなけじめをつけたのか気になることではありますね。

対幻想と『成熟と喪失』

――少し穿った見方かもしれませんが、江藤さんの死は吉本さんと江藤さんの思想の違いから感得できることもあります。奥さんが亡くなられ子どもがいない江藤さんは、病気が回復しなければ果ては独居老人になりかねないし、その時江藤さんの強い意志力や明敏な知性は生より死を選んだ。一方、吉本さんの思想は家族を性的な対幻想と捉えて、国家や法、組織を成り立たせる共同幻想に対峙するものとしてきた。

江藤さんへの追悼文で、吉本さんは病苦や老苦は理解不能だと書かれていますが、その老いや病気を家族が支えるのは義務でも契約でもなく自然であるという思想を吉本さんは訴えてきました。また「非知」への着地という言葉で、人間の自然性を考えられていますし、さらに「現在」への見方には必ず向こう側（死）からの視線が含まれるという思想を語ってこられた。江藤さんにはそういう思想は希薄ですね。

吉本　一人一人の男と女が好きあって家族ができることの重要さは大変なものだという考えを持ってきました。それを何とか理論化できないかと思い、対幻想の領域とした。家族がそのまま親族や集団、社会に拡張して発展すると考えることはせずに、むしろ閉じていきながら、逆に人間を支えるものであることをしきりに考えました。自分の人生にそれがどこまで当てはめることができるのか、自分ではよくわかりませんが、そういう思想を支えにしてきたことは確かですね。

——その場合、吉本さんは対幻想と共同幻想の領域や位相というものを厳密に分けて考えられます。人間ですから、現実的には明確に分けることはできなくとも、本音と建前というように二重化して考えると言われます。

江藤さんの最も脂の乗った時期に『成熟と喪失』（六七年）という第三の新人たちの作品を論じた見事な文芸評論がありますが、江藤さんはそこで母性や父性という家族が表象するものを社会的な動向と重ねて論じています。おそらく五〇～六〇年代は、日本の社会や日本人のそれまでの生活のあり方が大きく揺れ動き、家族のあり様を炙り出すことが、そのまま社会変動に繋がった時代だったと思います。以来、江藤さんは「他者」や「アイデンティティ」という言葉に深くこだわり始めますし、その社会への浸透力は並はずれたものでした。江藤さんは「人は集団としても個体としても生きる」と言い、国家や社会や文化のような公共と内面的な一個の人間がほとんど一体化しているのではないか。公と私人の間のバランスを江藤さんはどうとっていたのかと思われます。

吉本　それが日本人の特性だったようなところもある。例えば、僕は戦時中に東北の米沢に三年間ほどいましたが、あそこは不思議なところで、家族のなかに社会的な問題がすっと入ってくる「中間的な社会性」とでも言いたいような家族のあり様なんです。戦後でも家族のそれぞれが共産党で、家のなかで奥さんと旦那さんが卓袱台を挟んでお前の考えは間違っているなんて言い合っている（笑）。それはちょっと気持ち悪いよとも感じられる。

個人と家族と社会集団はそれぞれみんな違うと僕は考えるのですが、それらがみんな一つの家族のなかに入り込んで、それが一つの型となって残っている地域が、その時代までは意外に各地にあった。何かが足りないのか多すぎるのか、右翼も左翼も両方混在するようなあり様で、こういうことを言うと怒られそうですが、ちょっと違うぞという感覚がありました。

でも、だからこそ宮澤賢治のような強烈な理想主義者が登場してくる余地があるのかもしれません。貧困をベースにした思想であり、それでいてへそ曲がりの風土の中から、個と集団がほとんど地続きで混交している。そして人間や社会や思想を水平的な地政学として考えるより、宗教的というか、垂直的な天上の問題として捉えて、生命というものをそこから眺めてゆくところがある。個々の人間が鎖のように繋がっていて、時間も空間も越えてゆくような思想を賢治は持ちました。それは僕らから見ると、窮屈で不自由だと見えるんだけれども、宮澤賢治にとってはそれが普通でした。東北の風土のなかにある血縁性のようなものにそれは帰着するのでしょうか。

『成熟と喪失』では、江藤さんはそういうところははっきりと分離して、近代社会の矛盾としてそれまでの家族像が歪められていくと認識していたと思いますが、そういう公と個の繋がる接点をあの人は広い洞察力で見出そうとしていました。

喪失感と戦後

――「戦後と私」(六五年)や『一族再会』(七三年)で、江藤さんが生まれた山の手の大久保界隈が戦後の都市化で猥雑な街になったことへのつらい郷愁を吐露し、軍人であった祖父への思い入れがあったりする。それが江藤さんに戦後民主主義や大衆文化への、曰く言いがたい違和感を抱かせた。その虚構や喪失感が、江藤さんに文学への手応えを失わせ、自分を公然と認知できるような政治評論や政治史研究に向かわせた理由ではないでしょうか。

吉本 そう捉えることもできると思います。個人の育ち方や家のあり方もいろいろ異なりますし、それぞれの地域の風土で違うところがありますが、それを一緒くたにすることは実は出来ないのではないか。個人より狭い「固有の個人」を意識しなければうまく解けないことがあり、そこが問題だという気がします。身体を捻らないと通れない道があるように、孤独な個人が通る狭い道があって、それを設定しないと風景の中にも社会の中にもうまく入っていけない要素があると感じます。それはとても大事なものですが、僕にはよくわからないもので、絶えず悩まされるものです。

山の手ばかりでなく、東京の下町もとても様変わりしましたし、その時に僕が何をどう感じてどう言葉にしたいのか、そのことを本当は知りたいわけです。しかしそこへ積極的に踏み込んでいくとうまく伝わらない。自分にとって寄る辺である故郷や記憶が確かにある気がすることと、そんなものどこにもないやという気が同じ地平で感じとれる。戦後の日本はそれが本当にわかりにくい空白として残ります。スキーを滑るとあれあれという間にまったく自分が辿り着くと思ってなかった場所に辿り着いてしまう感じによく似ています。江藤さんもそういう迷路にはいりこんでいたのかもしれません。

江藤さんは、時々はプライベートで一緒に飲み屋に行くと、旧知の友人のようにフランクでしたが、対談などでは無理して対立した印象が付きまとった。江藤さんについて、僕はつねに言い足りなかった、何かやり足りなかった印象が残っています。決してすぐに消えてしまう人ではなく、もう一度全面的に捉え直しがされる人だと思うし、その意味で、魂の永続性を失わない、生命のながい文芸評論家だと思います。

（おおひなた・きみお　編集者）

（二〇一一年九月九日　東京・本駒込　吉本宅にて／『江藤淳１９６０』二〇一一年十月刊）

解説対談

吉本隆明と江藤淳——最後の「批評家」

内田樹
高橋源一郎

百貨店のような批評家

高橋　今年（二〇一〇年）の「夏の文学教室」のテーマは「『昭和』という時間」です。今回、吉本隆明さんについて誰かと対談してほしいと日本近代文学館の方から依頼がありました。そこで、吉本さんについて語るだけじゃなくて、そのことによって「昭和」を象徴するような話になるといいなと考えて、「吉本隆明と江藤淳」をテーマに、内田樹さんと話そうと思い至ったわけです。そこに「最後の『批評家』」というサブタイトルを僕が勝手に加えてしまったんです。すみません。ですが、このサブタイトルについてどうですか？

内田　この人たちの後は、批評家がいないんですか？

以前、高橋さんって、もしかしたら最後には小説家としてよりも批評家としてのほうが、文学史に名前が残るんじゃないかと書いたことがあります。そのぐらい批評家としての高橋さんの仕事には敬意を抱いているんですけど。でも、あえて「最後の」ということは、ある種の批評家像が彼らにおいて完成を見て、その後に批評を書いている人たちは本当の意味で批評家じゃないよというようなメタメッセージ込みで？

高橋　もちろん、吉本さんと江藤さんの後にも、柄谷行人さん、蓮實重彦さん、最近でいうと東浩紀さんと批評家といわれる人はたくさんいます。けれども、僕が考えているような意味での古典的な文芸批評は、吉本さんと江藤さんで終わってしまって、あとは全然違うものじゃないかという気がしています。ただ、それを説明しろといわれてもなかなかできないんですが。

内田　それは実感としてわかりますね。「昭和」みたいなものをくっつけて論じられるような人というのは、大雑把にいうと、パブリックなものを引き受けて、批評の仕事を通じて、政治から日常生活まで、みんなまとめて面倒みようじゃないかという構えでしたからね。どんな主題でも引き受けられる広い知的射程を持つことを自分たちの仕事として自認していたという点では最後の世代かもしれない。

彼らの後から来た世代は、やっぱりもう少し仕事の領域を限定していて、専門分野の仕事はきちんとやりますけども、国民国家とか天皇制とかいうような幻想や擬制を相手にする気はありませんという態度でしたからね。

高橋　つまり、吉本さんや江藤さんが百貨店みたいなものだとしたら、後の世代は専門店ですかね。

内田　そうそう。二人とも三越とか松坂屋みたいな。何でも論じるでしょう。

高橋　いまの人はGAPやユニクロみたいな感じがする。

内田　いや、もうちょっとおしゃれだけどね。いま高橋さんが名前を挙げた三人も品揃えはけっこう幅広いんだけど、セレブ向けのセレクトショップみたいな感じで、「趣味がよくて金のあるクライアント以外」は買うものないよって感じでしょう。敷居が高くて、常連以外には入れない。

高橋　では、ユニクロでもないと。

内田　ユニクロじゃないですよ。だいたい、ユニクロ的批評家っているのかな……高橋さん自身は平成の批評家として、自分のこと、どう思っているんですか。

高橋　僕は、けっこうユニクロを目指しているかも。あらゆるタイプの商品を扱いますけど、単価が安いよという意味で、基本はユニクロです。

吉本は読まれていなかった⁉

高橋　吉本さんと江藤さんについてウィキペディアをみると、吉本さんが一九二四（大正十三）年十一月二十五日生まれです。江藤さんは一九三二（昭和七）年の十二月二十五日、クリスマスに生まれて、一九九九（平成十一）年七月二十一日に亡くなっています。

吉本さんは早い話、大正の末に生まれていまもお元気ですので……。

内田　大正、昭和、平成と三代を生きたんだ。

高橋　基本的には昭和時代がそのまま吉本さんの人生と重なっているので、「昭和」を論じると、やっぱりこの人になるかなというお一人です。

ウィキペディアには「戦後最大の思想家」とあって、最も影響を与えたと書かれています。内田さんが昭和二十五年生まれで、僕が二十六年一月生まれで学年が一緒です。僕らが吉本さんの影響を一番受けた世代だと思うんだけど、最初に読むようになったきっかけはなんだったんですか。

内田　こういうのって、不思議なもので、ある日手に取ってるんですよね。吉本隆明なんて名前ぜんぜん知らなかったんです。それが、十七歳のとき、本屋で函入の『自立の思想的拠点』（一九六六年）を見た途端、自立・思想・拠点とガンガンと、ワン・ツー・スリーという感じで殴り倒されて、「これだ！」っと手に取った。たぶん、そのころ、雑誌か何かで何度か吉本隆明についての記事を見てはいるんだと思うんです。でも、どれも腫れ物に触るように論じられていた。よほど剣呑な人なのかなという印象があっただけなんです。で、買って読んだ。数ページ読んだだけで打ちのめされたという記憶がありますね。

高橋　高校生のときですよね。

内田　高校二年のとき。周りでは誰も読んでいなかった。日比谷高校にいたときは誰とも吉本隆明の話をしたことないから。

高橋　そうすると、やっぱり場所によって不均等だった。僕が読んだのは中学二年のときです。

内田　それ異常に早いですよ。灘はちょっとおかしいと思うよ。

高橋　僕が最初に読んだのは『芸術的抵抗と挫折』（一九五九年）。ちょうど一九六四年ぐらい。

内田　それって、発行部数三〇〇〇部とか、そんなものでしょう。

高橋　いや、もっと売れていたと思うけど。六〇年安保のときには、吉本さんはもうすでに広く読まれていたし。この辺が、もしかすると内田さんとの経験の違いかもしれないですね。僕の印象では、六〇年代の日本の思想界は吉本隆明に制覇されているというくらい。

内田　へえ、そんな印象はなかったな。

高橋　そこは違うんでしょうね。やっぱり大学に入ってから？

内田　入ってからも、みんなあんまり吉本を読んでいなかったよ。

高橋　そうなんですか？　小熊英二の『１９６８』の記述とも違いますね。

内田　東大文Ⅲだから文学部進学コースで、クラスでも吉本読んでたのは数人じゃないかな。もちろん、名前は知られていたと思うんです。でも読んでる人は少なかった。だって、吉本を読んでいるやつと「お、おまえもか」という感じで、すぐ友だちになったから。みんなが読んでいたら、そうはならないでしょう。吉本を読んでるってこと自体が「おお、おまえ、わかっているな」という感じだったもの。

生活者の言語、詩の言語

高橋　『自立の思想的拠点』を読んでからは、よく読むようになった？

内田　むさぼるように読みましたね。

高橋　どこが面白かったですか。

内田　やっぱり、一番印象深かったのは文体ですね。
　生活者の肉声で政治過程を語らなくちゃいけないというのって、吉本が初めてだから。生々しかった。それまで読んでいたのは、『朝日ジャーナル』とか『世界』とか、政治の話を政治の言語で語ってるわけでしょ。政治の話を生活実感に裏打ちされた生々しい、コロキアルで、ポエティックな言語で語っているところに「がつん」とやられた。それが僕の日本人としての心の琴線に触れたんだと思う。だって、生活言語で政治を語らなければならないというような主張は欧米の知識人には存在し得ないもの。

高橋　なるほど、政治は公的なものだと考えるわけですね。

内田　あの人は、政治過程を市井の生活者の生活倫理の延長で論じきろうとしたわけでしょう。これって、日本の、それも昭和の思想の「宿題」みたいなものなわけじゃないですか。生活者の感覚を根こそぎ吸い上げるかたちで近代日本の戦争は遂行されたわけだから、それと立ち向かうには生活者の言葉で昭和の政治的経験を批判するという仕事を誰かが引き受けなければならなかった。その位置取りのたしかさという点で、吉本隆明は「戦後最大の思想家」といっていいんじゃないかな。

高橋　たぶん内田さんとの違いは、僕は吉本さんに対しては、詩人で詩論を書いている人が政治のことを書いたというところが、ものすごく面白かった。だから、正直にいうと、最初に吉本さんを読んだのは詩集です。

内田　それはすごいな。

高橋　それがよかった。中学二年のときで、全くわからなかったんです。でも、これが不思議なもので、全くわからないんだけども、ここには何かすごいものがある。ものすごく感動したんですけど、意味がわからない。一行ずつぐらいはわかるんです。

だから、最初に読んだ評論は、詩に関する評論です。現代詩ってどうやって読んだらいいのかわからないのに、この人の評論を読むと意味がわかる。詩が読めるようになる。この人のものを読んでいると世界が理解できるということで、読んでいるうちに、そのまま彼の政治思想の本が目の前に来た。

僕には、詩の言葉を理解して操る人が、同じように政治の言葉を操ることができるというのが驚愕でした。そこがやっぱりちょっと違うところかな。

内田　でも、どっちにしても、政治過程をどう論じるかというとき、詩の言語は生活者の言語になると僕は思った。

　つまり、「さあ、昼寝しようかな」みたいな、町のおじさんが普通に使う言語があるじゃないですか。ああいう本当に生々しい、生活者の肉体に支えられた手応えのはっきりした言語によって、抽象的な政治過程をどこまで論じられるかという力業をしている人は、吉本の他にはいなかったでしょ。でも高校生の僕にとっての政治課題はまさにそこだったんです。

　高校生なんて、わずかな経験とわずかな語彙しか持たないし、そもそも社会人としてほとんど機能を果たしていない。にもかかわらず、それだけが僕に与えられた資源であって、それに基づいて政治を語り、政治に与する他ない。でも、周りのみんなはそういうプチブル的な生活実感をすっとばして、いきなり世界革命論を語ったり、政治党派に入ったりする。僕はそれはおかしいだろうと思った。自分の手持ちの資源で、知的にも身体的にも、手持ちの素材で語れる政治以上のことなんかできないだろうと思ってたから。でも、そういう問題意識を当時、高校生は誰も共有してくれなかった。そういう中で、変な話ですけど、はるか年長の吉本さんのうちに、理解者を見いだした。そんな感じでした。生意気ですね。すみません。

高橋　そんなことはないです。

大衆の原像と一九八〇年代

内田　一九八四年に吉本さんが『アンアン』にコム・デ・ギャルソンを着て登場して、埴谷雄高と論争になったことがあったじゃないですか。あのときに「あれ？」という感じがあった。

吉本さんは生活者とともに移動していくから、八〇年代に日本の庶民の生活レベルが上がって世界観が変わっていくにつれて、いつの間にか中層ブルジョアジーの感受性に対しても理解を示すようになったでしょう。ところが、僕は八〇年代の日本の浮薄な雰囲気が心底嫌いだった。だからそれを思想的に基礎づけるような吉本さんの仕事には共感できなかった。それよりも埴谷雄高の戦前的な妙に生硬な感覚のほうに共感した。たしか高円寺の本屋で吉本―埴谷論争を立ち読みしているうちに、何かがぷつんと切れて、それからまったく吉本隆明の書く物を読まなくなった。

高橋　そこで吉本さんから離れたということですか？

内田　そうですね。あと、一九九五年に阪神・淡路大震災があったでしょう。マンションが壊れて、家を出なきゃいけなくなったときに、六〇年代から大事にして、ずっと自分の一番近くの本棚に置いていた本を、「もう読み返すことはないだろう」と思って、みんな捨てたんですよ。吉本も埴谷も谷川雁も。

高橋　よく考えてみたら、吉本さんの話を突っ込んでしたことがなかったので、内田さんが八〇年代後半に吉本さんから離れたというのはいま初めて聞いたんです。それは、大衆の変化とともに彼らと移動していく吉本さんに、耐えがたかったからなんですか。

内田　あの人は大衆に殉じるという気構えがあるんだと思う。大衆を高みから見下ろして批判するようなことは絶対にしないという自制がある。でも、僕はそこに微妙な違和感があった。大衆庶民といったって、見苦しいものは見苦しい。

生活者の文化はたしかに思想の基礎になるべきだとは思うんだけど、それでもある程度補正したり、方向づけをしていったりすべきものであって、大衆が望んだものは必然性があるんだから、それをまず受け入れるというふうに僕はなれない。大衆をあんまり信じていないということもあるけど。

高橋　実は小熊英二さんが全く同じことをいっているんです。吉本さんのいう大衆って想像上のもので、実在している民衆というよりも理念ですよね。

内田　大衆の「原像」だからね。

高橋　そう。像、イメージだから。

つまり、かつては民衆も貧しかったし、彼らとともに生きる、彼らを代弁することで、いい加減な知識階級と対決するということに意味があったのかもしれない。しかし、もはや、そういう貧しい民衆は存在せず、豊かになって消費にうつつを抜かす、彼らの思想的代弁をするというのは、いかがなものかというのが小熊さんの批判です。

内田　僕と同じだったんだね。

先輩の江藤淳とは階層が重なる

内田　ここでカミングアウトしますけど、実は僕は一九六六年、高校一年のときに江藤淳と会ったことがあるの。

高橋　え、そうなの。

内田　あの人は日比谷高校の雑誌部のOBでありまして。編集長から「江藤淳から原稿をもらってこい」といわれて、僕ともう一人で高校一年生が市ヶ谷の自宅まで原稿を取りに行ったんです。だけども、そのときの印象があまりよくなかった。

高橋　内田さん、そんなのばっかりじゃん。(笑)

内田　洒落たマンションなんだけど、「え、ここなの」という感じだった。それで、玄関で靴を脱いで上がると、なんかね、玉簾みたいなのがあった。知識人の家には「すだれ」なんかあってはならないという高校生らしい潔癖さってあるじゃないですか。

高橋　玉簾が嫌だったんだ。(笑)

内田　そうなの。応接セットがあって、江藤さんはそこで室内犬を抱いてて、その犬がまたキャンキャン吠えるの。

話をすると、すごく優しくて穏やかで、後輩思いのいい人なんですよ。原稿料もただで。熱の入った原稿（「『星陵』と私」）を書いてくれた。にもかかわらず、高校生はバカだから、新進気鋭の批評家について勝手なイメージを持ってたから、玉簾と室内犬を見て「ああ、違う」と思って、すごくがっかりして、市ヶ谷駅に向かって、一緒に行った友だちと言葉も交わさずに帰ってきた記憶がある。（会場笑）

そのとき江頭淳夫《えがしらあつお》くんが在校中に書いた『フロラ・フロラアヌと少年の物語』って、堀辰雄みたいなすごく甘ったるい小説を読んで、それにもうげんなりしたんですよね。ちょうど、吉本隆明にちょっと心惹かれつつあるころだったし。

高橋　あっちはハードボイルドだから。

内田　そう。月島の船大工の息子に対して、一方は堀辰雄と玉簾と室内犬とが一緒のイメージになって……「この人は違うな」と思って、結局ずいぶん長いこと読まなかった。

高橋　そういうことがずいぶん影響するんだ。（笑）

内田　だから、読み出したのは大学生になってからです。僕は勝海舟が大好きなんです。勝海舟関係の本をまとめて読んでいるときに、気づいたら江藤淳の本だったということがあって。

高橋　趣味が合うんですね。

内田　そうなの。結局江藤さんと好きなものは似ているわけ。だから、違うとむしろ気になる。

高橋　内田さんは吉本さんと江藤さんから影響を受けましたか？

内田　吉本さんから影響を受けていますが、江藤さんからは、受けていないと思う。受けていないというか、育ち方とかマインドとかけっこう重なっているから受ける余地がないのかも。

高橋　階層がかぶっている。

内田　そう、階層意識がだいたい同じでしょう。高校も同じだし、その後、大学の先生になったり、文学を教えたりとか、重なる部分がけっこうある。だから、違和感のほうがむしろ気になる。江藤淳って、吉本と違って詩人じゃないし、作家でもないでしょう。

高橋　学者だよね。

内田　うん、でも厳密には学者でもない。学者に徹すれば、たぶん文学研究でも政治史研究でもすばらしい業績を残したと思う。だけど、彼はアカデミシャンにはならなかった。ジャーナリズムとの「あわい」に立つというところで仕事してましたからね。

『一族再会』は他人事じゃない

高橋　僕が受けた吉本さんの影響は、特に政治的なことに関してですね。だから、江藤さんの影響のほうが大きいのではないかと思っています。

内田　どこら辺が。

高橋　僕はいま小説家で批評家も兼業していますが、高校のときには批評家になろうと思っていた。その目標は江藤淳で、吉本さんじゃなかった。信じられないでしょう。大学に入って、学生運動で捕まって、二十歳過ぎてから同人誌をつくって、そこに永井荷風論を書きました。いまでも覚えているんですけど、それは荷風論なんだけど、内容は『夏目漱石』の真似で、文体は『小林秀雄』で、ほとんど江藤淳だった。『小林秀雄』は泣ける文章で名文だね。

　吉本隆明は親の世代だから本当に生活感からわかるかというと、たぶんちょっと違う。江藤さんのほうがわかる。僕の父親の実家は軍人の家で、親戚に甘粕正彦大尉がいるんです。戦後没落していったんですが、その家には亡くなった軍人の兄弟や天皇陛下の写真がずっと飾ってあった。

内田　そういう家だったの？

高橋　超ヤバイ右翼（笑）。江藤さんの家もお祖父さんが海軍の司令官か何かで、軍人の家系だった。江藤淳の『一族再会』を読んだら、もう他人事じゃない、半分ぐらい自分の家の話みたい。だから、江藤淳が書いているもののほうに、心は惹かれていったような気がします。

今回、ちょうどいい機会だったので、江藤さんを読み直してみたんです。江藤さんがいっていることは、やっぱり正しいんじゃないかと思う。例えば、憲法問題です。内田さんの本を読んでいると、内田さんが正しいような気がしてくるんだけど、その後、江藤さんの本を読むと、江藤さんが正しい。俺はどっちなんだと。

内田　江藤さんの本はどれを読んでいても、これは違うだろうというのがない。『作家は行動する』とか文学論を読んでも、批評の軸はこれしかないよなという気が本当にする。コンテンツに関しては違和感がないんだけど、差し出し方に対して「ちょっとそれは攻撃的すぎませんか」という印象がある。

互いに認め合う関係

高橋　江藤さんは、奥さんが亡くなられた翌年に自殺なさったんですが、びっくりしました。そのときに、吉本さんは長い追悼文（「江藤淳記」）を発表していますが、これが非常に面白いんです。

　吉本さんはその中で、江藤さんとの最後の対談（「文学と非文学の倫理」）の日、「今日もまた対立かなとおもって出掛けたが、対談がはじまるとすぐに、江藤淳がもうかんかんがくがくはいいでしょうと陰の声で言っているのがわかった」と書いています。そして、そのときの雑談の中で「僕が死んだら線香の一本もあげてください」といわれたとも。

内田　その対談はいつぐらい？

高橋　一九八八（昭和六十三）年九月、昭和の終わり。

　吉本さんは、江藤さんとは考え方は大いに違ったけれども、途中までのプロセスは実はほとんど変わらなかった。日本の状況がどうかとか、大衆がどうとか、知識人と思想のあり方ということに関しては、実はほとんど一緒だった。最後の処方箋のところで大きく分かれるけれども、途中についてまではきわめて深い信頼を持っていたと書いているんです。

　だから、この二人の批評家は思想的にいえば、一方は極左、左のはるか彼方にいる批評家だし、もう一方は保守で、右ということになるんですけども、実は非常に似通ったところがあったんだという気がして、しかもお互いに認め合っていたんだろうと思います。

内田　高橋さんといま話していて思ったのは、思いがけずに生活環境とか、家族というものが、人間に影響するなってことですね。結局、吉本隆明の最終的な吉本隆明性というのは、下町で手工業をやっている家の子っていうようなところにある。江藤淳には、山の手のブルジョアという呪縛みたいなものがあって、それを幼年期、少年期にかけられてしまった。そういう基本的な規定性というのは、その後、どんなに個人的に知的営為を積み重ねていっても、ある種の匂いみたいに終生抜けないのかな。

何かに殉じる

高橋　さっき内田さんがコム・デ・ギャルソン論争のとき違和感があったといったけど、僕もそうですね。ただ、いまになって思うと、吉本さんは、もしかしたら、いないかもしれない日本の民衆というイメージに殉じたのではないでしょうか。吉本さんも江藤さんも、最終的に何かに殉じている。それが二人の共通点ではないかと思うんです。

内田　そうだね。

高橋　二人とも、もしかしたら想像上の民衆かもしれないし、あるいは昭和という時代かもしれないし、この時代をともに生きる共同体の人たちかもしれない。そういう人たちとともに生きて、彼らとともに死ぬ。思想がそのためにあるとしたら、そういう人たちが豊かになって浮かれて消費をしていったら、「それはいかんよ」というべきなのか、「それもよし、その代わりその責任も取る」というのが正しいかというのは、そこで考え方が分かれると思うんです。

吉本さんと江藤さんを「最後の『批評家』」といった場合、この二人以降の批評家たちは百貨店ではないし、責務を負っていない。彼らの思想が殉じている何かというのが感じられない。吉本さんも江藤さんも、二人の思想が単独であるというよりも、彼らが責務を負っている「昭和」の何かみたいなものを見ないと、もしかしたら理解できないのかなという気がするんです。

内田　江藤淳のほうが、その傾向が強いんじゃないですかね。公に殉じる。あの人は勝海舟とか福沢諭吉とかが好きでしょう。何かというと、そういう武士的エートスに惹かれている。夏目漱石の評価にしても、国民文化の代表選手としてヨーロッパに行って、とにかく日本の文人の志の高さを見せつけるみたいな構えが江藤は好きなんじゃないかな。『アメリカと私』でも、江藤さんは日の丸背負ってアメリカに行くわけじゃないですか。ニューヨークで商社に勤めている友だちと会って、彼が「江藤、俺たちはいまでもアメリカ相手に戦争をやっているんだ」というのを、ほとんどパセティックな筆致で書き留めている。

彼らは年代的にいうと、戦争に微妙に遅れた世代でしょう。あと五年早く生まれていれば死んだかもしれない。でも、生き残ってしまった。そういう生き残り意識がある。戦場で散るはずだった自分が仮想的な原点にある。だから、死んだはずの自分に対する責務を生きながらえた自分が果たさねばならない、というようなねじくれたエモーショナルなストーリーを持っていたような気がする。

占領軍の検閲問題についてのこだわり方はすさまじいでしょう。そんなことまでしなくてもいいのにと思うほど調べている。あれは文芸批評家の枠を超えていると思う。あの執拗さには「生きながらえた日本人」としての責務を果たさなければいけないという気負いを感じますね。

二人の「昭和人」

高橋　やっぱり、この二人は「昭和」が、一つのカラーじゃないですか。
内田　僕は以前、吉本隆明と江藤淳をセットにして論じたことがあるんです（『昭和のエートス』）。敗戦の一九四五年八月のときにいくつだったかということが、すごく大きいと思う。「昭和人」というのは、敗戦のとき青少年だった人のことだと思うから。
高橋　吉本さんが二十一歳で、江藤さんは十三歳ですね。
内田　彼らより年長の人たちは、実際に戦争に深くコミットしていて、戦争経験にも具体性があり、厚みもある。でも、銃後の少年たちは、実際に戦争にコミットしていない代わりにある意味で年長者よりもはるかに好戦的で、イデオロギー的になっている。子どものころから「二十歳になったら死ぬ」と決めてかかっている。戦争が純粋観念みたいになっている。それがある日「戦争が終わりました」といって、突然生臭い現実に呑み込まれた。それまで、彼らにとって、ある意味非常に明瞭だった世界が一気に歪んで、現実の中で崩れていった。そのときに「一身にして二生を生きる」というような、真ん中からポキッと折れたような断絶を感じたんじゃないかと思うんです。

一九四五年以前の世界に残した半身と、それ以後の半身を何とかして縫合しなくちゃいけない。そういう思想的なアクロバシーを演じることを強いられたのが、この世代だった。彼らより年長だったら、もっとクールに戦争経験も通過できるし、僕らみたいにはるか後だったら、敗戦経験なんて何の影響ももたらさなかったわけだから。

敗戦といっしょに切り去られた「わが少年期」、さっきの話で言えば「戦争で死んだはずの自分」をどうにかして戦後社会にも生き延びさせなければという使命感を持っていた。そんなのこの世代の人たちだけなんじゃないかという気がする。

高橋　きっとそれは「当たり」ですね。

だから、この江藤さんと吉本さんの間の世代が、いわば煉獄。つまり地獄でもないし、天国でもない。煉獄にいるという感じだったんでしょうね。

内田　埴谷さんなんかは、戦争中はすごくタフにクールに生きている。大岡昇平も小林秀雄ももう大人だから、いま何が起こっていて、日本がどういうことになっているのかを、ある程度冷静に見通しながら、コミットしたり、身を引いたりしている。自分で距離をとれる。でも、吉本さんも江藤さんもわずかな年齢の違いで、そういうデタッチメントが許されなかった。もう巻き込まれちゃっている。どう巻き込まれるかに関して、自分で鳥瞰的に見下ろすというようなことができない。

例えば、吉本隆明は「草莽《そうもう》」という言葉にこだわりがありますよね。少年期の自分の純粋な愛国的情熱を否定することができない。それは江藤さんも同じで。御国のために、いずれ兵士として死んでいくと決意していたときの、自分の心のすがすがしさとか、そういう十代の自分の精神に原点があるので、どうやってもそれを否定することができない。

高橋 でも戦後、それは思想的には否定しなきゃいけない。だから、そういう意味では二人はすごく難しい力業を演じなきゃいけなかった。

少し年上の世代、例えば、鶴見俊輔さんはもう戦争を通訳として迎えるわけだから、そういう意味では戦争に深い影響を受けていない。成人した世代にとっては、昭和というのは、一言でいうと、たぶん戦争の時代ということになる。だから、それを青少年として体験するということが、「昭和人」の条件になるということなんですね。

内田 そうだと思うな。

「だいたいで、いいじゃない。」

高橋　ただ、その受け取り方が、またすごく極端ですよね。

吉本さんと江藤さんはすごく似ているんです。つまり、最も敏感でピュアな時期に、最も信頼していたものに裏切られて、しかも自分の内面を切り裂かれるような経験をした。それが彼らの思考の原点になっていることは間違いない。だから、出発点は一緒でも違う方向にどんどん行っちゃったでしょう。それでも二人に共通するのは、厳密であることです。江藤さんは検閲に関して、普通の学者がやらないような些末なことも含めて、徹底的に事実を究明しようとした。吉本さんは、思想的厳密さを突きつめて論争を繰り返している。そういう意味で、厳密さを追求していたじゃないですか。

ところが、二〇〇〇年に吉本さんが出した大塚英志さんとの対談本のタイトルが『だいたいで、いいじゃない。』。僕はこれには打たれましたね。すごいと思った。考え方が健康ですよ。この「だいたいで、いいじゃない。」というい方の底には親鸞がある。悪人正機、「善人なおもて往生を遂《と》ぐ、況《いわ》んや悪人をや」です。つまり、悪人のほうが往生できるんだよという。そんなことをいったら、善と悪の区別はどうなるんだということになる。しかし、親鸞にしてみれば「いいんじゃない、だいたいそんなもんだから、人間は」というところに行き着きますよね。だから、僕は厳密さを突きつめていくと、最後にはそういうところになり、生き延びるということになると思う。

江藤さんは、最後まで厳密さを追求していった結果、その刃が自分に突き刺さったという感じです。結局、二人とも僕は「昭和」の子だと思うんです。実は、僕や内田さんも「昭和」の子だと思っていたんですけど、違うね。

内田　僕らは違いますね。

高橋　戦後の子というか。

内田　そうですね。

高橋　昭和のある時期以降のことはわかるけども、一九四五年を境にして半身を引き裂かれるということはなかったわけだから、僕らが「昭和」を僭称するわけにはいかない。

やっぱり彼らには、「昭和」に自分自身を読む権利がある。そういう権利がある人間だけが、「昭和」について責任を持った発言ができて、「昭和」を追悼することができるのではないかと思うんですが、いかがでしょうか。

内田　全く同じ。おっしゃるとおりです。

（うちだ・たつる　神戸女学院大学名誉教授／たかはし・げんいちろう　作家）

＊この対談は、二〇一〇年七月二十九日、日本近代文学館主催の第四七回夏の文学教室の一環として行われたものです。

（『中央公論』二〇一一年十二月号）

や・ら・わ行

な行

は行

ま行

さ行

た行

索　引

あ行

か行

編集付記

一、本書は『文学と非文学の倫理』（中央公論新社、二〇一一年十月刊）に吉本隆明のインタビュー「江藤さんについて」を増補し、改題したものである。文庫化にあたり、新たに解説対談を収録した。

一、本文中、明らかな誤植と思われる箇所は訂正した。本文中の〔　〕は編集部による補足であることを示す。

一、本文中、今日の人権意識に照らして不適切な語句や表現が見受けられるが、著者が故人であること、当時の時代背景と作品の文化的価値等を考慮し、原文のままとした。

中公文庫

吉本隆明《よしもとたかあき》　江藤淳《えとうじゅん》　全対話《ぜんたいわ》

2017年2月25日　初版発行
2020年6月25日　再版発行

著　者　吉《よし》本《もと》隆《たか》明《あき》
　　　　江《え》藤《とう》淳《じゅん》

発行者　松田陽三

発行所　中央公論新社
〒100-8152　東京都千代田区大手町1-7-1
電話　販売 03-5299-1730　編集 03-5299-1890
URL http://www.chuko.co.jp/

DTP　ハンズ・ミケ
印　刷　三晃印刷
製　本　小泉製本

Published by CHUOKORON-SHINSHA, INC.
Printed in Japan　ISBN978-4-12-206367-9 C1195

定価はカバーに表示してあります。落丁本・乱丁本はお手数ですが小社販売部宛お送り下さい。送料小社負担にてお取り替えいたします。

中公文庫既刊より

各書目の下段の数字はＩＳＢＮコードです。978－4－12が省略してあります。

よ-15-10
親鸞の言葉
吉本　隆明
名著『最後の親鸞』の著者による現代語訳で知る親鸞思想の核心。鮎川信夫、佐藤正英、中沢新一との対談を収録。文庫オリジナル。〈巻末エッセイ〉梅原　猛
206683-0

え-3-2
戦後と私・神話の克服
江　藤　淳
癒えることのない敗戦による喪失感を綴った表題作ほか「小林秀雄と私」など一連の「私」随想と代表的な文学論を収めるオリジナル作品集。〈解説〉平山周吉
206732-5

こ-14-2
小林秀雄 江藤淳 全対話
小林　秀雄
江　藤　淳
一九六一年の「美について」から七七年の大作『本居宣長』をめぐる対論まで全五回の対話と関連作品を網羅する。文庫オリジナル。〈解説〉平山周吉
206753-0

こ-14-3
人生について
小林　秀雄
名講演「私の人生観」「信ずることと知ること」を中心に、ベルグソン論「感想」（第一回）ほか、著者の思索の軌跡を伝える随想集。〈解説〉水上　勉
206766-0

ち-8-1
教科書名短篇　人間の情景
中央公論新社編
司馬遼太郎、山本周五郎から遠藤周作、吉村昭まで。人間の生き様を描いた歴史・時代小説を中心に中学教科書から厳選。感涙の12篇。文庫オリジナル。
206246-7

ち-8-2
教科書名短篇　少年時代
中央公論新社編
ヘッセ、永井龍男から山川方夫、三浦哲郎まで。少年期の苦く切ない記憶、淡い恋情を描いた佳篇を中学教科書から精選。珠玉の12篇。文庫オリジナル。
206247-4

あ-17-2
やちまた（上）
足立　巻《けん》一《いち》
宣長の長男で、日本語の動詞活用を研究、『詞《ことば》の八衢《やちまた》』を著し国語学史上に不滅の業績を残した本居春庭《もとおりはるにわ》。その生涯を辿る傑作評伝。芸術選奨文部大臣賞受賞作。
206097-5

あ-17-3
やちまた（下）
足立巻一
四十年の半生をかけた、本居春庭とその著作の探究。時の移ろいのなかで、春庭の生涯と著者の魂が融け合う、類い希な評伝文学。〈巻末エッセイ〉呉　智英
206098-2

か-18-7
どくろ杯
金子光晴
『こがね蟲』で詩壇に登場した詩人は、その輝きを残し、夫人と中国に渡る。長い放浪の旅が始まった——青春と詩を描く自伝。〈解説〉中野孝次
204406-7

か-18-9
ねむれ巴里
金子光晴
深い傷心を抱きつつ、夫人三千代と日本を脱出した詩人はヨーロッパをあてどなく流浪する。『どくろ杯』につづく自伝第二部。〈解説〉中野孝次
204541-5

か-18-10
西ひがし
金子光晴
暗い時代を予感しながら、喧噪渦巻く東南アジアにさまよう詩人の終りのない旅。『どくろ杯』『ねむれ巴里』につづく放浪の自伝。〈解説〉中野孝次
204952-9

か-18-8
マレー蘭印紀行
金子光晴
昭和初年、夫人三千代とともに流浪する詩人の旅はいつ果てるともなくつづく。東南アジアの自然の色彩と生きるものの営為を描く。〈解説〉松本　亮
204448-7

み-9-11
小説読本
三島由紀夫
作家を志す人々のために「小説とは何か」を解き明かし、自ら実践する小説作法を披瀝する、三島由紀夫による小説指南の書。〈解説〉平野啓一郎
206302-0

み-9-12
古典文学読本
三島由紀夫
「日本文学小史」をはじめ、独自の美意識によって古今集や能、葉隠まで古典の魅力を綴った秀抜なエッセイを初集成。文庫オリジナル。〈解説〉富岡幸一郎
206323-5

み-9-9
作家論　新装版
三島由紀夫
森鷗外、谷崎潤一郎、川端康成ら作家15人の詩精神と美意識を解明。『太陽と鉄』と共に「批評の仕事の二本の柱」と自認する書。〈解説〉関川夏央
206259-7

各書目の下段の数字はISBNコードです。978-4-12が省略してあります。

み-9-10
荒野より 新装版
三島由紀夫
不気味な青年の訪れを綴った短編「荒野より」、東京五輪観戦記「オリンピック」など、〈楯の会〉結成前の心境を綴った作品集。〈解説〉猪瀬直樹
206265-8

み-9-13
戦後日記
三島由紀夫
「小説家の休暇」「裸体と衣裳」ほか、昭和二十三年から四十二年の間日記形式で発表されたエッセイを年代順に収録。三島による戦後史のドキュメント。
206726-4

み-9-14
太陽と鉄・私の遍歴時代
三島由紀夫
三島文学の本質を明かす自伝的作品二編に、自死直前のロングインタビュー「三島由紀夫最後の言葉」（聞き手・古林尚）を併録した決定版。〈解説〉佐伯彰一
206823-0

み-9-15
文章読本 新装版
三島由紀夫
あらゆる様式の文章・技巧の面白さ美しさを、該博な知識と豊富な実例と実作の経験から詳細に解明した万人必読の書。人名・作品名索引付。〈解説〉野口武彦
206860-5

み-9-16
谷崎潤一郎・川端康成
三島由紀夫
世界的な二大文豪を三島由紀夫はどう読んだのか。両者をめぐる批評・随筆を初集成した谷崎・川端文学への最良の入門書。文庫オリジナル。〈解説〉梶尾文武
206885-8

た-13-5
十三妹《シイサンメイ》
武田泰淳
強くて美貌でしっかり者。女賊として名を轟かせた十三妹は、良家の奥方に落ち着いたはずだったが……中国古典に取材した痛快新聞小説。〈解説〉田中芳樹
204020-5

た-13-6
ニセ札つかいの手記 武田泰淳異色短篇集
武田泰淳
表題作のほか「白昼の通り魔」「空間の犯罪」など、独特のユーモアと視覚に支えられた七作を収録。戦後文学の旗手、再発見につながる短篇集。
205683-1

た-13-7
淫女と豪傑 武田泰淳中国小説集
武田泰淳
中国古典への耽溺、大陸風景への深い愛着から生まれた、血と官能に満ちた淫女・豪傑の物語。評論一篇を含む九作を収録。〈解説〉高崎俊夫
205744-9

た-13-8
富　士
武田泰淳
悠揚たる富士に見おろされる精神病院を舞台に、人間の狂気と正常の謎にいどみ、深い人間哲学をくりひろげる武田文学の最高傑作。〈解説〉堀江敏幸
206625-0

た-13-9
目まいのする散歩
武田泰淳
歩を進めれば、現在と過去の記憶が響きあい、新たな記憶が甦る……。野間文芸賞受賞作。巻末エッセイ「丈夫な女房はありがたい」などを収めた増補新版。
206637-3

た-13-10
新・東海道五十三次
武田泰淳
妻の運転でたどった五十三次の風景は――。自作解説「東海道五十三次クルマ哲学」、武田花の随筆「うちの車と私」を収録した増補新版。〈解説〉高瀬善夫
206659-5

ふ-2-7
楢山節考／東北の神武たち　深沢七郎初期短篇集
深沢七郎
「楢山節考」をはじめとする初期短篇のほか、伊藤整・武田泰淳・三島由紀夫による選評などを収録。文壇に衝撃をもって迎えられた当時の様子を再現する。〈解説〉小山田浩子
206010-4

ふ-2-5
みちのくの人形たち
深沢七郎
お産が近づくと屏風を借りにくる村人たち、両腕のない仏さまと人形――奇習と宿業の中に生の暗闇を描いた表題作をはじめ七篇を収録。〈解説〉荒川洋治
205644-2

ふ-2-6
庶民烈伝
深沢七郎
周囲を気遣って本音は言わずにいる老婆（「おくま嘘歌」）、美しくも滑稽な四姉妹（「お燈明の姉妹」）ほか、烈しくも哀愁漂う庶民を描いた連作短篇集。〈解説〉蜂飼　耳
205745-6

ふ-2-8
言わなければよかったのに日記
深沢七郎
小説「楢山節考」でデビューした著者が、武田泰淳、正宗白鳥ら畏敬する作家との交流を綴る文壇日記。巻末に武田百合子との対談を付す。〈解説〉尾辻克彦
206443-0

ふ-2-9
書かなければよかったのに日記
深沢七郎
ロングセラー『言わなければよかったのに日記』の姉妹編（『流浪の手記』改題）。飄々とした独特の味わいとユーモアがにじむエッセイ集。〈解説〉戌井昭人
206674-8

各書目の下段の数字はISBNコードです。978−4−12が省略してあります。

お-2-11
ミンドロ島ふたたび
大岡昇平
自らの生と死との彷徨の跡。亡き戦友への追慕と鎮魂の情をこめて、詩情ゆたかに戦場の島を描く。『俘虜記』の舞台、ミンドロ、レイテへの旅。〈解説〉湯川 豊
206272-6

お-2-12
大岡昇平 歴史小説集成
大岡昇平
「挙兵」「吉村虎太郎」など長篇『天誅組』に連なる作品群ほか、「高杉晋作」「竜馬殺し」「将門記」など戦争小説としての歴史小説全10編。〈解説〉川村 湊
206352-5

お-2-17
小林秀雄
大岡昇平
親交五十五年、評論から追悼文まで「人生の教師」であった批評家の詩と真実を綴った全文集。巻末に小林との対談収録。文庫オリジナル。〈解説〉山城むつみ
206656-4

し-10-5
新編 特攻体験と戦後
島尾敏雄
吉田 満
戦艦大和からの生還、震洋特攻隊隊長という極限の実体験とそれぞれの思いを二人の作家が語り合う。関連するエッセイを加えた新編増補版。〈解説〉加藤典洋
205984-9

し-10-6
妻への祈り 島尾敏雄作品集
島尾敏雄
梯久美子 編
加計呂麻島での運命の出会いから、二人はどのようにして『死の棘』に至ったのか。島尾敏雄の諸作品から妻ミホの姿を浮かび上がらせる、文庫オリジナル編集。
206303-7

し-11-2
海辺の生と死
島尾ミホ
記憶の奥に刻まれた奄美の暮らしや風物、幼時の思い出、特攻隊長として島にやって来た夫島尾敏雄との出会いなどを、ひたむきな眼差しで心のままに綴る。
205816-3

な-29-2
路上のジャズ
中上健次
一九六〇年代、新宿、ジャズ喫茶。エッセイを中心に詩、短篇小説までを全一冊にしたジャズと青春の日々をめぐる作品集。小野好恵によるインタビュー併録。
206270-2

よ-5-8
汽車旅の酒
吉田健一
旅をこよなく愛する文士が美酒と美食を求めて、金沢へ、そして各地へ。ユーモアに満ち、ダンディズムが光る汽車旅エッセイを初集成。〈解説〉長谷川郁夫
206080-7